AF140639

Impressum
Herstellung und Verlag:
BoD - Books on Demand, Norderstedt

ISBN: 9 783738 635386

23 August 2015

Liza Sinclair

Das geheimnisvolle

Hotelzimmer

Erotischer Roman

Kapitel 1

Jenny stand vor dem Spiegel in ihrem kleinen Zimmer und versuchte hastig, ihre wilde, rotblonde Lockenpracht hoch zu stecken. Als Empfangsdame in dem Hotel, in dem sie seit kurzer Zeit arbeitete, legte man großen Wert auf eine gepflegte Erscheinung. Dazu gehörte, dass sie einen dunkelblauen Hosenanzug trug, der ihre wundervolle Figur überhaupt nicht betonte. Die weiße Bluse, die zu dem Anzug gehörte, ließ sie streng und unnahbar wirken. Aber genau das beabsichtigten die Besitzer dieses Hotels. Endlich fertig eilte Jenny so schnell sie konnte hinunter zum Empfang. Es war genau sechs Uhr am Morgen, als sie das Telefon abhob, um die ersten Gäste zu wecken. Aus der Küche drang das Geräusch von klappernden Tellern und der Duft von frischem Kaffee und Jenny beeilte sich, eine Tasse davon zu holen, um sie in der Empfangshalle zu trinken. Eigentlich hieß sie nicht Jenny sondern Jennifer, doch die Besitzer hatten sie kurzerhand umgetauft in Jenny. „Jennifer ist so altbacken",
meinte die Dame des Hauses und wie immer, war ihr Ehemann mit ihrer Entscheidung zufrieden. Schon vor Jahren hatte er erkannt, dass sein Leben viel einfacher war, wenn er seiner Frau stets und immer beipflichtete.

Gewissenhaft überprüfte Jenny die gedeckten Tische im Speiseraum, rückte hier ein Messer zurecht und zupfte dort an der Tischdecke, um eine Falte zu entfernen. Seit zwei Monaten arbeitete sie hier und es machte ihr im Großen und Ganzen viel Spaß. Mit Wehmut dachte sie an ihr zuhause und manchmal, wenn sie abends im Bett lag, konnte sie die Tränen, die ihr vor lauter Heimweh über die Wangen liefen, nicht unterdrücken. Ihre Eltern hatten selbst eine kleine Bed and Breakfast Pension in den Weiten des Hochlandes, weit weg von dieser lauten und unruhigen Stadt, in der sie jetzt wohnte und arbeitete. Zuhause waren die Gäste Teil der Familie und alles war ungezwungen und leger, ganz anders als hier, wo es förmlich und sehr unpersönlich zuging. Ihre Eltern hatten sie in das Hotel zu ihren Bekannten geschickt, damit sie Erfahrung im Umgang mit dem Hotelwesen sammeln konnte und eventuell ihre kleine Pension einmal zu übernehmen.

Am Anfang war Jenny begeistert durch die Straßen der Hauptstadt gelaufen und hatte sich nicht satt sehen können, an den prächtigen Auslagen der unzähligen Geschäfte, doch schon nach kurzer Zeit hatte sie die Sehnsucht an die Stille ihrer Heimat übermannt. Zuhause besaß sie ein Pferd, das sie zurück lassen musste und das nun niemand ritt, denn ihre Eltern waren schon zu alt. Am liebsten wäre Jenny schon nach einem Monat wieder zurück gefahren, aber die Besitzer des Hotels bestanden darauf, dass sie ihren Vertrag erfüllte und mindestens ein Jahr bei ihnen bliebe. Schweren Herzens hatte

Jenny erkannt, dass sie keine Wahl hatte und dableiben musste.

Nachdem die ersten Gäste im Frühstücksraum erschienen waren, beeilte sich Jenny, ihnen das Frühstück zu servieren. Der Umgang mit Menschen bereitete ihr große Freude, und man sah es Jenny an. Ihre Fröhlichkeit steckte selbst die Gäste an, die mit einem unmutigen Gesicht zum Frühstück erschienen. Doch an diesem Morgen wartete Jenny besonders ungeduldig auf einen bestimmten Gast, der am vorherigen Abend eingecheckt hatte. Ein junger Mann, ungefähr in Jennys Alter und mit einem umwerfenden Lächeln. Jenny war es ganz warm um ihr Herz geworden, als sie ihn das erste Mal sah. Irritiert hatte sie ihm aus Versehen den falschen Zimmerschlüssel ausgehändigt, was zur Folge hatte, dass er schon kurze Zeit später wieder vor ihr stand und ihr mit diesem wunderbaren Lächeln erklärte, dass der Schlüssel sich weigern würde, seine Zimmertür zu öffnen. Jenny errötete, denn das Versehen war ihr sichtlich peinlich. Schnell tauschte sie den Schlüssel aus und übergab ihm den richtigen.

„Gehen Sie bitte mit nach oben, falls dieser Schlüssel auch nicht passt?"

Schelmisch sah der junge Mann sie an und Jenny errötete noch mehr.

Vor seinem Zimmer angekommen öffnete Jenny selbst die Tür und trat einen Schritt zurück, um ihm den Vortritt zu gewähren.

„Danke."

Freundlich lächelnd trat der Fremde in den Raum, schloss die Tür hinter sich und ließ eine völlig aufgelöste Jenny auf dem Flur zurück.

Bisher war Jenny nur einmal so richtig verliebt gewesen. Damals war sie gerade zwanzig Jahre alt geworden und ihre Eltern hatten eine Geburtstagsfeier für sie veranstaltet. Alle jungen Frauen und Männer aus der Umgebung kamen und feierten bis in den frühen Morgen. Jenny war ein junger Mann aufgefallen, den alle nur „Andrew" nannten. Er stammte nicht aus ihrer Gegend, aber er arbeitete in der Autowerkstatt im Nachbarort. Andrew war zweiundzwanzig und einen Kopf größer als Jenny. Seine dunklen Augen sahen sie unentwegt an und jedes Mal, wenn sich ihre Blicke kreuzten, jagte ein wohliger Schauer über ihren Körper. Noch nie hatte Jenny bisher einen Freund gehabt und noch nie in ihrem Leben, hatte sie einen Jungen geküsst. Ihr Körper, der bis zu diesem Abend noch keine Lustgefühle verspürt hatte, brannte auf einmal lichterloh. Unfähig ihre Blicke von ihm zu lassen, war Jenny zu ihm getreten.
„Schöne Party,"
sagte Andrew und auch er sah sie dabei unentwegt an.
„Ja, schöne Party,"
wiederholte Jenny und wünschte sich sehnlichst, dass er mit ihr tanzen würde, dass er seine starken Arme um sie legen würde und sie fest an sich drücken würde. Als ob Andrew ihre Gedanken gelesen hätte, nahm er sie fest in seine Arme und sie mischten sich

8

unter die anderen Gäste, die zur Musik tanzten. Eng schmiegten sich ihre Körper aneinander, als sie den Walzer tanzten, der gerade gespielt wurde. Jenny hatte ihre Augen geschlossen und reagierte überrascht, als sie seine Lippen auf ihren spürte. Nur kurz, wie ein flüchtiger Hauch und schon hatte Andrew sie losgelassen und war zu seiner Gruppe zurück gegangen.

Jenny bahnte sich einen Weg durch die tanzenden Freunde und lief ins Haus. Völlig durcheinander blickte sie in den Spiegel und sah, dass ihre Haut von roten Flecken übersät war. Immer, wenn sie aufgeregt war, zeigten sich diese Flecken und Jenny ärgerte sich maßlos darüber.

‚Ob das der Grund gewesen war, warum er sie so plötzlich los gelassen hatte?'

fragte sie sich erschrocken. Doch bevor sie weiter grübelte, riefen die Freunde nach ihr und es blieb Jenny nichts anderes übrig, als sich wieder unter die Feiernden zu mischen. Plötzlich spürte sie, wie sich ein Arm um sie legte und sie mit sich zog. Als sie aufblickte, sah sie direkt in die dunklen Augen von Andrew. So, als ob es die selbstverständlichste Sache der Welt wäre, ging sie mit ihm. Erst als sie an der kleinen Hütte, in der sich die Gartengeräte befanden, angekommen waren, zog er sie fest an sich.

„Du bist wunderschön, meine kleine Jenny. Wo hast du dich nur so lange versteckt?"

stöhnte er und zog sie noch fester an sich.

Bevor Jenny ihm antworten konnte spürte sie seine fordernden Lippen auf ihren. Seine Wildheit erschreckte sie und sie versuchte, ihn wegzudrücken, doch seine Arme hielten sie fest, während seine feuchte Zunge versuchte, zwischen ihre zusammengepressten Zähne zu gelangen.

Noch nie in ihrem bisherigen Leben hatte Jenny einen Mann geküsst und war nun überrascht von der ungestümen Art seiner Zunge, Einlass in ihren Mund zu begehren.

„Hast du noch nie geküsst?"
stöhnte Andrew, während seine rechte Hand versuchte, unter ihr T-Shirt zu gelangen.
„Nein, nein,"
antworte Jenny und bekam es mit der Angst zu tun.
„Bitte, bitte Andrew, hör auf damit, bitte!"
flehte sie und fing an zu weinen.
Doch Andrew war viel zu erregt, um sofort aufhören zu können. Seine Hand hatte es mittlerweile geschafft, unter ihr T-Shirt zu gleiten und mit einem geschickten Griff, hatte er den Verschluss ihres Büstenhalters geöffnet. Laut stöhnte er auf und obwohl sich Jenny dagegen wehrte, schaffte seine Hand es, zu ihren festen Brüsten zu gelangen. Zart massierte er sie und als er spürte, dass Jenny für einen Moment nachgab, senkte er seinen Kopf, schob ihr T-Shirt hoch und saugte sich an ihrer rechten Brustwarze fest.
„Bitte Andrew, bitte, nein, nicht!"
Jenny schrie die Worte hinaus.
Ungläubig blickte sie nach unten und sah Andrews Hinterkopf vor ihrem Oberkörper. Das Gefühl, das das Saugen an ihrer Brustwarze zwischen ihren Beinen verursachte, erschreckte und erregte Jenny zugleich.

Eigentlich wollte sie nicht, dass er aufhörte, aber da sie noch nie mit einem Mann intim geworden war, hatte sie große Angst vor dem, was geschehen könnte.

Andrew hatte seinen Kopf erhoben und sah ihr tief in die Augen.

„Willst du wirklich, dass ich aufhöre, jetzt?"

Eindringlich sah er sie an. Jenny wusste nicht mehr, was sie tun sollte. Eigentlich wollte sie es, aber auf der anderen Seite schämte sie sich entsetzlich. Noch nie hatte ein Mann sie nackt gesehen und das „erste Mal" hatte sie sich anders, ganz anders vorgestellt. Romantisch und zärtlich, nicht so wild und erregt, zudem angsteinflößend, so wie jetzt. Plötzlich fand sie Andrew nur noch widerlich und sie wollte so schnell wie möglich fort von ihm. Es gelang ihr, sich aus seiner Umarmung zu lösen und ihr T-Shirt wieder nach unten zu ziehen. Dass der Büstenhalter darunter nicht geschlossen war, schien ihr nicht so wichtig.

„Komm, lass uns zurück zur Party gehen",

sagte Jenny und wollte Andrews Hand nehmen. Doch er reagierte verärgert.

„Erst einen Mann anturnen und ihn dann stehen lassen. So etwas macht man nicht, Jenny, das ist nicht richtig."

Wutentbrannt rannte Andrew davon, aber nicht in Richtung ihrer Geburtstagsfeier, sondern zurück in das Dorf, wo er ein kleines Zimmer gemietet hatte. Auf dem Weg dorthin begegnete ihm Madeleine, die auf dem Weg zur Party war. Madeleine hatte sich verspätet, da sie auf dem Hof der Eltern die Tiere versorgen musste und gerade heute hatte eine der trächtigen Kühe gekalbt.

„Du gehst schon nach Hause?"

fragte sie Andrew und die Enttäuschung darüber dar deutlich an ihrer Stimme zu erkennen.

„Gefällt es dir nicht mehr auf Jennys Feier?"

„Ist langweilig",

antwortete Andrew mürrisch.

Jenny, die eigentlich nur wegen Andrew zu Jennys Geburtstagsparty gekommen war, hätte am liebsten vor Enttäuschung angefangen zu weinen. Schon lange war sie heimlich in ihn verliebt und hatte sehnlichst gehofft, heute Abend mit ihm tanzen zu können. Es musste herrlich sein, in seinen starken Armen zu liegen.

Andrew sah Madeleine genauer an und musste feststellen, dass sie zwar nicht besonders hübsch war, dafür aber einen perfekten Körper besaß. Nicht zu dünn sondern mit kräftigen Beinen und großen Brüsten, genau so, wie sich Andrew eine Frau vorstellte. Auch ihr Hinterteil gefiel ihm und schnell war Jennys Abfuhr vergessen.

„Gehen wir ein wenig spazieren?"

fragte er und sah Madeleine abwartend an.

„Gerne,"

antwortete sie schnell, bevor er es sich anders überlegte. Gemeinsam schritten sie durch die nur von Sternen und vom Mond erhellte Nacht. Madeleine konnte nicht glauben, dass ihr Traummann neben ihr her schritt und sie ihm so nahe war.

„Du gehst nicht oft zu Partys?"

fragte Andrew und sah zu Madeleine hinunter. Sie war über einen Kopf kleiner als er und sah nun mit leuchtenden Augen zu ihm auf.

„Nein, meine Eltern erlauben es mir nur selten. Doch Jenny ist meine Freundin und da durfte ich gehen."

Dass sie aber gerade nicht auf dem Weg zu Madeleine war, sondern sich mit Andrew genau in die andere Richtung bewegte, schien ihr in diesem Moment nicht aufzufallen. Endlich war sie allein mit dem Mann, der jede Nacht eine Rolle in ihren Träumen spielte.

Andrew, der immer noch erregt war, begriff langsam, dass er an diesem Abend vielleicht doch das bekommen könnte, wonach sein Körper so gierig verlangte, nämlich sexuelle Befriedigung. Das Erlebnis mit Jenny hatte ihn aber vorsichtig gemacht. Nicht noch einmal an diesem Abend wollte er eine Abfuhr erhalten. Dass er Madeleine gefiel, hatte er schon bemerkt, als sie ihn vor einigen Monaten das erste Mal angesehen hatte.

‚Ob sie auch so zickig ist wie Jenny?'

dachte er. Aber sofort verwarf er diesen Gedanken, denn sein Körper wurde von einer sexuellen Erregung durchflutet, die unbedingt Erfüllung verlangte.

Sie waren an einem der Unterstellmöglichkeiten angelangt, die dem Vieh als Schutz vor Nässe und Kälte diente.

„Lass uns ein wenig ausruhen."

Mit diesen Worten dirigierte Andrew die junge Frau zu dem offenen Holzstall. In einer der Ecken war ein Bündel Stroh, das er über den Boden verteilte. Beide setzten sich darauf und die Nähe ihres Körpers ließ

Andrew alle Bedenken vergessen. Zärtlich legte er den Arm um Madeleines Körper, zog sie ganz dicht zu sich heran und küsste sie begehrlich auf ihren Mund. Madeleine zitterte unter seiner Berührung und im Gegensatz zu Jenny, ließ sie es gerne geschehen und öffnete bereitwillig ihren Mund, um seine Zunge in ihm aufzunehmen. Sofort begann sie damit, an ihr zu saugen und presste ihren Oberkörper fest an seine gestählte Brust. Das war genau das, was Andrew von einer Frau erwartete.

Da Madeleine ein Kleid trug, legte er sie vorsichtig auf das Stroh und begann mit zittrigen Fingern, die Knöpfe ihres Oberteils aufzumachen. Auch Madeleine war erregt und ihre Brüste hoben und senkten sich bei jedem Atemzug. Andrew war kaum noch in der Lage, seine Erregung unter Kontrolle zu halten. Als er den letzten der Knöpfe aufgemacht hatte, griff er mit seiner linken Hand in ihr Kleid und holte eine ihrer Brüste hervor. Ein lautes Stöhnen kam über seine Lippen, als seine Finger über das feste Fleisch tasteten. Dass auch Madeleine erregt war konnte Andrew daran erkennen, dass ihre Brustwarze hart war und von ihrer weichen Brust ab stand. Gierig griff er nach der zweiten Brust und zog auch sie aus dem Kleid heraus. Abwechselnd nahm er ihre Knospen in den Mund und saugte kräftig an ihnen.

Madeleine, die schon ein wenig Erfahrung in Sachen Sex gesammelt hatte, stöhnte auf und wand sich selbst vor Lust. Sie ließ es willig zu, als er nach dem Saum ihres Kleides griff und es ihr über ihren Kopf zog. Sie trug keinen Büstenhalter, nur ein Höschen, das ihre Scham kaum verbarg. Andrew sah auf den fast nackten Frauenkörper und streichelte ihn zärtlich. Dann packte er Madeleine in der Taille und drehte sie mit einem Ruck auf den Bauch. Im hellen Mondschein bot sie ihm ihren Hintern dar, den er sofort mit seinen Händen massierte. Als er ihre Arschbacken auseinander zog bemerkte er, dass sie noch einen String Tanga trug. Genüsslich zog er daran und ließ ihn wieder zurück schnellen, was Madeleine zu einem Aufschrei veranlasste.

„Gefällt dir das nicht?"

hauchte er ihr ins Ohr um sofort wieder an dem String zu ziehen und ihn wieder loszulassen. Madeleine keuchte unter dem leichten Schmerz, den sie jedes Mal empfand, wenn der String auf ihre Haut zurück schnellte. Er drehte sie wieder auf den Rücken und mit geübten Griffen zog er ihr den Slip hinunter, streifte ihn über ihre Beine und warf ihn auf die Seite. Ihre nackte Scham war umrandet von kleinen, gelockten Härchen. Der Anblick ihrer nackten Scham veranlassten Andrew, mit seinen Fingern gierig durch ihre krausen Härchen zu fahren und ihre Schamlippen zu teilen. Ganz weit zog er sie auseinander und stöhnte bei dem Anblick ihrer kleinen, rosafarbenen Schamlippen, die sich dazwischen versteckten. Andrew beugte sich hinunter und leckte sie, vorsichtig und zärtlich. Madeleine zitterte unter der Berührung.

„Ja, Andrew, ja, das ist gut, oh, Andrew."

Ihr Körper wand sich hin und her und sie drückte ihre Scham gegen sein Gesicht. Andrew fing an, lauter zu keuchen. Er leckt wie wild zwischen ihren Schamlippen und rief sein Gesicht darin hin und her.

Als er sein Gesicht hob, war es feucht von Madeleines Saft.

„Leck mich sauber, Madeleine, leck es ab."

„Andrew senkte sein Gesicht über sie und Madeleine leckte über seine Wangen, seine Nase und seine Stirn. Es war das erste Mal, dass sie sich selbst schmeckte und es erregte sie noch mehr.

„Knie dich",

befahl Andrew plötzlich. Madeleine tat, was er verlangte und streckte ihm bereitwillig ihren Hintern entgegen. Andrew stand auf und trat vor Madeleine. Langsam zog er sein Hemd über seinen kräftigen Oberkörper und begann dann, den Knopf an seiner Hose zu öffnen. Madeleine stöhnte leise auf als sie sah, wie er den Reißverschluss hinunter zog und seine Hose hastig über seinen Hintern nach unten streifte. Nachdem er sie ganz ausgezogen hatte, warf er sie nach hinten und kniete sich vor Madeleines Gesicht. Ganz langsam, so, als ob er jede Sekunde auskosten wollte, griff seine Hand in den Schlitz seiner Unterhose und zog seinen steifen Penis hervor. Sofort beugte sich Madeleine ein wenig vor, um an ihm zu lecken, aber Andrew wich ihr aus. Stattdessen begann er, sein schon steifes Glied mit seiner Hand zu wichsen. Auf und ab, ganz langsam und direkt vor Madeleines glänzenden Augen schob er seine Vorhaut vor und zurück. Dabei bildeten sich kleine Tröpfchen in der Spalte seiner großen, glänzenden Eichel.

Madeleine leckte sich über ihre Lippen. Flehend sahen ihre Augen auf, so, als ob sie sagen wollten,

„Bitte, bitte Andrew, lass mich diese Tröpfchen auflecken."

Nun konnte auch Andrew sich nicht mehr zurückhalten. Madeleine, die auf allen Vieren vor ihm kniete sah, wie er mit fahrigen Fingern seine Unterhose auszog. Wieder kniete er sich direkt vor ihr Gesicht und dieses Mal erlaubte er ihr, seinen Schwanz in ihrem Mund aufzunehmen und an ihm zu saugen. Da Madeleine wie ein kleiner Hund vor ihm kniete, massierte Andrew selbst seinen Schwanz und seinen Hodensack, der prall gefüllt zwischen seinen Beinen herunterhing.

„Saug ihn, Madeleine, ja, fester, Madeleine, ja, saug ihn leer, nimm dir alles, ja, Madeleine, ja, fester."

Andrew stöhnte und sah Madeleine dabei zu, wie sie an seiner Eichel saugte. Er spürte, wie ihre Zunge seine Eichel massierte und ab und zu in die kleine Spalte am oberen Ende der Eichel tauchte, um nach frischen Liebestropfen zu suchen. Es dauerte nicht lange und Andrew kam. Mit einem lauten Aufschrei stieß er sein Glied tief in ihren Mund und entlud sein Sperma in ihm. Bei jedem Schwall, der von seinen Hoden durch den langen Schaft seines Gliedes in ihren Mund ejakuliert wurde, presste er seine Arschbacken zusammen und gab ihnen so noch mehr Kraft. Dankbar schluckte Madeleine die Unmengen, die aus ihm herauskamen und als er endlich leer war, leckte sie mit ihrer Zunge seinen Penis sauber. Sie liebte den Geschmack der ersten Ladung einer Ejakulation und konnte nie genug davon bekommen. Da Andrew gezwungenermaßen schon einige Zeit enthaltsam gelebt hatte, fiel die Menge sehr groß aus, genug, um selbst Madeleine zufrieden zu stellen.

Seinen Penis noch immer im Mund von Madeleine beugte sich Andrew über den knienden Körper von Madeleine und massierte ihr kräftiges Hinterteil, das sich in den dunklen Abendhimmel reckte. Sein dicker Mittelfinger fand den heißen, feuchten Eingang ihrer Scheide und bohrte sich tief hinein. Immer noch an seiner Eichel schmatzend, gab Madeleine ein zustimmendes Geräusch von sich und ermunterte Andrew, noch weitere Finger in ihre Höhle zu drücken. Dabei ließ Madeleine seine Eichel aus ihrem Mund fallen und stöhnte wohlig auf.

„Ja, das ist gut, ja, Andrew, ja. Fick mich mit deinen Fingern, ja, tiefer, Andrew, ja, fester, Andrew, ja, ja, so ist es gut, ja!"

Der Mond kam hinter den Wolken hervor und beleuchtete den Platz, auf dem die beiden jungen Menschen sich vergnügten. Andrew kroch um Madeleine herum, bis er mit seinem Gesicht vor ihrem Hintern war. Durch das helle Licht des Mondes schimmerte ihre feuchte Scheide und Andrew wurde von einer erneuten Erregtheit befallen. Langsam zog er seine nassen Finger aus ihrer feuchten Vagina, bewegte sich erneut vor ihr Gesicht und schob sie in Madeleines Mund. Genüsslich leckte sie ihren eigenen Saft ab und ein zufriedenes Lächeln zeigte Andrew, wie sehr sie es genoss.

Andrew beeilte sich, wieder vor ihren Hintern zu gelangen und steckte erneut seinen dicken Mittelfinger tief in ihre Scheide. Erst als er ganz von ihrer Flüssigkeit umhüllt war zog er ihn langsam wieder aus ihr heraus und drückte ihn vorsichtig in das dunkle, von kleinen Runzeln umrahmte Loch ihres Hinterns. Nur kurz warf Madeleine dabei ihren Kopf in den Nacken, um sofort einen wohligen Seufzer und ein zustimmendes:

„Ja, Andrew, ja, das ist gut, ja, Andrew, ja",

kundzutun.

Andrews mächtiger Penis war währenddessen wieder hart geworden. Die kräftigen Adern entlang seines großen Schaftes klopften und Andrews Atem ging schneller. Ohne Vorwarnung drückte er sein Glied in Madeleines dunkle Scheide, so tief, dass nur noch seine Hoden, die sich mittlerweile wieder gefüllt hatten, herausragten.

„Ja, Andrew, gut, ja, Andrew!"

Madeleine presste ihren Körper etwas nach hinten, um sein Glied noch tiefer in sich aufzunehmen, doch Andrew drückte sie wieder nach vorne. Nachdem er seinen Penis ein paar Mal in ihrer Scheide hin und her bewegt hatte, zog er ihn plötzlich hinaus, zog auch seinen Mittelfinger aus ihrem Arsch und drückte nun seine gewaltige Eichel gegen den dunklen, engen Eingang ihres hinteren Loches. Madeleine, die bemerkte, dass er sie in ihren Hintern ficken wollte, versuchte ihm zu entkommen, doch Andrews Hände hatten sie um ihre Hüften gepackt und hielten sie fest.

Sie drehte ihren Kopf nach hinten und während sie mit weit aufgerissenen Augen verfolgte, was Andrew mit ihr machte, schob dieser langsam seinen Penis immer tiefer in ihren Hintern. Madeleine stöhnte, als sich ihr enges Loch weitete und schrie kurz auf, als der dickste Teil seines Schwanzes durch die enge Passage in sie hinein glitt. Der Dehnungsschmerz ging einher mit einem wohligen Gefühl, das dieses verbotene Spiel in ihr auslöste. Völlig gelöst gab sie sich seinen Stößen in ihren Hintern hin und als sie seine Finger an ihrem Kitzler spürte, wurde ihr ganzer Körper von einer wohligen Gänsehaut überzogen. Sie versuchte, ihre Beine noch ein wenig weiter zu spreizen und überließ sich ganz seinen kundigen Fingern. Es dauerte nicht lange, und während sich sein Schwanz in ihrem Hintern austobte, erzeugten seine Finger an ihrem Kitzler den ersten Orgasmus, den sie laut herausschrie. Das Gefühl, das seine Finger an ihrem Kitzler erzeugt hatten, durchlief ihren ganzen Körper und erst als es an der Spitze ihres Kitzlers scheinbar explodierte, beruhigte sich Madeleine wieder. Die kleinen Tröpfchen, die dabei aus ihrer Klitoris heraussspritzten, fing Andrew mit seiner linken Hand auf und leckte sie anschließend genüsslich ab. Es schien, als ob der Geschmack ihrer Geilheit ihn noch mehr erregten, denn nachdem ihr Orgasmus abgeflaut war, kam es Madeleine vor, als ob der Schwanz in ihr zu mächtig wäre.

„Bitte, Andrew, bitte, spritz ab, Du bist so groß in mir, bitte, Andrew, bitte. Ich halte es kaum noch aus! Dein Schwanz ist zu groß, bitte, Andrew!"

Kaum hatte Madeleine diese Worte heraus gestöhnt, bewegte sich Andrew umso heftiger in ihrem Hintern. Er zog seinen Penis fast ganz aus ihm heraus, um ihn dann sofort wieder so tief wie er nur konnte in ihrem Arsch zu versenken. Als Madeleine glaubte, den Druck fast nicht mehr aushalten zu können, fühlte sie wieder seine Finger an ihrem Kitzler und fast gleichzeitig mit seinem Schwanz in ihrem Hintern spritzte auch ihre Klitoris erneut ab. Die Schreie der Wollust aus beiden Münderm hallten weit in die dunkle Nacht und wurde trotzdem von niemandem, außer den beiden jungen Menschen selbst, gehört. Nur der Mond, der die Szene noch heller beleuchtete sah, was die zwei trieben und er erzählte es nicht weiter.

Nachdem sein Penis etwas erschlafft war, zog Andrew ihn langsam aus Madeleines Hintern. Er klopfte erst kräftig auf ihr rechtes Hinterteil und dann genauso kräftig auf ihr linkes, was Madeleine zu kleinen Aufschreien veranlasste.
„Du hast einen schönen Arsch",
lobte er sie anerkennend.
„Es gibt nicht viele Ärsche, deren Öffnungen groß genug sind, meinen Schwanz hindurch zu lassen. Hast wohl schon viele Schwänze hinein gelassen, oder?"
Madeleine errötete tief, was Andrew aber nicht sehen konnte.
„Nein,"
stotterte sie verlegen.
„So viele waren es nun auch noch nicht."
„Aber schon einige, oder?"
„Es geht."
Madeleine hätte ihm auch sagen können, dass er erst der zweite Mann war, dessen Schwanz sich in ihrem Hintern ausgetobt hatte, doch sie blieb stumm. Fälschlicherweise dachte sie, dass Andrew Frauen bevorzugte, die schon große Erfahrungen in Sachen

Sex gesammelt hatten. Sie dachte, dass er kein Interesse mehr an ihr zeigen würde, wenn sie ihm sagte, dass sie kaum Erfahrung hatte. Hätte sie gewusst, dass Andrew eigentlich auf der Suche nach einer jungen Frau war, die er entjungfern konnte und die er dann heiraten würde, hätte sie vielleicht anders reagiert. So aber wollte sie, dass er glaubte, dass sie in Sachen Sex sehr erfahren wäre.

„Sehen wir uns morgen?"
fragte sie vorsichtig.
„Das weiß ich noch nicht",
kam die kurze Antwort von Andrew.
„Ich weiß überhaupt nicht, wann ich wieder Zeit haben werde. Vielleicht treffen wir uns ja zufällig wieder, und dann sehen wir mal, ok?"
„Ok."
Das war nicht die Antwort, auf die Madeleine gehofft hatte. Aber sie wollte abwarten, vielleicht könnte sie einem neuerlichen Treffen etwas nachhelfen.

„Guten Morgen,"
Eine freundliche Stimme riss Jenny aus ihren Gedanken. Vor ihr stand der junge Mann, dem sie am Tag zuvor den falschen Zimmerschlüssel ausgehändigt hatte.
„Guten Morgen,"
Antwortete Jenny und konnte nicht verhindern, dass ihr Gesicht von einer leichten Röte überzogen wurde.
„Haben Sie gut geschlafen?"
„Ja, danke. Ich habe wirklich ausgezeichnet geschlafen. Das Hotel liegt sehr ruhig. Ich werde es mir für die Zukunft merken."

Er überreichte Jenny seinen Zimmerschlüssel und begab sich nebenan, um zu frühstücken. Jenny beobachtete ihn dabei, wie er seinen Teller am Buffet reichlich füllte und mit großem Appetit sein Frühstück verspeiste.

„Tee oder Kaffee?"
fragte sie ihn liebenswürdig.
„Heute Morgen hätte ich gerne Kaffee."
Während sie in die Küche eilte, um ein Kännchen frisch gekochten Kaffees für ihn zu holen, klopfte ihr Herz.
‚Er sieht gut aus'
dachte sie dabei. Der Fremde, er hieß Donald, war groß gewachsen, hatte blonde, etwas lockige Haare und stahlblaue Augen, die Jenny am Tag zuvor aufmerksam betrachtet hatten. So wie am Tag zuvor, trug er einen dunklen Anzug, der ihm eine gewisse Würde verlieh.
‚Er sieht aus wie ein Banker'
dachte Jenny und seufzte leise auf. Er gefiel ihr, doch sie glaubte nicht, dass sie ihn wiedersehen würde. Viele der Gäste kamen nur für einen Tag und Jenny sah sie danach nie wieder. Nachdem Donald sein Frühstück beendet hatte, bezahlte er seine Hotelrechnung und verabschiedete sich von Jenny.
„Es hat mir sehr gut bei Ihnen gefallen und ich werde bestimmt wieder kommen."
„Das würde mich freuen, Sir",
antwortete Jenny und konnte nicht verhehlen, dass er ihr gefiel, denn ihre Wangen wurden plötzlich von einem tiefen Rot überzogen.

Donald nickte ihr noch einmal freundlich zu, nahm seinen Koffer und verließ das Hotel. Traurig sah Jenny ihm nach. Sie musste sich eingestehen, dass sie sich ein wenig in den fremden Gast verliebt hatte. Schnell jedoch hatte sie der Alltag eingeholt und sie vergaß ihn.

Donald, den alle nur Don nannten, dachte öfter an die nette Rezeptionistin und nahm sich fest vor, bei seinem nächsten Aufenthalt in London wieder dieses Hotel aufzusuchen. Doch momentan nahm in seine Arbeit so sehr in Beschlag, dass er keinen Gedanken an eine Übernachtung in der nächsten Zeit verschwenden konnte. Jennys Überlegungen, dass Don ein Banker war, waren gar nicht so falsch, denn er arbeitete in einer großen Bank. Nicht nur, dass er dort arbeitete, seinem Vater gehörte die Bank und es war vorgesehen, dass Don einmal alles übernehmen sollte, wenn sein Vater in den wohlverdienten Ruhestand ging.
Dass seine Eltern schon eine Frau für ihn ausgesucht hatten, wusste Don nicht. Er selbst wohnte in einer kleinen aber luxuriösen Wohnung. Nur selten hatte er Zeit, sich dort zu entspannen, denn sein Vater schickte ihn immer wieder auf Dienstreisen und so verbrachte Don mehr Zeit in fremden Hotels als zuhause. Es näherte sich der 60. Geburtstag seines Vaters und Don freute sich, das folgende Wochenende bei seinen Eltern verbringen zu dürfen. Zwar wurden viele Gäste erwartet, aber Don war sich sicher, dass es auch Momente geben würde, in denen er seine Eltern ganz für sich haben würde. Don war

ein Familienmensch und wäre gerne zuhause wohnen geblieben, aber sein Vater hatte verlangt, dass er in eine eigene Wohnung ziehen sollte.
„Damit du selbstständiger wirst",
hatte er zu ihm gesagt und ihm die Schlüssel zu seiner ersten eigenen Wohnung überreicht. Zuerst hatte Don sich geweigert, in diese Wohnung einzuziehen aber mit der Zeit gewöhnte er sich daran und fing an, seine Freiheit zu genießen. Auch seine ersten sexuellen Erfahrungen hatte er in dieser Wohnung gemacht.

Zu seinem 25. Geburtstag hatte er eine kleine Feier veranstaltet, auf die mehr Gäste kamen, als er eigentlich eingeladen hatte. Es waren Freunde von Freunden und Don musste sie wohl oder übel ertragen. Ein Gast fiel ihm dabei besonders auf. Sie hieß Joyce und hatte wundervolles hellblondes Haar, das in großen Locken herunterfiel. Ihr Gesicht sah zwar etwas verlebt aus, aber nur, wenn sie nicht geschminkt war. An diesem Abend war sie gekonnt geschminkt und Don sah nur ihre großen, grünen Augen, die ihn tiefgründig ansahen. Das enge, kurze Kleid, das sie trug, ließ ihren wohlgeformten Körper erkennen und zum ersten Mal in seinem Leben spürte Don eine bis dahin unbekannte Erregung durch seinen Körper fluten.
Joyce, die sich mit Männern auskannte, nutzte die Gelegenheit und flirtete unverschämt mit dem jungen Hausherrn. Die anderen Gäste beobachteten, wie sich Don und Joyce näher kamen und sich mehr und mehr von den anderen Gästen isolierten. Erst als sie sich

allein in Dons Schlafzimmer befanden, wurde sich Don bewusst, dass er dabei war, sein erstes sexuelles Abenteuer zu erleben.

„Die Gäste, wir müssen zu den Gästen zurück", stammelte er unbeholfen und schob Joyce, die sich eng an ihn gedrückt hatte, zur Seite.

„Lass doch die Gäste," flüsterte Joyce erregt und versuchte, die oberen Knöpfe seines Hemdes zu öffnen. Doch Don schob sie auf die Seite und lief aus dem Schlafzimmer. Im Wohnzimmer musste er erkennen, dass die Gäste inzwischen seine Party verlassen hatten und er allein mit Joyce in seiner Wohnung war. Er war erschrocken und erregt gleichzeitig. Angst erfüllte ihn vor dem, was Joyce von ihm im Schlafzimmer erwartete. Noch nie zuvor hatte er Sex mit einer Frau gehabt und nun, da sich Joyce ihm geradezu anbot, hatte er Angst, zu versagen.

Doch Joyce, die vergeblich im Schlafzimmer wartete, wusste, wie sie ihn verführen konnte. Mit geübten Griffen zog sie ihre Brüste nach oben, sodass sie wie kleine Hügel abstanden. Der Ausschnitt ihres ohnehin zu engen und zu kurzen Kleides vergrößerte sich dadurch noch und brachte ihre Brüste noch besser zur Geltung. Langsam trat sie durch die Tür seines Schlafzimmers und kam mit langsamen Schritten auf ihn zu. Don spürte, wie sein Penis anwuchs und es ihm viel zu eng in seiner Hose wurde. Schwer atmend sah er auf die Frau, die nur einen Schritt entfernt darauf wartete, von ihm genommen zu werden. Als er keine Anstalten machte, auf sie zuzugehen, machte sie den ersten Schritt und stand nun ganz dicht vor ihm.

„Gefalle ich dir?"

hauchte sie und sah ihm dabei tief in seine Augen.

Don nickte und atmete schwer, doch bewegte sich noch immer nicht.

Joyce ließ ihre rechte Hand an seinem Oberkörper entlang gleiten, immer tiefer, bis sie an den Verschluss seiner Hose kam. Don wollte einen Schritt zurücktreten, doch Joyce hatte schon mit ihren Fingern den Knopf seiner Hose geöffnet und hielt ihn damit fest.

„Gefällt dir, was ich mache?"

hauchte sie erneut. Don spürte, wie sie den Reißverschluss seiner Hose hinunter zog. Er konnte nicht antworten, hatte Angst, dass sie spüren würde, wie groß sein Glied inzwischen angeschwollen war.

Was Don nicht wusste war, dass seine Freunde Joyce gebucht hatten, damit er endlich einmal Sex mit einer Frau haben sollte. Es war ihr Geburtstagsgeschenk an ihn. Joyce hingegen wusste, dass sie ihn entjungfern sollte und dass sie sehr vorsichtig mit ihm umgehen sollte, denn das hatten seine Freunde zur Bedingung gemacht. Sie war eine professionelle Prostituierte und verstand ihren Beruf, den sie mit Leidenschaft ausübte.

Don atmete inzwischen heftig, denn er war so erregt, wie noch nie zuvor in seinem Leben. Als er spürte, wie ihre Hände nach seinem Penis griffen, wollte er erneut zurück treten, weg von ihren wissenden Fingern, doch zu spät. Sie hielt sein Glied fest und zog es aus seiner

Hose. Ein erstaunter Blick bestätigte, was sie schon gefühlt hatte. Don besaß einen sehr großen Penis und die Eichel ragte frei hervor. In der kleinen Spalte quollen langsam die ersten Tropfen heraus und Joyce beugte sich hinunter, um sie mit ihrer Zunge aufzunehmen. In diesem Moment ejakulierte Don. Er hatte sich nicht mehr unter Kontrolle halten können und spritzte sein Sperma direkt in den offenen Mund von Joyce. Lächeln nahm sie es auf und schluckte es hinunter. Staunend sah Don zu, wie begierig der Mund von Joyce seine Eichel aufnahm und an ihr lutschte, um auch den letzten Rest seines Spermas aus ihr heraus zu saugen. Mit weichen Knien stand er über sie gebeugt und genoss das Gefühl, das durch seinen Körper jagte. Noch nie hatte er eine solche Erektion verspürt und noch nie ein solches Gefühl der Wollust. Erst als auch der letzte Rest seines Spermas im Mund von Joyce verschwunden war, richtete sich Don langsam auf. Was hatte er gemacht? Er versuchte, seinen Penis aus dem Mund von Joy heraus zu ziehen und nur zögernd gab sie ihn frei.

„Du schmeckst gut",

flüsterte sie und sah zu Don hinauf.

„Du schmeckst wirklich gut. Gibst du mir noch mehr?"

Ungläubig sah Don auf die Frau, die vor ihm hockte. Er griff unter ihre Arme und zog sie hoch.

„Du willst mir nicht wirklich sagen, dass du das gerne machst, oder?"

Ungläubig sah Joyce ihn an.

„Natürlich, es hat mir wirklich Spaß gemacht, deinen Schwanz leer zu lutschen, oder ihn zu blasen, wie man es auch nennt. Hat es dir nicht gefallen?"

„Doch, doch, aber ich wusste nicht, dass es einer Frau Spaß macht, den Schwanz eines Mannes zu blasen. Was genau hat dir daran gefallen?"

„Es ist der Geschmack, was mir am blasen so gefällt, und deine Erektion hat mir besonders gut geschmeckt. Wann hast du das letzte Mal abgespritzt?"

Don errötete tief bei ihrer Frage.

„Nun sag schon, wann hast du dir das letzte Mal einen runter geholt?"

Don errötete noch mehr, denn noch nie hatte ihm jemand diese Frage gestellt.

‚Was für ein billiger Ausdruck,‘
dachte er befremdet.

‚Einen runter geholt, wer sagte denn so etwas? ‘

„Ich meine, wann hast du dich das letzte Mal selbst befriedigt? Das hast du doch schon einmal gemacht, oder?"

Dieses Mal sah Joyce ihn mit großen Augen an, so als wollte sie sagen:

„War das das erste Mal, dass dein Schwanz überhaupt abgespritzt hat?"

„Es ist schon eine ganze Weile her",
antwortete Don verschämt.

„Deshalb schmeckst du so gut. Ich mag Sperma, wenn schon einige Zeit vorher nicht abgespritzt wurde."

Als Don ihr nicht antwortete, sondern seinen Blick auf den Boden richtete, beschloss Joyce, ihn etwas zu auszuhorchen. Sie wollte wissen, wie weit sie ihr Sexspiel mit ihm ausdehnen könnte.

„Hast du schon einmal eine Frau geleckt? Hast du ihre Muschi schon mit deiner Zunge berührt oder war deine Zunge schon einmal in der Scheide einer Frau?" Joyce wusste, dass er noch nie mit einer Frau geschlafen hatte, aber sie wollte ihn aus seiner Reserve locken.

Noch mehr errötend schüttelte Don seinen Kopf.

„Möchtest du einmal wissen, wie eine Frau schmeckt?"

Don hob seinen Blick und zuckte mit seinen Schultern.

„Ich weiß es nicht, ich weiß es wirklich nicht."

Er wollte ihr nicht sagen, dass er schon oft davon geträumt hatte, seinen Kopf in die Scham einer Frau zu pressen und sie zu lecken. Über diese Dinge war er nicht gewohnt zu sprechen, aber er wollte es tun, unbedingt.

Als ob die erfahrene Joyce spüren würde, dass er Sehnsucht danach verspürte, zog sie langsam das enge Kleid über ihren Kopf und gab sich so nackt den Blicken von Don preis.

Wieder errötete er tief, aber reagierte nicht auf den Anblick des nackten Körpers, nur sein erigiertes Glied zeigte Joyce, dass ihn ihr Anblick bis aufs äußerste erregte.

„Streichle mich, Don, bitte, streichle meine Brüste", flüsterte sie und griff nach Dons Händen, die schlaff an seinem Körper hinunter hingen. Sie legte sie auf ihren großen Busen und sah ihm dabei tief in seine Augen.

„Massiere sie, bitte, Don. Massiere sie, das mögen sie."

Ihre gehauchten Worte verfehlten ihre Wirkung nicht und sie spürte, wie er vorsichtig seine Finger in ihr weiches Brustfleisch drückte.

„Ja, so ist es gut, ja, Don, noch ein wenig fester, ja."

Don wurde mutiger und griff nach ihren Brustwarzen. Er zwirbelte sie so fest, dass Joyce leise aufschrie.

„Nicht so fest, bitte, etwas zarter, ja, so ist es gut."

Mittlerweile hatte Don seinen Blick gesenkt und sah seinen Fingern dabei zu, wie sie die Brüste von Joyce massierten. Sie fühlten sich weich an, viel weicher, als es sich vorgestellt hatte. Er ließ seine Blicke weiter nach unten wandern und sah die gekrausten, kleinen Härchen, die ihren Venushügel bedeckten. Don stöhnte laut auf und wäre fast wieder gekommen. Nur mit größter Anstrengung hielt er eine erneute Erektion zurück.

„Gefalle ich dir?"

flüsterte Joyce in sein Ohr.

Don nickte, unfähig auch nur ein Wort zu sagen, aus Angst, die Kontrolle über seinen Körper zu verlieren. Joyce drehte sich von ihm weg und legte sich mit dem Rücken auf das breite Bett, das direkt neben dem Fenster stand. Dons Blicke folgten ihr, als sie langsam ihre Beine spreizte und ihm zum ersten Mal in seinem Leben die nackten Genitalien einer Frau zeigte. Zwar hatte er sich schon mehrfach einschlägige Zeitschriften angesehen, aber der reale Anblick ihrer Scham und die Art, wie sie mit ihren Händen an den Innenseiten ihrer Oberschenkel auf und ab glitt, dann langsam nach oben wanderten und die äußeren Schamlippen weit auseinander zogen, ließen ihn vor Erregung erschauern.

„Komm, komm zu mir",
hauchte sie so leise, dass es Don in seiner Erregung kaum verstand.

„Nimm mich so, wie du es willst, Don, komm."
Vorsichtig näherte sich Don dem Bett und sah auf die Frau hinunter, die sich ihm so willig darbot. Unter seinen Blicken hob sie ihre Beine etwas an, legte ihre Hände unter ihre Kniekehlen und zog ihre Beine langsam nach hinten, sodass sie fast auf ihrer Brust auf lagen. Dann zog sie sie langsam so weit auseinander, wie sie nur konnte. Dabei öffneten sich ihre Schamlippen leicht und ließen ihre zartrosafarbene Innenseite erkennen. Don stöhnte laut auf bei dem Anblick, der sich ihm bot.

„Nimm mich, Don, nimm mich doch endlich",
rief Joyce mittlerweile etwas ungeduldig geworden. Da hielt es Don nicht länger aus. Er kniete sich vor das Bett und vor ihre gespreizten Beine und begann vorsichtig, ihre äußeren Schamlippen mit seinen Fingern zu massieren. Er hatte einmal gelesen, dass Frauen es besonders liebten, wenn Männer sie derart verwöhnten.

„Ja, Don, ja, das ist gut, ja. Zieh sie auseinander, ja, Don weit auseinander, schnell, bitte Don."
Erschreckt über die Wildheit in ihrer Stimme zögerte Don, doch Joyce flehte erneut:

„Don, bitte, zieh sie auseinander und lecke mich dazwischen, Don!"
Endlich tat Don nach was Joyce so vehement verlangte. Ganz vorsichtig, um ihr nicht weh zu tun, zog er ihre dicken Schamlippen auseinander. Der Anblick ihrer wunderschönen kleinen Schamlippen

dazwischen verstärkte seine Erregtheit bis ins Unermessliche.

„Leck mich, bitte, Don, bitte",

flehte Joyce erneut und Don tat, was sie wollte. Er vergrub sein ganzes Gesicht in ihrer Scham und nahm ihren betörenden Duft tief in sich auf. Niemals zuvor hatte er so etwas Wunderbares gerochen und er konnte einfach nicht genug davon bekommen. Joyce stöhnte unter ihm und wand ihren Körper hin und her.

„Ja, Don, das ist gut, ja."

Sie hatte mittlerweile ihre Beine losgelassen und ihre Finger kraulten durch seine Haare. Dann drückte sie Dons Kopf noch fester auf ihr Geschlecht und rieb sich an ihm. Staunend über sein eigenes Tun, genoss Don den Geschmack, der mittlerweile auf seiner Zunge lag, die emsig ihre kleinen Schamlippen leckten.

Sein eigener Penis war inzwischen so hart geworden, dass Don jeden Moment glaubte, abzuspritzen. Die erfahrene Joyce erkannte es und zog Dons Kopf an seinen Haaren von ihrer Scham. Sie drehte sich etwas auf die Seite, um ein Plastiktütchen vom Boden aufzuheben. Sie hatte es unbemerkt von Don dorthin gelegt. Sie zog einen Pariser heraus und drehte sich wieder zu Don, der mit glasigen Augen zugesehen hatte, was sie machte. Sein Glied stand aufrecht und erigiert vor seinem Bauch. Joyce griff nach ihm und zog mit flinken Fingern den Pariser über seinen Penis. Dann legte sie sich zurück aufs Bett, spreizte ihre Beine erneut und zog sie hoch an ihren Oberkörper. Don kniete vor ihr und beobachte sie, dabei ging sein Atem immer heftiger.

„Fick mich, Don, bitte, fick mich!"

Für einen Moment verlor Don seine Erregtheit, denn das Wort ‚fick' turnte ihn irgendwie ab, doch als sein Blick erneut auf die nackte Frau unter ihm fiel, vergaß er all seine Bedenken. Wie von selbst fand sein Glied die warme, feuchte Öffnung ihrer Scheide und es war das erste Mal in seinem bisherigen Leben, das Don eine Frau bestieg und es war das erste Mal, dass er einen Pariser trug. Er konnte seinen Blick nicht von dem nackten Körper der Frau vor ihm loslassen, als er sich erst langsam und vorsichtig in ihrer warmen, feuchten Vagina bewegte. Dann aber wechselte er instinktiv seinen Rhythmus, seine Bewegungen wurden intensiver, härter und brachten seinen Penis so dazu, tief in Joyce abzuspritzen. Fest drückte er dabei seine Arschbacken zusammen, um seinen gesamten Samen in sie, beziehungsweise in die Hülle um seinen Penis hinein zu ejakulieren. Er stöhnte laut auf, als die Welle der Wollust durch seinen Körper strömte. Niemals zuvor hatte er eine solche Erregung mit anschließendem Orgasmus verspürt.

„Komm, komm leg dich auf mich, "
flüsterte Joyce und dankbar ruhte sich Don auf ihrem warmen Körper aus.

„War es gut für dich?"

„Ja, danke, Joyce, das war wirklich gut."

Während Joyce ihre Hände langsam über seinen Körper gleiten ließ, beruhigt sich Don etwas. Sein Atem ging gleichmäßiger und auch sein Puls nahm wieder die normale Schnelligkeit an. Er spürte ihre Brüste unter sich und hatte Angst, ihr mit seiner Körperlast weh zu tun. Daher stützte er sich auf seine Arme und hob seinen Oberkörper.

„Was machst du?"
fragte Joyce irritiert.

„Bin ich dir nicht zu schwer? Ich liege mit meinem ganzen Gewicht auf deinen Brüsten. Tut dir das nicht weh?"

Joyce lachte leicht auf.

„Ach, du. Nein, das tut mir absolut nicht weh. Frauen sind anscheinend dafür gemacht, das Gewicht eines Mannes auf ihrem Körper mit Leichtigkeit tragen zu können. Aber wenn du willst, kann du von mir absteigen."

Wieder errötete Don. ,Absteigen', welche Wörter sie benutzte. Aber er tat, was sie sagte und rollte von ihrem Körper. Seinen Kopf auf seine Hand gestützt, lag er seitlich neben Joyce und blickte auf sie hinab.

„Du bist wunderschön",
flüsterte er und konnte sich nicht satt sehen an ihren Brüsten und ihrer Scham, die sie ihm immer noch offen darbot. Ungezwungen hatte sie ihre Beine aufgestellt und weit gespreizt, bot sich ihm vollkommen dar.

Don musste heftig atmen, als er sie betrachtete und fühlte, wie das Blut in seinen Penis zurückkehrte und ihn wieder anschwellen ließ. Der Anblick ihres nackten Körpers erregte ihn erneut. Verschämt versuchte er, mit seiner freien Hand sein Glied vor ihren Augen zu verbergen, aber Joyce hatte schon längst erkannt, dass er erneut erregt war.

„Du bist ein richtiger Nimmersatt",
lachte sie leise und es gefiel ihr, wie die Röte über Dons Gesicht zog.

„Was möchtest du jetzt am liebsten machen?"

Don antwortete nicht sofort, denn er schämte sich dafür, dass sein Penis seine Lust so eindeutig verraten hatte. Er schämte sich aber auch dafür, dass sein Penis augenscheinlich machte, was er wollte und er selbst keinen Einfluss darauf hatte. Es ärgerte ihn ein wenig, da er gewohnt war, sich selbst und seine Gefühle stets und immer unter Kontrolle zu haben.

Während Don darüber nachgrübelte, wie er seinen Penis besser kontrollieren könnte, hatte Joyce schon Besitz von ihm genommen. Erst befreite sie ihn mit gekonnten Griffen von seiner gefüllten Hülle um dann mit ebenso gekonnten Bewegungen sie seinen Schaft auf und ab zu reiben, bis er so hart und geschwollen war, dass Don fürchtete, sofort wieder abzuspritzen.

„Langsam, bitte, Joyce, langsam. Sonst komme ich wieder zu schnell."

„Das bekommst du mit der Zeit unter Kontrolle, mach dir darüber keine Sorgen. Lass ihn heute einfach das tun, was er will."

Wie befreit stöhnte Don laut auf.

„Was willst du, Joyce? Dieses Mal bist du an der Reihe mir zu sagen, was ich machen soll."

„Leg dich auf den Rücken",

befahl Joyce und rückte ein wenig auf die Seite. Don legte sich auf den Rücken und sah zu, wie Joyce zärtlich mit ihrer Zunge in der kleinen Spalte seiner Eichel nach den ersten Liebestropfen suchte. Als er laut aufstöhnte, hörte sie sofort damit auf und stülpte ihm einen neuen Pariser über sein erigiertes Glied. Anschließend kniete sie sich über seinen Penis und führte ihn mit ihrer Hand in ihre Scheide. Dann ließ sie sich langsam auf ihm nieder, bis es tief in ihr verschwunden war.

„Oh, Don, ja, das ist gut, ah, ich spüre ihn ganz tief in mir, ah, ja."

Langsam fing Joyce an, den Penis von Don zu reiten. Vorsichtig bewegte sie sich auf ihm auf und ab und hin und her. Dann wurden ihre Bewegungen heftiger und Don sah mit Erstaunen, wie sich ihre Augen veränderten. Sie zeigten eine Geilheit, wie er sie nie zuvor gesehen hatte. Plötzlich wurden sie glasig, verdrehten sich und als Don erschrocken fragte:

„Was ist los, Joyce?"

kam sie und schrie ihren Orgasmus laut hinaus. Zum ersten Mal in seinem Leben erlebte Don, wie eine Frau einen Orgasmus hatte und es erfüllte ihn mit einem guten Gefühl. Schließlich war es sein Penis, der Joyce zu diesem Lustgefühl verholfen hatte. Erst langsam beruhigte sich Joyce und ließ sich auf Don fallen.

„Der war gut, ach Don, der war wirklich gut. Darf ich dich noch einmal reiten? Ich will noch einen Orgasmus."

Don konnte nur nicken, denn er war erneut so erregt, dass er glaubte, abspritzen zu müssen. Nur mit Mühe konnte er seinen Penis daran hindern. Nach einer Weile richtete sich Joyce auf und fing wieder mit ihren Bewegungen an. Vor und zurück und auf und nieder. Erst langsam und dann schneller und schneller, ihren Körper dabei fest auf den Unterkörper von Don pressend entstand die gewünschte Reibung an ihrem Kitzler, der den Orgasmus ankündigte. Gleichzeitig rieb sein Glied in ihr an ihrem G-Punkt und als Joyce erneut ihre Befriedigung und ihren Orgasmus durch laute Schreie kundtat, rollten Schauern der Lust durch ihren Körper. Sie knetete dabei ihre beiden Brüste so intensiv mit ihren Händen, dass Don Angst hatte, sie könnte sich verletzen. Auch an ihren Nippeln zog und drehte sie, bis der erwünschte Orgasmus sie überflutete. Erst langsam beruhigte sie sich und ließ sich neben Don aufs Bett fallen.

„Das war gut, danke, Don, oh, das war so gut."

Don hatte viel über Sex gelesen, aber was er heute erlebte, übertraf alles, was er sich vorgestellt hatte. Glücklich war er besonders darüber, dass sein Penis dieses Mal so lange durchgehalten hatte, bis Joyce befriedigt war. Dann spürte er, wie sich eine Frauenhand um sein Glied legte, den Pariser, der es umhüllte abrollte, und es anschließend gekonnt massierte. Dieses Mal dauerte es nicht lange, bis er abspritzte. Wieder in den Mund von Joyce, die sein Sperma gierig in sich aufsog. Anschließend leckte sie ihn sauber und sah ihm dabei tief in seine Augen.

„Ich liebe es, einen Schwanz in meinem Mund zu haben."

Wieder war Don etwas peinlich berührt. Das Wort ‚Schwanz' störte ihn im Zusammenhang mit seinem Glied, aber er sagte nichts. Es gefiel ihm, wie sie mit seinem Penis umging und zeigte ihm aber auch, dass sie sehr viel Erfahrung im Umgang damit hatte und wahrscheinlich schon sehr viele Männer glücklich gemacht hatte. Er durfte sich auf keinen Fall in sie verlieben.

„Wo darf ich mich duschen?"

Die Frage von Joyce riss ihn aus seinen Gedanken. Er zeigte ihr das Badezimmer und legte sich selbst wieder auf das Bett. Als Joyce kurze Zeit später frisch geduscht zu ihm kam, hätte er sie am liebsten gebeten, sich noch einmal zu ihm zu legen. Aber seine angezogene Höflichkeit hielt ihn davon ab.

„Tschüss, Don. Vielleicht sehen wir uns ja einmal wieder?"

„Das wäre schon, Joyce. Gute Nacht."

Als Don die Tür hinter Joyce abschloss bereute er es schon, sie gehen gelassen zu haben.

‚Wie wäre es wohl gewesen, wenn er am nächsten Morgen neben ihr aufgewacht wäre?' Doch er unterdrückte den Wunsch, ihr nachzulaufen und sie wieder zu sich zu holen. Es war besser so.

Während Don am nächsten Morgen mit einem zufriedenem Gefühl aufwachte und in seinen Gedanken noch den Abend zuvor erlebte und dabei einige wohlige Schauer über seinen Körper jagten, bereitete Jenny wie immer das Frühstück für die Gäste vor. In der letzten Nacht waren alle Zimmer belegt und so musste sie sich sputen, um alles pünktlich fertig zu haben. Eines der Zimmermädchen half ihr jeden Morgen dabei.

Wie jeden Tag kam Jonathan, der Besitzer des Hotels, mit den letzten Gästen in den Speiseraum, um auch sein Frühstück einzunehmen. Jenny mochte ihn nicht, er war ihr regelrecht unsympathisch. Auch heute Morgen sah er sehr ungepflegt aus und mehrere Gäste sahen sich unangenehm berührt von seinem schlampigen Aussehen, mehrfach nach ihm um, sagten aber nichts. Jenny brachte ihm ein Kännchen mit heißem Tee und zwei Roggenbrötchen. Dazu zwei Scheiben Toastbrot und seinen Lieblingsbelag, nämlich gekochten Schinken. Davon aß er jeden Morgen mindestens achten Scheiben. Jonathan war kein gebürtiger Engländer, sondern stammte aus Neuseeland. Vor ungefähr zwölf Jahren hatte er seine Ehefrau Melanie, die alle nur Mel nannten, auf seiner ersten Reise nach England kennen und lieben gelernt. Schon bei seinem zweiten Besuch heirateten sie und er blieb. Melanie hatte das Hotel von ihren Eltern geerbt und führte es so weiter, wie ihre Eltern es ihr beigebracht hatten. Daher war es eher etwas altmodisch, was viele ihrer Gäste jedoch liebten und ihr deshalb die Treue hielten.

Nachdem Jonathan sein Frühstück beendet hatte, schlurfte er wieder davon in ein Zimmer, das außer ihm niemand betreten durfte. Selbst Mel, seine Ehefrau war nur einmal dort gewesen. Jonathan war ein Computerfreak und verbrachte die meiste Zeit vor seinem Rechner. Alle Buchungen des Hotels liefen über ihn und auch die Buchhaltung machte er allein. So war er den ganzen Tag beschäftigt und störte den Betrieb des Hotels nicht.

Melanie hatte sich längst damit abgefunden dass ihr Mann nur selten dazu zu bewegen war, mit ihr auf irgendeine Geburtstagsfeier zu Freunden zu gehen. Meist ging sie alleine dorthin und wenn sie später am Abend nach Hause kam, saß Jonathan immer noch vor seinem Computer und war nicht dazu zu bewegen, gemeinsam mit ihr zu Bett zu gehen. Die Abende, die sie während eines Monates zu zweit verbrachten, konnte sie an einer Hand abzählen. Doch Melanie wollte sich nicht beschweren, denn die Aufsicht über das Hotelpersonal benötigte und beanspruchte ihre ganze Aufmerksamkeit und meist fiel sie abends todmüde ins Bett und war froh, nicht noch mit ihrem Mann Sex haben zu müssen. Da sie und Jonathan schon beide über 50 Jahre alt waren, hatte Melanie ihren sehnlichen Wunsch nach eigenen Kindern längst verdrängt.

Auch Jenny ging abends selten aus. In der Zeit, in der sie nun in London lebte, hatte sie nur wenige neue Freundschaften geschlossen. Außerdem war sie von dem frühen Aufstehen und dem vielen Putzen während des Tages froh, wenn sie abends ihre Ruhe hatte. Sie ging meistens früh ins Bett, da sie morgens immer sehr früh aufstehen musste. An diesem Abend aber war es sehr schwül in ihrem kleinen Zimmer und sie konnte einfach nicht einschlafen. In den Nachrichten hieß es, dass London noch nie eine solche Schwüle erlebt hatte. Jennys Gedanken kreisten um den einen Gast, der in ihr etwas angefacht hatte, das sie sich nicht erklären konnte. Sie konnte seine Augen nicht vergessen, die so tief in ihre geblickt hatten. Ein blau, wie sie es nie zuvor gesehen hatte und das sie nicht losließ. Jenny stand auf und trat an das Fenster, um es zu öffnen. Sie hoffte, dass die frische Nachtluft sie etwas abkühlte, aber dem war nicht so, denn selbst die Nacht konnte die unangenehme Schwüle nicht vertreiben.
Jenny trug nur ein leichtes Nachthemd und wenn sie vor dem Fenster stand, konnte man ihren

wunderschönen Körper gegen die dunkle Nacht durch den leichten Stoff genau erkennen. Jenny selbst wusste nicht, wie schön sie eigentlich war, denn niemand hatte es ihr bisher gesagt. Immer wieder traten die blauen Augen von Donald vor ihr Antlitz und jedes Mal machte sich dieses unbekannte Gefühl in ihrer Scham bemerkbar. Jenny spreizte ihre Beine etwas in der Hoffnung, dass sich das Gefühl damit auflösen würde, aber es passierte nichts. Langsam hob sie ihr Nachthemd hoch und sah an ihrem Körper hinunter.

‚Was passiert da gerade mit mir?‘
dachte sie und ließ ihre rechte Hand über ihre Scham gleiten.

‚Was ist das nur für ein Gefühl, das mich so unruhig macht und das nach Erlösung schreit?‘
Wie eine junge Löwin im Käfig lief sie anschließend in ihrem kleinen Zimmer auf und ab und fand erst nach Stunden Ruhe und fiel in einen leichten Schlaf, der immer wieder gestört wurde, durch das erregende Gefühl an ihrer Klitoris.

Noch nie hatte Jenny ihre Scham von innen gesehen und wusste auch nicht, was beim Sex eigentlich passierte. Ihre Eltern, die sie sehr streng erzogen hatten, sprachen mit ihr nicht über diese Dinge und im Aufklärungsunterricht in der Schule sprach der Pfarrer über Bienen und Blüten und keiner der jungen Leute, die interessiert an diesem Unterricht teilnahmen, wusste was er damit sagen wollte. So waren sie anschließend genauso klug wie zuvor, nur etwas irritierter.

Die jungen Männer in dem Ort, aus dem Jenny stammte, besorgten sich einschlägige Literatur oder gingen, wenn sie genug Geld gespart hatten, zu Huren, um dort erste Erfahrungen zu sammeln. Nicht alle dieser Damen gingen sanft mit den Jünglingen um und so kam es, dass viele später bei ihren eigenen Ehefrauen genau so ruppig waren, wie sie es von den Huren gelernt hatten. Wie Andrew, der es auch nicht besser wusste.

Jenny wurde nach ein paar Stunden Schlaf wach und verspürte großen Durst. Sie musste über den langen Flur hinunter bis zur Küche gehen, um sich etwas zum trinken zu holen. Dabei ging sie an dem Zimmer vorbei, in dem Jonathan immer noch arbeitete. Jenny hörte Geräusche und schloss daraus, dass er nicht allein war.

‚Vielleicht ist Mel ja ausnahmsweise mal bei ihm,‘ dachte sie nur und ging schnell weiter. Sie wollte nicht, dass jemand sie in ihrem durchsichtigen Nachthemd sehen könnte. Als sie auf dem Rückweg zu ihrem Zimmer wieder an Jonathans Arbeitsraum vorbeihuschte, glaubte sie, lautes Stöhnen zu hören und blieb stehen.

‚Ob es ihm nicht gut geht?‘ dachte sie und wollte schon die Tür öffnen. Doch dann ertönte ein kurzer Aufschrei und ein wohliges

„Ja, das ist gut, ja, weiter, bitte, mach weiter.“

Schnell stürmte Jenny in ihr Zimmer. Sie hatte die Stimme einer Frau gehört, die so laut gestöhnt hatte. Dabei hatte sie bemerkt, dass die Tür zu dem Raum hinter der sie das Stöhnen gehört hatte, nicht richtig verschlossen war. Sie stand einen Spalt offen und daher konnte man alles, was sich in dem Raum abspielte, laut und deutlich auf dem Flur hören.

‚Nur, wer ist diese Frau?'

dachte Jenny nachdenklich. Es war nicht Mel gewesen, da war sie sich sicher.

‚Ob er eine Freundin hat und sich mit ihr in diesem Zimmer vergnügt?'

Ratlos saß Jenny auf ihrem Bett und wusste nicht, was sie tun sollte.

‚Es etwa Mel erzählen und sie unglücklich machen? Was, wenn er nur den Fernseher an hatte und sich irgendeinen Film ansah?'

Dieser Gedanke beruhigte Jenny sofort. Natürlich, so musste es gewesen sein. Sie schalt sich ein Dummerchen und konnte endlich einschlafen.

Wie immer betrat Jonathan mit den letzten Gästen den Frühstücksraum und Jenny sah ihm an, dass es in der letzten Nacht wohl sehr spät geworden war. Sie selbst war, nachdem sie aufgewacht war und Durst verspürte, so gegen zwei Uhr morgens an seinem Zimmer vorbeigekommen, von wo aus sie die seltsamen Geräusche gehört hatte.

‚Ob er vor dem Fernseher eingeschlafen war?'

dachte sie aber sein Aussehen ließ eher vermuten, dass er noch länger wach geblieben war.

Nachdem die Gäste fertig gefrühstückt und ausgecheckt hatten, räumte Jenny die Tische leer und ging in die Küche, um alles zu spülen, abzutrocknen und wieder in die Schränke zu räumen. Es dauerte über vier Stunden bis sie das Geschirr und den Frühstücksraum in Ordnung gebracht hatte. In der

Zwischenzeit hatte Mel ein Mittagessen für sich selbst, Jonathan und Jenny zubereitet. Still aßen sie ihre Mahlzeit und sprachen kaum ein Wort.

‚Ob ich Jonathan erzählen soll, was ich heute Nacht gehört habe?'

dachte Jenny für einen kurzen Moment, verwarf den Gedanken aber sofort wieder. Nein, sie wollte nicht, dass Jonathan wusste, dass sie vor seiner Tür gestanden und gelauscht hatte.

Nach dem gemeinsamen Mittagessen war es die Arbeit von Jenny, die Küche in Ordnung zu bringen. Anschließend mussten die Zimmer neu hergerichtet werden, aber da standen Jenny zwei Zimmermädchen zur Seite. Trotzdem bedeutete es viel Arbeit, denn die Nacht zuvor waren alle Zimmer belegt gewesen. Es war schon nach sechs Uhr abends, als sie endlich damit fertig waren. Wieder nahm sie ein gemeinsames Mahl mit Mel und Jonathan ein, um dann für den Rest des Abends frei zu haben. Da sie keinen eigenen Fernsehapparat besaß, musste sie mit den mittlerweile wieder angereisten Gästen, die stets von Mel empfangen wurden, gemeinsam im Frühstücksraum fernsehen. Da konnte es schon vorkommen, dass Mel nach ihr rief, wenn zu viele Gäste auf einmal eintrafen. So hatte Jenny auch Donald kennen gelernt.

Donald hatte ihr ausnehmend gut gefallen. Außerdem schien er sehr gute Manieren zu besitzen, im Gegensatz zu den Bauernburschen in ihrem Heimatdorf. Jenny seufzte laut auf und eine Dame, die neben ihr saß fragte besorgt:

„Geht es Ihnen nicht gut? Kann ich etwas für Sie tun?"
Schnell schüttelte Jenny ihren Kopf, stand auf und begab sich zurück auf ihr Zimmer. Während sie auf dem Bett lag, kreisten ihre Gedanken um Donald, den jungen Mann mit den blauen Augen. Wieder meldete sich ihr Kitzler zwischen ihren Schamlippen und erneut befiel Jenny diese unerklärliche Unruhe, gegen die sie machtlos war.

Vorsichtig schob sie zwei Finger unter ihr Höschen und fand die Klitoris, die sie so sehr quälte. Doch sofort zog sie ihre Finger wieder aus ihrem Schlüpfer. Sie fühlte sich irgendwie ertappt, so, als ob ihre Mutter mit erhobenem Finger vor ihr stünde und sagen würde:

„Das darfst du nicht, das schickt sich nicht. Hör sofort damit auf!"

Jenny stand auf, warf sich eine leichte Jacke über die Schultern und lief nach unten. Dort stand Mel hinter der Rezeption und war damit beschäftigt, die Gästeliste auf den neusten Stand zu bringen.

„Ich gehe ein wenig an die frische Luft."

rief Jenny Mel zu.

Während sie schnell hinauslief, hörte sie noch die Worte, die ihr Mel nachrief:

„Aber nicht zu lange, es wird gleich dunkel."

Jenny musste bei diesen Worten lächeln. Nun war sie Anfang zwanzig und Jenny behandelte sie wie ein kleines Mädchen. Die frische Luft tat ihr gut und die Schaufenster lenkten sie ab. Immer wieder presste sie ihre heißen Wangen gegen die kühlen Scheiben und bewunderte die wundervollen Sachen, die sich dahinter befanden.

‚Irgendwann heirate ich einen reichen Prinzen und dann kann ich mir all diese Dinge leisten,' dachte sie und wusste schon im selben Moment, dass sie wohl niemals einen reichen Prinzen treffen würde, denn in dem Hotel in dem sie arbeitete, verkehrten solche hochgestellten Menschen nicht.

Später, als sie wieder in ihrem kleinen Zimmer war, benötigte es nur einen Gedanken an Donald, um in Jenny wieder die Unruhe hervorzurufen, die sie durch ihren langen Spaziergang endlich besiegt hatte. Wieder lief sie auf und ab und wusste nicht, was sie dagegen unternehmen konnte.

Als es zehn Uhr war begab sich Jenny ein letztes Mal in die Küche, um sich für die Nacht etwas zum Trinken zu holen. Sie wollte vermeiden, noch einmal mitten in der Nacht allein den langen Flur in ihrem Nachthemd entlang laufen zu müssen. Als sie an Jonathans Zimmer vorbeikam, hörte sie nichts aber auf dem Rückweg konnte sie die Stimmen von zwei Personen erkennen, die sich angeregt unterhielten. Es war aber nicht Jonathan, dessen Stimme sie hörte. Auch die andere Person war nicht Mel, denn auch deren Stimme kannte sie. Unbewusst war Jenny stehen geblieben und hörte weiter zu. Sie konnte nicht erkennen, was die beiden Personen miteinander sprachen, aber plötzlich war es, als ob das eben noch normale Gespräch sich veränderte und das Paar sich küssen würde. Wieder hörte Jenny das schon bekannte Stöhnen und lief so schnell sie konnte zurück in ihr Zimmer.

‚Ob er sich Pornos ansieht und deshalb keiner den Raum betreten darf?'
dachte sie nachdenklich.
‚Aber er hat doch eine äußerst attraktive Frau, warum sieht er sich Pornos an?'

Jenny war sehr naiv und dachte wirklich, dass, wenn ein Paar verheiratet ist, das ‚Glücklich sein' eine ganz selbstverständliche Sache wäre und man nie mehr an einen anderen denken würde. Das mag ja in vielen Ehen auch so sein, aber es gibt auch andere Ehen, in denen das ‚Glücklich sein' nicht selbstverständlich stattfindet.

Viele Gedanken störten das Einschlafen von Jenny und sie wälzte sich unruhig auf ihrem Bett hin und her.

Dabei verrutschte ihr leichtes Nachthemd und ihr wunderschöner, kleiner aber fester Hintern, lag frei im hellen Mondschein, der durch das Fenster den kleinen Raum erhellte.

Als sie ein kleines Kind gewesen war, hatte ihre Mutter sie dazu erzogen, nachts ihr Höschen auszuziehen.

„Dein kleiner Popo muss auch auslüften,"
hatte sie lächelnd zu ihr gesagt und Jenny hatte es sich gemerkt.

Endlich schlief sie ein und bemerkte nicht, dass sie die ganze Nacht mit einem unbedeckten Hintern schlief. Als sie am nächsten Morgen erwachte musste sie erkennen, dass es sehr abgekühlt hatte, während sie schlief und dass ihr Hintern sich ziemlich kalt anfühlte. Eine warme Dusche, die sie ausgiebig genoss, erwärmte ihn jedoch wieder und Jenny beeilte sich, den Gästen das Frühstück zu bereiten.

Als sie auf dem Weg dorthin an Jonathans Zimmer vorbeilief, hörte sie wieder Geräusche, die sie stutzig machten.

‚Ich wusste gar nicht, dass dieses Zimmer eine Dusche besitzt?‘ wunderte sie sich, doch nur kurz, denn die Arbeit verdrängte ihre Gedanken.

Dieser Tag verlief genau so, wie alle anderen Tage zuvor. An diesem Abend machte Jenny wieder einen Spaziergang und verpasste daher, dass der Mann, an den sie seit Tagen dachte, gerade in ihrem Hotel eincheckte. Auf dem Weg zurück sah sie ihn plötzlich. Er ging auf der anderen Straßenseite und schien es ziemlich eilig zu haben. Jennys Herz schlug plötzlich ganz laut und sie blieb stehen.

‚Ist er es wirklich, nein, oder doch?‘

Sie war sich nicht sicher, denn viel zu schnell war er verschwunden. Traurig ging sie zurück und stand lange Zeit an ihrem Fenster, geradeso, als ob sie ihn mit ihren Gedanken herbeizaubern könnte. Die Unruhe in ihr war noch viel stärker als jemals zuvor und Jenny konnte nicht verhindern, dass ihr die Tränen über die Wangen liefen. Gerade in dem Moment, als sie sich umdrehte um sich ein Taschentuch vom Tisch zu nehmen, eilte Donald unter ihrem Fenster zu dem Eingang des Hotels. Als Jenny wieder hinaussah, war er längst nicht mehr zu sehen.

Während Jenny sich in Gedanken an ihn verzehrte, lief Donald unruhig in seinem Zimmer auf und ab.

‚Was habe ich erwartet? Dass sie nur auf mich wartet und mir um den Hals fällt, sowie ich das Hotel betrete?'

Auch er hatte keinen Tag ohne Gedanken an Jenny verbracht. Ihr zurückhaltendes Lächeln hatte ihn verzaubert und deshalb war er extra nach London gereist, um sie zu sehen. Doch nun stand er ganz allein in seinem Zimmer und sehnte sich nach dem Wesen, in das er sich verliebt hatte. Dass sie nur einige Zimmer weiter genauso sehnlich an ihn dachte, wusste er nicht.

So schliefen in dieser Nacht zwei junge Menschen, die sich in Sehnsucht nacheinander verzehrten, einsam und allein in ihren Betten und wussten nicht, dass sie sich so nahe waren.

Als Jenny am nächsten Morgen erwachte, war ihr Nachthemd wieder ganz hoch gerutscht und sie lag bloß in ihrem Bett. Das Betttuch, das eigentlich über ihrem Körper sein sollte, lag auf dem Boden und ihr fester Hintern fühlte sich kalt an. Selbst ihre Brüste waren kalt geworden, denn auch sie lagen unbedeckt auf dem Bett. Schnell sprang Jenny unter die Dusche und eilte anschließend, nachdem sie sich angezogen hatte, hinunter, um das Frühstück vorzubereiten.

Auch Donald war früh erwacht und beeilte sich, sein Frühstück einzunehmen, denn er hatte einige Termine, die er an diesem Tag wahrnehmen musste.

Jenny war gerade damit beschäftigt, einer älteren Dame eine Tasse Tee einzuschütten, als Donald den Raum betrat. Fast hätte Jenny die Teetasse fallen gelassen, sie konnte sie gerade noch festhalten.

„Sie sind aber ziemlich nervös,"
meinte die alte Dame vorwurfsvoll und so laut, dass
Donald es hörte.

Ein Lächeln überflog sein Gesicht, als er in das
hochgerötete Gesicht von Jenny blickte.

„Bekomme ich auch eine Tasse Tee?"
fragte er höflich und Jenny nickte.

„Natürlich, sofort."
Sie lief zurück in die Küche, um frischen Tee zu holen,
dann eilte sie an seinen Tisch.

„Ich habe Sie gestern Abend als ich eincheckte nicht
gesehen und hatte schon Angst, Sie würden nicht
mehr hier arbeiten."

„Doch, doch, ich arbeite noch hier:"
Jenny war so nervös, dass ihre Hände zitterten.

„Ich war gestern Abend ein wenig spazieren, deshalb
war ich nicht da, als Sie eincheckten."

„Das ist schade. Wir hätten doch gemeinsam
spazieren gehen können. Ich war auch an die frische
Luft."

„Ich weiß,"
antwortete Jenny ohne nachzudenken.

„Ich habe Sie gesehen."

„Was, Sie haben mich gesehen und Sie haben sich
nicht bemerkbar gemacht?"

Jenny bemerkte mit Erstaunen, dass er wirklich
enttäuscht darüber war, dass sie ihn nicht
angesprochen hatte.

„Aber Sie waren so weit weg, auf der anderen
Straßenseite. Wie hätte ich mich bemerkbar machen
sollen?"

Fast hätte sie geweint bei diesen Worten und nur mit Mühe konnte sie ihre Tränen zurück halten. Donald bemerkte es sofort und es erfüllte ihn mit großer Freude.

‚Ob sie mich auch mag?‘

dachte er während er sein Frühstück aß. Er beobachtete Jenny, wie sie mit stets gleichbleibendem freundlichem Lächeln die nach und nach eintreffenden Gäste bediente. Dass seine Eltern wohl einen Schock erleiden würden, wenn er ihnen eine kleine Hotelangestellte als seine Freundin präsentierte, daran dachte er in diesem Moment nicht. Das Einzige was zählte war, dass er sie sah und dass sie ihn anscheinend mochte.

„Was machen Sie heute Abend?"

fragte er, als sie wieder einmal an seinem Tisch vorbeilief. Ihr erstaunter Blick ließ ihn erahnen, dass sie wohl niemals mit einer solchen Frage gerechnet hätte. Da er aber keine Zeit mehr hatte, hinterließ er einen kleinen Zettel:

‚Meine kleine Serviererin, würden Sie bitte heute Abend mit mir essen und vielleicht anschließend ein wenig spazieren gehen? Bitte nicht nein sagen, Ihr Don.‘

Jenny saß in der Küche und las diesen Zettel immer wieder, bis er ziemlich verknittert war.

‚Er will mit mir essen gehen, oh mein Gott, wie wunderbar.‘

Noch nie hatte sie so schnell gearbeitet und Mel wunderte sich, wie glücklich sie aussah.

„Was ist mit dir los?"

fragte sie Jenny, als sie nach dem Mittagessen allein mit ihr in der Küche saß. Ohne Scheu berichtete Jenny ihr von dem Angebot des Gastes. Sofort stieß Mel einen lauten Schrei aus:

„Da wirst du nicht hingehen, Jenny. Hast du mich verstanden? Du bist zu schade für ein kurzes Abenteuer eines solchen reichen Herrn. Denn mehr bist du für ihn nicht und wirst du auch niemals sein. Diese feinen Herren glauben, sie können mit uns machen, was sie wollen. Aber nicht in diesem Hotel und nicht mit dir, Jenny. Ich habe deiner Mutter versprochen, auf dich aufzupassen."

Jenny konnte weinen und flehen, Mel blieb hart und so musste Jenny den ganzen Abend im Wohnzimmer von Mel verbringen, die sie immer wieder vor den ‚reichen Schnöseln' warnte, die Mädchen wie sie, nur ausnutzen würden.

In dieser Nacht weinte sich Jenny in den Schlaf und als sie am nächsten Morgen erwachte, war es schon fast Mittag. Mel war heimlich in ihr Zimmer gekommen und hatte den Wecker ausgeschaltet. Sie wollte so verhindern, dass sich Jenny und Donald noch einmal sahen, was ihr auch gelang.

Jenny, die nichts von dem perfiden Tun ihrer Chefin ahnte, schalt sich selbst immer und immer wieder.

‚Nur durch meine Schuld habe ich ihn nicht mehr gesehen. Warum habe ich auch nur vergessen, den Wecker zu stellen?'

Sie weinte fast den ganzen Tag und glaubte fest daran, schuld zu sein, ihn nicht mehr gesehen zu haben. Mel tat es schon fast leid, was sie Jenny angetan hatte.

‚Vielleicht hätte ich sie gehen lassen sollen, vielleicht wäre es besser gewesen. Aber dann würde sie vor Unglück weinen.'

Mel war sich sicher, dass Donald es nicht ernst meinte mit Jenny und glaubte so, alles richtig gemacht zu haben. Dass jetzt zwei Menschen durch ihr Eingreifen litten, ahnte sie nicht.

Donald, der an dem Abend zuvor vergebens auf Jenny gewartet hatte, war sehr enttäuscht und wütend. Er hatte vor, sie am nächsten Morgen zur Rede zu stellen, doch statt Jenny servierte Mel das Frühstück. Irgendetwas hielt Donald davon ab, Mel nach Jenny zu fragen und so reiste er enttäuscht und frustriert wieder ab und nahm sich vor, Jenny zu vergessen. Was ihm aber nicht gelang.

Mel dagegen nahm sich vor, sollte dieser Gast erneut versuchen in ihrem Hotel einzuchecken, ihm eine Absage zu erteilen. Sie konnte nicht glauben, dass ein Mann aus den Kreisen, aus denen Donald stammte, eine Frau aus ihren Kreisen glücklich machen würde. Mel mochte Jenny viel zu sehr, und bedauerte zutiefst sie leiden zu sehen. Doch gerade sie selbst hatte mit ihrer Aktion erreicht, dass Jenny litt und es dauerte lange, bis Jenny wieder ein wenig lächeln konnte.

Kapitel 2

Es vergingen einige Wochen, in denen Jenny langsam zur Ruhe kam. Von Donald hatte sie nichts mehr gehört und Mel war sich immer sicherer, dass sie richtig gehandelt hatte. Auch das erregende Gefühl zwischen Jennys Beinen hatte etwas nachgelassen, nur wenn sie intensiv an Donald dachte, machte es sich wieder bemerkbar. So versuchte sie, ihn zu vergessen. Es war abgemacht, dass Jenny in der nächsten Woche für ein paar Tage zu ihren Eltern reisen durfte. Jenny freute sich ungemein, denn sie hatte ihre Eltern schon einige Monate nicht mehr gesehen und hatte riesiges Heimweh nach ihnen. Doch auch an Donald musste sie denken.

‚Was soll er glauben, wenn ich nicht mehr im Hotel bin, falls er noch einmal dort vorbeikommen und einchecken wird? Ob er überhaupt einen Gedanken an mich verschwendet?'

Die Gedanken verwirrten und verunsicherten Jenny.

‚Ob er überhaupt noch an sie dachte?'

Sie konnte jedoch an den gegebenen Umständen nichts ändern und fuhr am folgenden Freitagabend mit dem Zug zu ihren Eltern. Als sie an der Haltestelle in Mainstrut ankam, warteten ihre Eltern schon mit Ungeduld auf ihre Tochter. Nach der freudigen Begrüßung fuhren sie in ihrem alten Auto zurück zur Pension und Jenny war froh, als sie wieder in ihrem kleinen Zimmer war, in dem sie sich sofort wieder zuhause fühlte. Doch sie hatte kaum Zeit, sich etwas auszuruhen, denn schon stürmte ihre beste Freundin Madeleine, die von ihrer Ankunft erfahren hatte, in ihr Zimmer.

„Jenny, endlich, ach ich bin so froh, endlich bist du wieder da. Ich habe dir so viel zu erzählen."

Dabei umarmte sie Jenny stürmisch und wirbelte mit ihr im Zimmer herum.

„Wie geht es dir und vor allen Dingen, wie ist London?"

Jenny wehrte Madeleine ab und setzte sich mit ihr zusammen auf ihr Bett.

„So viele Fragen auf einmal, nun beruhige dich doch. Ich werde ein paar Tage bleiben und da ist bestimmt genug Zeit, dir alles zu erzählen."

„Ja, ich weiß, Jenny. Aber ich habe mich so gefreut, als ich hörte, dass du endlich wieder da bist. Außer dir habe ich doch niemand, mit dem ich reden kann."

Die letzten Worte von Madeleine klangen traurig und Jenny legte ihren Arm um ihre Schulter.

„Hast du immer noch keinen Freund?"

Madeleine schüttelte den Kopf.

„Weißt du, es gibt genug, die sich für mich interessieren, aber die gefallen mir alle nicht."

„Keiner? Du meinst keiner der Jungs aus unserem Dorf gefällt dir?"

Wieder schüttelte Madeleine ihren Kopf.

„Nein, aus unserem Dorf nicht."

„Ach so,"

lächelte Jenny.

„Aus unserem Dorf also nicht. Woher kommt er denn, der, der dir gefällt?"

„Woher weißt du das?"

Mit weit aufgerissenen Augen sah Madeleine sie an.

„Die Art, wie du betont hast, dass dir niemand aus unserem Dorf gefällt. Also, sag schon, wer ist es?"

Ein wenig druckste Madeleine herum und dann platzte es aus ihr heraus:

„Es ist Andrew. Er ist so stark und groß und hat so schöne Augen. Ich liebe ihn."

Erwartungsvoll sah sie ihre Freundin an und hoffte, sie würde ihr beipflichten. Stattdessen sah Jenny sie erschrocken an.

„Du meinst, du hast dich in Andrew verliebt?"

Jenny versuchte Zeit zu schinden, da sie nicht wusste, was sie antworten sollte.

„Ja, ich liebe ihn."

wiederholte Madeleine und das Lächeln, das sich bei diesen Worten um ihre Lippen legte, zeigte Jenny, dass sie Andrew wirklich liebte.

Sie schalt sich,

‚Warum nur reagiere ich so abweisend auf Andrew?'

dachte sie und schalt sich selbst. Schließlich waren schon etliche Monate vergangen, seitdem er versucht hatte, sie zu küssen.

‚Vielleicht hat er sich ja selbst in Madeleine verliebt und ist ihr nun treu?'

Doch so wirklich mochte Jenny nicht daran glauben.

„Aber jetzt einmal etwas anderes. Morgen Abend findet eine große Party bei Gail statt. Sie hat Geburtstag und da gehst du doch bestimmt hin, oder?"

Eigentlich hatte Jenny keine Lust, zu dieser besagten Feier zu gehen, doch als sie die erwartungsvollen Augen Jennys sah, konnte sie nicht anders.

„Ok, ich werde kommen."

„Ach Jenny, ist das schön, dass du wieder da bist. Aber jetzt muss ich nach Hause, wir haben ein junges Kälbchen und da muss ich mich drum kümmern. Bis Morgen, Jenny, tschüss."

„Ja, bis Morgen, tschüss Madeleine."

‚Warum habe ich zugesagt?'

ärgerte sich Jenny, sofort nachdem sich die Tür hinter ihrer Freundin geschlossen hatte. Aber es half nichts, sie hatte es Madeleine versprochen und würde ihre Zusage auch halten. Den ganzen nächsten Tag verbrachte Jenny in der Küche ihrer Mutter und erzählte ihr von London und dem Hotel, in dem sie arbeitete. Am Abend begab sie sich eher missgelaunt auf die Geburtstagsfeier von Gail. Sie wurde freudig von ihren ehemaligen Klassenkameradinnen, die sich auch auf der Feier befanden, begrüßt und alle wollten wissen, ob die große Stadt London wirklich so aufregend war, wie sie sich das alle vorstellten. Auch Madeleine schaffte es, beinahe pünktlich zu erscheinen und bald war es fast so wie früher, als sie noch zur Schule gingen. Bis Andrew erschien.

Jenny erkannte sofort, dass viele ihrer ehemaligen Klassenkameradinnen ihn anhimmelten und um ihn herum schwirrten. Doch Andrew hatte nur ein müdes Lächeln für sie übrig. Dann sah er Jenny und sein Gesicht veränderte sich. Ein ungläubiger Ausdruck trat in seine Augen und langsam ging er auf sie zu.

Jenny hätte sich am liebsten verzogen, aber es ging nicht. Alle Augenpaare starrten nur auf sie und Andrew, der sie freundlich begrüßte.

„Hallo, Jenny. Na, das ist aber eine Überraschung."

„Hallo, Andrew. Wie geht es dir?"

Andrew pfiff durch seine Zähne.

„Du siehst verdammt gut aus Jenny, weißt du das?"

Jenny hatte sich in den Monaten, in denen sie in London arbeitete, wirklich verändert. Sie hatte ihren Babyspeck verloren und war eine richtige junge Dame geworden. Da Mel Jennys gesamte alte Garderobe ausgetauscht hatte und sie mit modernen Kleidungsstücken ausgestattet hatte, konnte man wirklich glauben, sie sei eine Dame von Welt und nicht ein Mädchen vom Lande.

Obwohl Andrew eher auf kräftige, gut gebaute Frauen stand, erregte ihn Jennys Anblick. Der Wunsch, sie zu besitzen, wuchs in ihm und machte sie so noch attraktiver für ihn. Madeleine ahnte, dass ihre beste Freundin Andrew gefiel, dem Mann, den sie selbst so tief liebte und es tat weh, sehr weh sogar, ihn dabei zu beobachten, wie er Jenny anstarrte

‚Was soll ich tun, wenn sie sich in ihn verliebt,?'

dachte Madeleine und wäre am liebsten davon gelaufen. Stattdessen stellte sie sich demonstrativ neben Jenny und hakte sich bei ihr ein.

„Hast du Hunger, Jenny? Du musst unbedingt den Kartoffelsalat probieren. Der ist einfach Spitze."

Mit diesen Worten zog sie Jenny von Andrew fort und zusammen liefen die beiden jungen Frauen in die Küche, wo der besagte Kartoffelsalat zu finden war.

Jenny hatte erkannt, dass Madeleine eifersüchtig war und ärgerte sich über Andrews Verhalten.

‚Wie konnte er sie in Madeleines Gegenwart nur so anhimmeln?'

dachte sie verärgert und nahm sich vor, die Party schon früh zu verlassen, um Madeleine nicht noch eifersüchtiger werden zu lassen. Es gelang ihr, nachdem sie eine riesige Menge des wirklich guten Kartoffelsalates und dazu noch ein Würstchen gegessen hatte, unbemerkt das Fest zu verlassen. Dachte sie zumindest. Erst als sie die Dunkelheit vollkommen eingehüllt hatte, spürte sie, wie sich zwei Arme wie Schraubstöcke um sie legten.

„Endlich, endlich bist du wieder da. Ich habe so lange auf dich gewartet,"

stöhnte eine Stimme in ihr Ohr. Es war die Stimme von Andrew.

„Lass mich los, Andrew, bitte, lass mich los, du tust mir weh!"

Vergebens versuchte sich Jenny aus der Umklammerung zu befreien. Je heftiger sie dagegen anging, umso fester hielt sie Andrew.

„Ich will doch nur, dass du lieb zu mir bist, Jenny, bitte, dann lasse ich dich sofort gehen, versprochen. Bitte, Jenny, bitte, sei ein wenig lieb zu mir."

Jenny glaubte ihren Ohren nicht zu trauen. Wie das ‚lieb sein' aussehen würde, konnte sie sich nur allzu gut vorstellen und sie hatte keine Lust darauf, mit diesem ungehobelten Kerl Sex zu haben.

„Lass mich los, hast du nicht gehört? Lass mich auf der Stelle los, sonst,"

Jenny konnte ihren Satz nicht beenden, denn Andrew keuchte ihr ins Wort:

„Was? Was passiert wenn nicht? Was kannst du denn tun? Wir sind alleine und ich kann dich auch mit Gewalt nehmen, aber lieber hätte ich es natürlich, wenn du freiwillig lieb zu mir bist."

Nur eine Sekunde hatte Jenny sich nicht gewehrt und schon spürte sie, wie Andrew mit einer Hand versuchte, den Rock ihres Kleides hoch zu ziehen.

„Bitte, Andrew, nein, lass das, bitte,"

flehentlich versuchte Jenny, ihn davon abzuhalten, doch Andrew hörte nicht auf sie, sondern machte einfach weiter.

„Das gefällt dir? Eine Frau mit Gewalt zu nehmen? Ist es das, was dich erregt?"

Jennys ängstlich, jedoch mit großer Wut hervorgestoßenen Worte verfehlten ihre Wirkung nicht. Als ob er vom Blitz getroffen worden wäre, so plötzlich ließ Andrew Jenny los. Seine Augen starrten sie ungläubig an und seine Arme, die sie eben noch wie ein Schraubstock umschlungen hielten, hingen an ihm herab.

„Es tut mir leid, Jenny, bitte. Es tut mir leid, das wollte ich nicht."

Andrew mochte zwar ein ziemlich ungehobelter Klotz sein, aber einer Frau Gewalt antun, das war nicht seine Sache. Der Anblick Jennys hatte ihn für einen Augenblick so erregt, dass er seine Fassung verloren hatte. Doch Jennys leise Worte hatten ihn in die Wirklichkeit zurück geholt. Langsam drehte er sich um und ging davon, in die Richtung. in der die Party stattfand. Er nahm sich vor, sich an diesem Abend besinnungslos zu betrinken, um seine maßlose Lust auf Jenny zu vergessen.

Jenny lief nach Hause und drehte sich immer wieder um und vergewisserte sich, dass er ihr nicht folgte. Erst als sie die Haustür hinter sich verschloss, konnte sie aufatmen. Ihre Mutter sah sie erstaunt an, sagte und fragte aber nichts. Jenny sagte ihren Eltern „Gute Nacht" und verschwand schnell in ihrem Zimmer, wo sie ihren Tränen freien Lauf ließ. Das soeben Erlebte hatte sie sehr viel mehr erschrocken, als sie zugeben wollte.

Während Jenny auf ihrem Bett lag und weinte, suchte Madeleine nach ihr, fand sie aber nicht. Auch Andrew konnte sie nirgends entdecken und eine unerklärliche Angst überfiel sie.

‚Was, wenn Andrew und Jenny sich heimlich davon gestohlen haben, um alleine zu sein?'

Der Gedanke quälte sie, denn sie konnte sich nicht vorstellen, dass eine junge Frau geben könnte, die ihren Andrew nicht mochte. Langsamen Schrittes ging sie hinaus in die dunkle Nacht und erschrak, als sie plötzlich Andrew vor sich sah.

„Andrew?"

rief sie erschrocken aus.

„Andrew, was ist los?"

Er sah sie mit glasigen Augen an und kam allmählich wieder zur Besinnung.

„Madeleine, hallo."

„Ist alles in Ordnung mit dir?"

„Natürlich, Madeleine. Was für eine Frage? Was soll denn nicht in Ordnung sein mit mir?"

Andrew erinnerte sich an das letzte Zusammentreffen mit Madeleine vor einiger Zeit und schon war der Unmut über Jennys Abfuhr verflogen.

„Gehst du ein bisschen mit mir spazieren?"

Ohne Madeleines Antwort abzuwarten legte er seinen Arm um ihre Taille und führte sie in den Stall, der etwas entfernt von dem Haus stand, in dem die anderen Jugendlichen tanzten. Madeleine schmiegte sich glücklich an ihn. Wie nur konnte sie so dumm sei und glauben, ihre beste Freundin würde ihr den Mann ausspannen, den sie so sehr liebte und für den sie alles tun würde, einfach alles.

Als sie auf den Heustadel hinauf kletterten, ließ Andrew Madeleine mit Absicht vorangehen. Kaum hatte sie die vierte Sprosse der Leiter erklommen, hob er ihr Kleid und steckte seinen Kopf darunter. Madeleine lachte leise auf. Sie würde alles tun, um ihn glücklich zu machen. Da sie wieder nur einen String Tanga trug, konnte Andrew die Bewegungen ihrer Pobacken bei jedem Schritt auf die nächste Sprosse beobachten, was seinen Penis und die Adern um seinen Schaft anschwellen ließen. Mit den Händen an ihren festen, großen Brüsten und sein Gesicht fast zwischen ihrem strammen Hintern ließ er sich so quasi von Madeleine die Leiter hinaufziehen.

Oben angekommen, warf er Madeleine rücklings auf das weiche Heu und begann sofort vor ihren Augen seine Hose herunter zu ziehen. Er hatte auf einen Schlüpfer verzichtet und stand breitbeinig und mit erigiertem Glied vor Madeleine, die sich an seinem Anblick nicht satt sehen konnte.

„Zieh dich aus, ganz aus,"
forderte Andrew Madeleine auf und sah ihr dabei zu, wie sie ihr Kleid über den Kopf zog und aus ihrem String herausschlüpfte.

„Komm zu mir."
Als Madeleine dicht vor ihm stand, zog er sie ganz an sich heran und begann, seine Brust an ihren Brüsten zu reiben, was ihn, aber auch Madeleine sehr erregte. Über ihre Schultern hinweg griff er nach ihrem Hintern und massierte ihn so kräftig, dass sie kurz aufschrie.

„Ich möchte dir nicht wehtun, Madeleine, bitte. Aber du machst mich so verrückt, dass ich manchmal nicht weiß, wohin mit meiner Kraft."
Madeleine war gerührt, solche Worte aus seinem Mund zu hören. So etwas hatte sie von Andrew nicht erwartet. Nun würde sie erst recht alles tun, was er von ihr verlangen würde.

„Knie dich, knie dich vor mich hin, ja, so ist es gut. Kannst du meinen Schwanz riechen?"
Madeleine nickte und sah zu ihm hinauf.

„Dann leck ihn, leck den ganzen Schwanz, von oben bis unten und die Eier dazu, ja, Madeleine, ja, das ist gut. Ein wenig fester auf der Eichel, oh, ja. Nimm die Eier in die Hand, ja, Madeleine, ja. Nicht so fest! Oh, ja, sanfter, so ist es gut, ah, Madeleine."
Während Andrew seine Wollust hinaus stöhnte, hatte Madeleine seinen Penis mit ihrer Zunge abgeleckt und war nun wieder an seiner Eichel angekommen. Bevor er sie daran hindern konnte, hatte sie ihre Zunge in die kleine Spalte gedrückt und die darin schimmernden Liebestropfen aus ihr herausgeholt.

„Schmecke ich gut? Magst du meinen Schwanz? Willst du noch mehr?"

Madeleine sah ihm wieder in die Augen und nickte.

„Dann hol es dir, hol dir alles aus meinem Schwanz, ja, Madeleine, ja, saug es heraus!"

Kaum dass Andrew diese Worte ausgesprochen hatte, füllte sich Madeleines Mund schon von seinem Sperma, das sie begierig aus seiner Eichel heraussog und hinunter schluckte. Sie sog immer noch an seinem Glied, als es schon längst leer war. Andrew zog sie an ihren Haaren von seinem Schwanz fort.

„Du bist gut, Madeleine, du bist phantastisch."

Aufstöhnend stieß Andrew diese Worte hervor.

„Danke, ich hab dich sehr gerne. Du weißt, dass ich alles für dich tun würde."

Andrew hörte zwar ihre Worte, aber er antwortete nicht. In Gedanken war er bei Jenny und ihrem wunderschönen Gesicht, das ihn nicht mehr los lies.

Madeleine hatte ihr Kleid ausgebreitet und sich darauf gelegt. Durch ein Fenster schien der Mond hinein, und Andrew konnte ihren nackten Körper sehen.

‚Diesen Körper mit Jennys Gesicht. Das wäre die ideale Frau für mich,'

dachte er und legte sich neben Madeleine. Gedankenverloren streichelte er über ihre Brüste und spürte, wie sich ihre Brustwarzen zwischen seinen Fingern erhärteten. Noch nie hatte er sich Gedanken darüber gemacht, ob seine jeweilige Sexpartnerin selbst zum Höhepunkt kam. Für ihn stand immer seine eigene Befriedigung im Vordergrund. Doch dieses Mal verspürte er große Lust, Madeleine dabei zuzusehen, wie sie einen Orgasmus bekam. Vorsichtig drehte er sie so herum, dass das Licht des Mondes direkt auf ihre nackten Genitalien schien. Dann kniete er sich über sie, legte seine Arme unter ihre Oberschenkel, zog diese nach oben und legte ihre Beine um seinen Körper. Sein Kopf befand sich direkt vor ihrer Scham. Er hörte, wie Madeleine aufstöhnte.

„Ist es zu unbequem?"

„Nein, nein,"

keuchte Madeleine.

„Du machst mich verrückt, Andrew. So etwas hat noch nie jemand mit mir gemacht."

Fast hätte Andrew sie bei diesen Worten losgelassen. Allein der Gedanke, dass er der Erste war, der sie so sah, ließ seine Erregung steigen. Auch ihre Finger, die seine Pobacken dabei massierten, ließen die Adern an seinem Penis langsam wieder anschwellen.

Der nackte Anblick ihrer Scham und der Geruch, der davon ausging, ließen Andrew schneller atmen. Vorsichtig massierte er mit seinen Fingern die äußeren Schamlippen und er bemerkte, wie sie anschwollen und sich nach außen wölbten und ihm dabei ihre zartrosafarbene Innenseite preisgaben. Andrew stöhnte bei diesem Anblick laut auf, beugte sich tief hinunter und ließ seine Zunge langsam zwischen ihren kleineren Schamlippen, die nun offen vor ihm lagen, auf- und abgleiten. Dabei nahm seine Zunge den unvergleichlichen Geschmack ihrer Scham auf sorgte dafür, dass sein Glied hart und erregt vor seinem Bauch pochte. Im Mondschein konnte er die Feuchtigkeit in ihrer Scheide glitzern sehen. Erregt steckte er seinen mittleren Finger tief in die nasse Höhle und drehte ihn ein paar Mal hin und her. Als er sicher war, dass sein Finger von ihrer Feuchtigkeit umhüllt war, zog er ihn langsam hinaus und drückte ihn in ihr hinteres Loch, das sich ihm bereitwillig im Mondschein darbot. Es war von vielen kleinen Runzeln umschlossen, die sich nur zögernd für den ungewohnten Druck des Fingers weiteten. Madeleine stöhnte nur kurz auf, als sie spürte, wie sein Finger in ihren Hintern drang, aber genoss dann das Gefühl, das er in ihr auslöste. Kaum hatte Andrew seinen mittleren Finger in ihrem Hintern versenkt, spielten die Finger seiner anderen Hand an ihrer Scham und massierten leicht ihren Kitzler, der pochend zwischen den Schamlippen auf Erlösung wartete.

„Ja, Andrew, ja, ah, ja, genau da, ja, Andrew, oh!"

Andrew bewegte sich ein wenig nach hinten und platzierte seinen erregten Penis direkt über ihren Mund. Gierig nahm ihn Madeleine in ihre Hände und rieb seine Vorhaut auf und ab, während sich ihre Lippen an seiner Eichel festgesaugt hatten. Die rechte Hand massierte leicht seinen Hodensack, der schon wieder prall gefüllt herunter hing und ihre linke Hand wichste seinen Schwanz.

„Langsam, Madeleine, langsam,"

keuchte Andrew mit seinem Gesicht immer noch vor ihren Genitalien.

„Nicht so schnell, sonst spritze ich gleich wieder ab."

Er wollte dieses unsagbare Gefühl der Erregung, die er durch den Anblick ihres nackten Hinterns, seines Fingers in ihm und der Geruch ihrer Scham fühlte, so lange wie möglich auskosten. Außerdem wollte er dieses Mal gleichzeitig mit Madeleine einen Orgasmus durchleben. Am ganzen Körper vor Erregung bebend drückte Andrew sein ganzes Gesicht zwischen ihre Schamlippen und leckte ihre Kleineren, die sich dazwischen versteckten. Nicht nur Andrew stöhnte bei ihrem Geschmack laut auf, auch Madeleine stöhnte bei dem Gefühl, das seine Zunge in ihr auslöste laut auf. Dann spürte sie, wie er seine Zunge in ihre Scheide drückte und sie auch dort heftig leckte. Sie wand ihren Unterkörper hin und her und vor und zurück und wusste kaum noch, wohin mit ihrer Lust. Nur mit Mühe konnte sie ihre Beine noch um seinen Körper geschlungen halten, denn die Wollust, die ihren Körper befallen hatte, übernahm nun die Überhand.

Erst als sie spürte, dass Andrew ihr noch einen zusätzlichen Finger in ihr enges Loch zwischen ihren Hinterteilen drückte, kam sie etwas zu Besinnung, um anschließend in ein noch größeres Gefühl der Lust einzutauchen, das damit endete, dass Andrew ihre Klitoris zwischen zwei seiner Finger genommen hatte, sie dort kräftig massierte und zum Höhepunkt brachte. Der Orgasmus, der ihren gesamten Körper durchflutete, ließ sie alles um sie herum vergessen. Als sie ihren Mund öffnete, um ihre Lust laut heraus zu schreien, drückte Andrew ihr seinen Penis tief hinein und ejakulierte heftig. Beide Körper zuckten gleichzeitig vor Lust und Begierde und erst als beide Orgasmen vorüber waren, kamen auch ihre Körper wieder zur Ruhe.

‚So heftig habe ich die Lust noch nie verspürt,'

dachte Andrew erstaunt, sein Gesicht immer noch in Madeleines Scham.

‚Das war der beste Orgasmus, den ich je erlebt hatte,' dachte auch Madeleine, während sie immer noch an Andrews Schwanz nuckelte.

Doch beide blieben stumm und keiner sagte dem anderen, wie gut es gewesen war. Nach einer Weile löste Andrew Madeleines Beine von seinem Körper, zog langsam seine Finger aus ihrem Poloch und rollte sich von ihr hinunter. Nur widerwillig gab Madeleines Mund sein erschlafftes Glied preis.

„Hast du noch nicht genug?"

fragte er sie lächelnd.

Madeleine schüttelte ihren Kopf. Gerne hätte sie ihm gesagt, dass sie ihn liebte, aber etwas hielt sie davon ab. Was es war, konnte sie nicht erklären. Nun, da die Erregung abklang, schämte sie sich ihrer Nacktheit und drehte sich herum, damit der Mond sie nicht mehr beleuchtete.

„Jetzt würde ich am liebsten eine Zigarette rauchen, du auch?"

Madeleine war enttäuscht. Sie hatte so sehr auf ein nettes oder gar liebes Wort von ihm gehofft, und nun dachte er nur an eine Zigarette. Traurig zog sie ihr Höschen und ihr Kleid wieder an und stieg vorsichtig vor ihm die Leiter hinunter. Vor der Scheune verabschiedeten sie sich kühl und Andrew zündete sich hastig eine Zigarette an. Madeleine gefiel ihm immer mehr, aber noch wollte er es sich nicht eingestehen. Noch drängte sich Jennys Gesicht dazwischen.

„Tschüss, Madeleine, du bist wirklich gut. Vielleicht sehen wir uns ja mal wieder, ok?"

Madeleine konnte nicht antworten, sie nickte nur. Schnell drehte sie sich ging langsam den ganzen Weg nach Hause, während ihr die Tränen die Wange hinunterliefen. Sie hatte festgestellt, dass sie Andrew wirklich liebte und er sie nur benutzte. Diese Erkenntnis schmerzte sehr.

Während Madeleine nach Hause eilte, erinnerte sie das soeben erlebte aber auch irgendwie an ihr erstes Sexerlebnis. Damals war sie gerade siebzehn Jahre alt geworden und ihre Schule veranstaltete das alljährliche Schulfest. Als es Zeit war nach Hause zu gehen, wies die Lehrerin Douglas an, Madeleine auf dem langen Weg zur elterlichen Farm, die weit außerhalb der Stadt lag, zu begleiten. Die Lehrerin hatte Doug ausgewählt, da die Farm seiner Eltern in derselben Richtung lag. Nur die Lehrerin nannte ihn Douglas, alle anderen nannten ihn Doug. Madeleine war über und über rot geworden, als die Lehrerin gerade Doug dazu auserwählt hatte, dafür zu sorgen, dass sie sicher nach Hause kam. Er war der am meisten umschwärmte Junge in ihrer Klasse und schon achtzehn Jahre alt. Die anderen Mädchen sahen ihnen neidisch nach, als sie sich auf den Weg zu der Farm von Madeleines Eltern machten, und einige der Mädchen wünschten sich sehnlichst, dass sie jetzt an Madeleines Stelle wären. Doug war ein sehr groß gewachsener junger Mann mit kräftiger Statur. Seine Muskeln hatte er durch harte Arbeit auf dem Bauernhof seiner Eltern gestählt.

Langsam schritten sie nebeneinander her und sprachen kein Wort. Eine große Befangenheit herrschte zwischen den beiden jungen Menschen, die erst unterbrochen wurde, als Doug ausrutschte und auf seinem Hosenboden landete. Madeleine konnte nicht aufhören zu lachen und Doug tat so, als ob er sich darüber ärgerte. Schnell lief er ihr nach und beide landeten dieses Mal zusammen im weichen Gras. Ehe sie sich von ihm wegdrehen konnte, spürte sie nur für Sekunden seine Lippen auf ihren. Eine nie gekannte Erregung durchflutete in diesem Moment ihren Körper und sorgte dafür, dass sie sich scheu wieder hochrappelte und einige Schritte alleine ging. Als sie sich nach Doug umdrehte, bemerkte Madeleine, dass er immer noch im Gras saß und ihr nachsah.

„Komm, wir müssen gehen, sonst wird es zu dunkel,"
rief Madeleine im zu und Doug erhob sich langsam. Gemeinsam gingen sie durch das duftende Gras, bis sie zu einer kleinen Brombeerhecke kamen, die voller Blüten war. Doug blieb stehen und griff nach Madeleines Hand. Erneut durchflutet von der noch nie gekannten Erregung, blieb auch Madeleine stehen und sah nach unten.

„Ich will dich noch einmal küssen. Darf ich?"
Madeleine zitterte am ganzen Körper und senkte ihren Kopf. Dann nickte sie langsam und eine tiefe Röte überzog ihr Gesicht. Auch Doug war erregt und nervös, denn bisher hatte er noch nie ein Mädchen so richtig geküsst und auch noch nie mit einem Mädchen Sex gehabt. Was er nun tat, hatte er sich im Fernsehen tausend Mal angesehen.

Vorsichtig ließ er seine rechte Hand unter ihr Kinn gleiten, hob ihren Kopf leicht an und presste dann stürmisch seine Lippen auf ihre. Dabei zitterten seine Knie so stark, dass er sich an Madeleine festhalten musste. Doch auch Madeleine zitterte und so sanken beide ins Gras, ihre Lippen immer noch aufeinander gedrückt. Beide hielten ihre Augen dabei fest geschlossen. Es dauerte eine Weile bis sich Douglas Lippen von Madeleines Lippen lösten.

„Du bist so schön,"
stammelte er, sein Gesicht wie in tiefrote Farbe getaucht.

„Darf ich dich streicheln?"
Madeleine nickte wieder leicht, unfähig, etwas zu sagen.

Dieser Junge, hinter dem alle Mädchen her waren, lag mit ihr im Gras und sagte ihr, dass sie schön wäre. Sie wusste in diesem Augenblick, dass sie alles für ihn tun würde, auch das, was ihre Eltern ihr strengstens untersagt hatten. Nämlich Sex zu haben.

Vorsichtig streichelte Doug über Madeleines Wangen und ließ dabei keinen Blick von ihren kleinen, aber festen Brüsten, die sich bei jedem Atemzug unter ihrem Kleid hoben und senkten und sich deutlich abzeichneten. Sein Atem ging immer erregter und wieder presste er seine Lippen auf Madeleines Lippen. Madeleine spürte dabei, wie seine Hand an ihrem Kleid nach ihren Brüsten suchte und versuchte, ihr auszuweichen, doch sie konnte nicht, denn Doug lag mit seinem Körper halb über ihr.

„Willst du es nicht? Soll ich aufhören?"

keuchte er über ihr und Madeleine wusste, wenn sie ja sagte, würde er sie nie mehr beachten, und das wollte sie auf keinen Fall. Sie wollte als seine Freundin in dem Ansehen der anderen Mädchen in der Schule steigen.

„Nein, nein, nur, ich habe das noch nie gemacht und habe ein wenig Angst."

„Ich doch auch nicht, Madeleine. Du bist für mich die erste Frau, mit der ich Sex haben will, bitte, du kannst jetzt doch nicht nein sagen."

Madeleine hatte nur gehört, dass er sie Frau genannt hatte und wusste, sie würde ihm erlauben, sie zu entjungfern. Doch sie verspürte auch große Angst vor diesem Augenblick und sein keuchender Atem erschreckte sie. In diesem Moment fühlte sie seine Hand an der Innenseite ihres rechten Oberschenkels. Zart streichelte er sie und versuchte dann, ihr Bein etwas nach außen zu drücken. Der Widerstand, den er spürte, war nur von kurzer Dauer, denn Madeleine wollte, dass er sie entjungferte. Ja, in diesem Moment wollte sie nichts anderes, als ihn in sich zu spüren.

Vorsichtig hob er ihr Kleid hoch und legte es ihr über ihren Kopf. So war sie seinen Blicken hilflos ausgeliefert und Madeleine spürte, dass es ihr gefiel. Noch ein wenig höher schob er es, bis auch ihre Brüste freilagen. Als sie seinen Mund an ihren Brustwarzen spürte, reagiert ihr Unterkörper und wand sich hin und her. Sie spürte, dass etwas zwischen ihren Schamlippen klopfte und hatte das Gefühl, ihre Beine so weit wie möglich spreizen zu wollen. Doch ihre Scham war zu groß und während Doug noch mit ihren Brüsten beschäftigt war, presste Madeleine ihre Beine fest zusammen.

Doch nicht lange, denn Doug hatte sie los gelassen und ihr das Kleid ganz über ihren Kopf gezogen. Nun lag sie fast nackt vor ihm, nur noch mit einem weißen Schlüpfer bekleidet, der ihre Scham nur spärlich bedeckte, denn seitlich schauten ihre kleinen, rötlichblonden, gekräuselten Schamhaare hervor. Ängstlich aber auch neugierig sah sie Doug mit großen Augen an, in denen er ihre beginnende Geilheit erkennen konnte. Als er versuchte, ihre Beine zu spreizen, sah er unter dem dünnen Stoff ihres Slips deutlich die beiden äußeren Schamlippen abgebildet und stöhnte bei dem Anblick laut auf. So schnell er konnte öffnete er den Reißverschluss an seiner Hose und kaum dass er ihn offen hatte und sein Glied herausgezogen hatte, spritzte er auch schon ab.

In dem Moment, in dem Doug seinen Reißverschluss hinunter zog, hatte Madeleine ihre Augen zusammen gepresst, um dem Anblick seines Gliedes zu entgehen. Erst als er laut aufstöhnte öffnete sie sie langsam wieder und sah nur, wie sein Sperma aus der schmalen länglichen Öffnung seiner Eichel quoll. Mit großen Augen sahen sich die beiden jungen Menschen an und es vergingen Minuten, bis Doug soweit war, dass er sich Madeleine wieder widmen konnte.

„Es tut mir leid, es tut mir so leid,"
stammelte er unbeholfen und drückte seinen mittlerweile wieder erschlafften Penis zurück in seine Hose.

„Aber es ist einfach so heraus gespritzt, ich konnte es nicht mehr zurück halten. Madeleine war enttäuscht. ‚Sollte das jetzt alles gewesen sein?'

Sie griff nach ihrem Kleid und wollte es wieder anziehen, doch Doug hinderte sie daran.

„Nein, bitte, Madeleine, noch nicht. Wir können es ja noch einmal versuchen, oder?"

Madeleine nickte und legte sich wieder auf ihren Rücken. Jeder erfahrene Liebhaber hätte daran erkannt, dass sie bereit war für ihn. Doch Doug war nicht erfahren in diesen Dingen und so dauerte es eine Weile, bis er wieder anfing, ihren nackten Oberkörper zu streicheln.

„Du hast so schöne Brüste,"

flüsterte er und an seiner Stimme merkte Madeleine, dass seine Erregung wieder stieg. In Filmen hatte Doug oft gesehen, wie Männer den Körper einer Frau leckten und genau das tat er jetzt auch. Er fing mit ihren Brüsten an und leckte sie immer weiter nach unten, bis er ihr Höschen erreicht hatte. Er spürte, dass es wieder eng wurde in seiner eigenen Hose und öffnete sie vorsichtshalber.

„Ich will ihn sehen,"

flüsterte Madeleine leise.

„Bitte zeig ihn mir."

Tief errötend drehte sich Doug herum und kniete sich vor ihr Gesicht.

„Darf ich die Hose aufmachen?"

Scheu hatte Madeleine diese Frage gestellt und ihn dabei nicht angesehen.

Doug nickte und senkte seinen Kopf. Die Scham durchflutete seinen Körper, während sich ihre Hände der jungen Frau an dem Knopf seiner Hose zu schaffen machten. Bisher hatte noch kein Mädchen seinen nackten Penis gesehen, doch er wusste, dass er ein großes Glied besaß. Immer wenn die Jungen in der Schule duschten, verglichen sie ihre Penisse und seiner war bei weitestem der Größte von allen.

Langsam zog Madeleine seine Hose hinunter und ihre Hände zitterten, als sie auch seinen Slip nach unten zog. Sofort sprang sein Glied heraus und stand aufrecht an seinem Oberkörper. Madeleine stieß einen kleinen Schrei aus:

„Der ist aber groß! Passt der überhaupt in mich rein?"

„Ja, natürlich, ich denke doch, warum nicht?"

stammelte Doug etwas geschmeichelt aber auch unerfahren.

„Wir müssen es versuchen."

„Ja, gut, aber vorsichtig, Doug. Ich habe Angst. Ich habe so etwas noch nie gemacht."

„Ich doch auch nicht."

Damit drückte er Madeleine zurück ins Gras, zog seine Hose und seinen Schlüpfer ganz aus und kniete sich über ihren Unterleib. Etwas ruppig zerrte er an ihrem Schlüpfer, aber er schaffte es und zog ihn ihr aus. Schnell hatte sie ihre Beine wieder fest aneinander gepresst und ihre Augen waren angstvoll auf ihn gerichtet.

„So geht das nicht,"

meinte Doug und stieg wieder von ihr herunter.

„Du musst deine Beine spreizen, sonst komme ich ja nicht an dich heran."

Madeleine folgte der Logik seiner Worte und spreizte ihre Beine etwas ab. Wieder halfen Doug die Filme, die er heimlich gesehen hatte. Vorsichtig hob er ihre Beine etwas an und befahl Madeleine:

„Halte sie fest. Leg deine Hände in die Kniekehlen und zieh sie so nach hinten."

Madeleine griff unter ihre Kniekehlen und tat, was Doug ihr gesagt hatte.

„Nicht hinsehen, bitte Doug, nicht hinsehen," flüsterte sie dabei und schämte sich entsetzlich.

Doch Doug war viel zu erregt, um auf ihre Worte zu hören. Zum ersten Mal in seinem jungen Leben lag eine vollkommen nackte Frau vor ihm und zeigte ihm ihre Genitalien. Er musste tief durchatmen, denn fast hätte sein Penis wieder abgespritzt. Vorsichtig strich er über ihre dicken Schamlippen und zog sie etwas auseinander. Der Anblick ihrer kleinen Schamlippen, die sich dazwischen versteckt hielten, erregte ihn so sehr, dass er seine Augen zusammenpresste und einige Male heftig ein- und ausatmete.

„Was machst du?"
flüsterte Madeleine, die ihre Augen ebenfalls geschlossen hielt.

„Worauf wartest du denn?"
Ich muss dich erst ansehen, Madeleine, ich muss doch wissen, wo ich hinein muss."

Das verstand Madeleine und hielt weiter still, obwohl auch sie von einer Welle der Erregung überrollt wurde. Das Gefühl, sich ihm ganz nackt preiszugeben erregte und beschämte sie gleichermaßen und Madeleine atmete immer schneller.

Mit seiner linken Hand zog er eine der äußeren Schamlippen zur Seite und mit seiner anderen Hand strich er zärtlich über die Innenseiten ihrer Scham. Als er seinen Finger etwas zu tief gleiten ließ, verschwand er in der Öffnung ihrer Scheide. Keuchend und ohne den Blick von ihren Schamlippen zu nehmen, setzte er sein kräftiges Glied an den Eingang ihrer Scheide und schob es langsam in sie hinein. Doug war mittlerweile so erregt, dass er seinem Trieb folgen musste. Mit einem kräftigen Stoß durchbrach er ihr Jungfernhäutchen und selbst als Madeleine dabei aufschrie, konnte er sich nicht mehr zurückhalten. Es dauerte nicht lange, und er ejakulierte tief in ihrer warmen Vagina.

Stöhnend kniete er anschließend zwischen Madeleines Beinen und sah mit großem Erstaunen auf sie hinunter. Es war unbeschreiblich für ihn gewesen und er wusste, dass er von nun an nicht mehr auf Sex verzichten wollte. Das Gefühl, das er bei seiner Ejakulation in Madeleines Scheide gespürt hatte, war um ein vielfaches stärker als das, was er bei seinen zahllosen Selbstbefriedigungen jemals erlebt hatte. Dass Madeleine dabei zu kurz gekommen war, kam ihm in diesem Moment nicht in den Sinn.

Erst als er sich erhob, hörte er, wie Madeleine leise sprach:
„Das war alles?"
Außer dass es furchtbar weh getan hatte, als er sie entjungferte, hatte sie keinerlei Gefühle verspürt. Von einem Orgasmus war schon einmal gar nichts zu

spüren gewesen. Ihre Worte brachten Doug wieder zur Besinnung.

„Das nächste Mal, Madeleine, das nächste Mal wird es bestimmt besser für dich, ich verspreche es dir."

Zwar wusste Doug noch nicht, wie er sein Versprechen halten konnte, aber er würde alles daran setzen, sich darüber zu informieren, wie man auch die Frau bei einem gemeinsamen Geschlechtsverkehr glücklich machen konnte.

Madeleine hatte nur die Worte ‚beim nächsten Mal' gehört und war sofort glücklich. Bedeutete es doch, dass er sie wiedersehen wollte und dass der heutige Tag nicht das einzige Mal war, an dem er mit ihr Sex haben wollte. Das stimmte sie glücklich. Schnell zog sie sich an, denn es war mittlerweile spät geworden und ihre Eltern machten sich bestimmt Sorgen um sie. Als sie wieder gemeinsam auf dem Weg gingen, versuchte Madeleine, Dougs Hand festzuhalten, aber er wehrte sie ab. Enttäuscht lief sie neben ihm her und sie sprachen nicht mehr miteinander, bis sie kurz vor Madeleines Wohnhaus standen.

„Dann bis später einmal,"

druckste Doug herum und sah sie nicht einmal an.

„Ja, ich freue mich darauf und danke Doug, dass Du mich nach Hause gebracht hast."

„Ja, ist schon, gut, gute Nacht, Madeleine."

„Gute Nacht, Doug."

Madeleine sah ihm nach, bis er in der nächsten Kurve ihrem Blick entschwand. Sie wusste nicht, ob sie lachen oder weinen sollte.

‚War sie nun seine Freundin oder nicht?'

Dieser Gedanke quälte sie und ließ sie lange nicht einschlafen. Doch als sie am nächsten Morgen erwachte, war ihr erster Gedanke Doug und dass sie ihn in wenigen Minuten in der Schule wiedersehen würde. So schnell sie konnte lief sie nach dem Frühstück zur Straße, wo der Schulbus schon auf sie wartete. Als sie einstieg waren schon einige Schüler im Bus und begrüßten Madeleine lauthals.

,Ob man mir ansieht, was Doug und ich gestern Abend gemacht haben?'

dachte sie und wurde über und über rot, was die anderen Mädchen sofort sahen.

„Was ist los? Madeleine? Warum bist du gerade so rot geworden?"

Doch Madeleine wehrte ab.

„Keine Ahnung, lasst mich in Ruhe."

Sie setzte sich auf einen Platz am Fenster und hoffte, dass Doug, der an der nächsten Haltestelle einsteigen würde, sich neben sie setzen würde und so allen zeigte, dass sie zusammen waren und dass sie miteinander gingen. In ihrer Schule bedeutete das sofort ein höheres Ansehen bei den anderen Mitschülerinnen. Schon von weitem sah sie Dougs kräftige Gestalt und sie fing an zu zittern. Gleich würde sie den Triumpf ihres bisherigen Lebens auskosten können, nämlich, dass der bei den Mädchen beliebteste Schüler der Schule sich neben sie setzen würde.

Doch Doug würdigte sie keines Blickes als er den Bus betrat und an ihr vorbeiging und sich ganz hinten in die letzte Reihe setzte. Ihren leuchtenden Blick hatte er einfach ignoriert, so, als ob er sie überhaupt nicht kennen würde. Wäre Madeleine alleine gewesen, wäre sie jetzt in Tränen ausgebrochen. So aber musste sie sich zusammennehmen und sich beherrschen. Sie durfte nicht zeigen, wie verletzt und gedemütigt sie gerade durch Dougs Verhalten wurde. Immer mehr Schülerinnen und Schüler stiegen ein und alle plauderten munter miteinander und keiner bemerkte, wie traurig Madeleine war.

Auch in den Pausen ignorierte Doug sie und Madeleine war froh, als die Schule beendet war und sie nach Hause fuhren. Wieder saß Doug mit anderen Schülern in der letzten Reihe und wieder tat er so, als ob nichts zwischen ihnen gewesen war. Madeleine schämte sich unsäglich für das, was sie ihm am vorherigen Tag erlaubt hatte und wenn sie an den Moment dachte, an dem sie ihre Beine für ihn gespreizt hatte und sich ihm ganz nackt gezeigt hatte, überlief sie jedes Mal eine Gänsehaut und sie fühlte sich erbärmlich.

Kaum zu Hause angekommen, verkroch sie sich in ihr Zimmer und gab vor, Kopfschmerzen zu haben. Selbst der leckerste Kuchen konnte sie nicht heraus locken und ihre Mutter war äußerst besorgt um sie. Als Madeleine dann am Abend auch noch darauf verzichtete, sich das neugeborene Kälbchen anzusehen, wuchs die Sorge der Mutter ins Unermessliche.

„Vielleicht hat sie Liebeskummer,"

brummelte ihr Vater und wusste nicht, wie recht er hatte.

Die nächsten Tage vergingen wie die vorherigen und erst Freitags, nach der Schule, als der Bus schon fast die Haltestelle vor dem Haus ihrer Eltern erreicht hatte und beinahe leer war, setzte sich Doug neben Madeleine.

„Wie geht es dir?"

„Als ob dich das interessiert,"

fauchte Madeleine ihn an und sah weiter aus dem Fenster.

„Was ist denn los? Was habe ich denn gemacht?"

Völlig überrumpelt von ihrem Angriff starrte Doug sie fassungslos an.

„Du hast mich einfach ignoriert, so, als ob nie etwas zwischen uns gewesen wäre,"

zischte Madeleine ihn an und hätte am liebsten dabei geweint.

„Aber,"

stotterte Doug.

„Aber ich wusste doch nicht, was ich machen sollte. Ich dachte, dir wäre es am liebsten, wenn ich so machen würde, als ob nichts geschehen wäre. Hätte ich allen erzählen sollen, dass wir beide miteinander Sex hatten?"

„Nein, das natürlich nicht. Aber mich einfach ignorieren und links liegen lassen hättest du auch nicht gemusst."

„Es tut mir leid, Madeleine, wirklich."

Madeleine riskierte nun doch einen Blick auf ihn und sah, dass er wirklich zerknirscht war.

„Ist schon gut."

„Was machst Du Morgen? Hast Du Zeit?"

Überrascht sah Madeleine ihn an.

„Was meinst Du damit?"

„Nun, ja,"

druckste Doug herum,

„wir könnten uns ja Morgen wieder treffen, oder?"

Madeleine tat es sofort leid, ihn so angefaucht zu haben und ein wohliges Gefühl ging durch ihren Körper.

„Ja, gut. Wie wär's mit sieben Uhr?"

„Ja, sieben ist ok. Und wo?"

„Genau in der Hälfte zwischen Eurer und unserer Farm. Weißt Du, wo die kleine Hütte ist, bei dem Bachübergang?"

„Ja, das ist eine gute Idee. Bis Morgen. Madeleine und,"

wieder druckste Doug herum.

„Ich meine, ich freue mich auf dich."

„Ich freue mich auch auf dich, tschüss, Doug."

Der Bus hatte angehalten und Madeleine beeilte sich, nach draußen zu kommen, bevor er weiterfuhr. Als sie ihr Elternhaus erreichte, war Madeleine laut am Singen und ihre Mutter atmete auf. Ihrer Tochter schien es wieder besser zu gehen.

Am nächsten Tag beeilte sich Madeleine, die ihr aufgetragenen Arbeiten so schnell wie möglich zu erledigen, damit sie pünktlich zu ihrem Treffen mit Doug gehen konnte. Ihrer Mutter hatte sie erzählt, dass sie sich mit einigen Klassenkameradinnen treffen würde. Es war das erste Mal in ihrem Leben, das Madeleine ihre Mutter anlog und sie fühlte sich nicht gut dabei. Aber ihre Sehnsucht nach Doug war größer, als alle Schuldgefühle.

Als sie pünktlich um sieben Uhr am verabredeten Treffpunkt ankam, war von Doug weit und breit nichts zu sehen. Madeleine blickte enttäuscht um sich.

‚Hatte sie sich in der Uhrzeit vertan? Würde Doug überhaupt kommen und hatte er es ernst gemeint mit der Verabredung?'

Tausend Gedanken jagten durch ihren Kopf und gerade, als sie wieder nach Hause gehen wollte, sah sie ihn kommen. Mit großen Schritten eilte er auf die kleine Hütte zu, vor der Madeleine stand.

„Es tut mir leid, aber ich konnte nicht früher kommen,"

stieß er hastig hervor und atmete schwer.

„Mein Vater wollte unbedingt noch, dass ich ihm beim Holzmachen helfe."

„Ist ja gut,"

lächelte Madeleine ihn an.

„Die Hauptsache ist doch, dass du da bist."

Verlegen sahen sich beide an und wussten erst nicht, was sie machen sollten. Endlich, nachdem es langsam peinlich wurde, setzte sich Madeleine auf die Stufe vor der Hütte und lehnte sich gegen die Tür. Diese sprang sofort auf und Madeleine fiel rücklings hinein. Ihre Beine strampelten in der Luft und ihr Kleid war bis zu ihren Hüften hochgerutscht. Bevor sie es herunterziehen konnte, hatte sich Doug über sie gebeugt und sie kurz und heftig auf ihre Lippen geküsst. Seine Hand lag zwischen ihren Beinen und seine Finger versuchten, unter ihr Höschen zu gelangen.

„Du bist so schön,"

flüsterte ihr Doug heiser ins Ohr.

„Du fühlst dich so gut an."

Mit nervösen Fingern drang er endlich unter ihren Slip und bemerkte sofort, dass sie feucht war. Es irritierte ihn etwas, doch er war zu erregt, um sich davon abhalten zu lassen, seinen dicken Mittelfinger vorsichtig in ihre Scheide einzuführen. Dabei atmete er so schwer, dass Madeleine dachte, er würde wieder zu früh abspritzen.

„Willst du mein Höschen nicht erst ausziehen."

Madeleine erschrak selbst über ihre mutige Frage, doch nun war es zu spät. Doug drehte sich um und zog vorsichtig ihr Höschen über ihre Oberschenkel und dann etwas hastiger über den Rest ihrer Beine. Als es an ihren Fesseln angekommen war, hob er erst ihr linkes Bein hoch und sah dabei auf ihre Scham, die sich leicht öffnete. Hastig zog er es nun auch über ihren rechten Fuß und warf es dann in einem hohen Bogen hinter sich. So schnell er konnte, öffnete er seinen Reißverschluss und zusammen mit seinem Slip, befreite er sich von seiner Hose und warf sie zu Madeleines kleinen, weißen Slip in der Wiese.

Doch nun war es mit Dougs Zurückhaltung vorbei. Er spürte, dass er seine Ejakulation nicht mehr zurückhalten konnte und ließ es zu, dass sein steil aufgerichteter Penis sein Sperma in die Natur spritzte. Der Anblick von Madeleines nackten Genitalien hatte genügt, um sein Glied ejakulieren zu lassen. Madeleine sah ihn nur von hinten und beobachtete seine Arschbacken, die sich bei jedem neuerlichen Herausschleudern seines Samens aus seinem Glied zusammenpressten. Ihre eigene Erregung stieg und sie beeilte sich, ihr Kleid auszuziehen. Als Doug sich endlich umdrehte, sah er Madeleine nackt auf dem Rücken liegen. Ihre Beine hatte sie leicht gespreizt und ihre Augen sahen ihn erwartungsvoll an.

„Ist es dir nicht zu unbequem hier auf dem harten Boden?"

Rücksichtsvoll beugte sich Doug über die junge Frau.

Erst jetzt spürte Madeleine den harten Holzfußboden in ihrem Rücken. Sie nickte und Doug beugte sich zu ihr hinunter, hob sie auf seine Arme und trug sie zu dem großen Tisch, der in der Mitte des Raumes stand. Dort legte er sie vorsichtig darauf und sofort beschwerte sich Madeleine.

„Der ist genauso hart wie der Fußboden."

Doch Doug hörte nicht auf sie. Er zog ihren Körper bis zum Ende des Tisches, sodass ihre Scheide genau an der Kante lag. Dann drückte er ihre Beine auf ihren Oberkörper und legte ihre Hände um ihre Kniekehlen. Madeleine erzitterte vor Scham. Sie schloss ihre Augen und genoss das Gefühl, das diese Stellung in ihr bewirkte. Nackt war sie seinen fordernden Blicken preisgegeben und eine Gänsehaut überfiel ihren ganzen Körper.

„Du bist so schön,"

flüsterte Doug, dessen Blick sich nicht von ihrer Scham abwenden konnte. Er hatte seinen Penis in seiner Hand und war ihn am reiben, damit er schnell wieder hart wurde. Doch allein der Anblick der weiblichen Genitalien vor ihm genügte, um sein Glied schnell steif werden zu lassen.

„Ich will dich lecken, Madeleine, ich will dich dort unten lecken, darf ich?"

Madeleine erzitterte unter seinen Worten und zog ihre Beine noch mehr auseinander, damit er leichteren Zugang zu ihrer Scham hatte. Bei diesem Anblick stöhnte Doug laut auf und beugte sich über sie, zog ihre Schamlippen vorsichtig auseinander und begann, sie dort vorsichtig zu lecken. Ein nie gekanntes Gefühl der Lust überströmte Madeleines Körper und sie begann, leise zu stöhnen. Es bestärkte Doug darin, das Richtige zu tun und leckte sie noch intensiver.

„Ja, Doug, ja, das fühlt sich gut an, ja, Doug, ja."

Madeleine versuchte ihren Kopf etwas anzuheben, um Doug dabei zuzusehen, wie er ihre Schamlippen verwöhnte. Seine Zunge verstärkte ihren Druck auf die kleineren, inneren Schamlippen und erreichte plötzlich Madeleines Klitoris.

„Ja, Doug, ja, genau dort, ja, Doug, ein wenig höher, bitte."

Doug hob überrascht seinen Kopf, der feucht war von ihrer Scham. Weder er noch Madeleine hatten Erfahrung mit dem, was sie gerade machten. Nur die Lust auf ihren Geruch und ihren Geschmack hatten Doug das tun lassen, was er gerade tat. Dass es genau das richtige war, überraschte ihn und Madeleine.

„Mach das wieder, Doug, bitte. Etwas höher, so wie eben. Das Gefühl war einfach wunderbar."

Doch dieses Mal wollte Doug genau sehen, wo sich der Punkt befand, der Madeleine so erregte. Vorsichtig zog er wieder ihre Schamlippen auseinander und fing mit seinem Finger an, sie dazwischen zu reiben. Dabei beobachtete er mit steigender Erregung, wie ihre Schamlippen anschwollen und sich nach außen wölbten.

„Höher, Doug, bitte, massiere mich etwas höher." Doug tat genau, wie Madeleine ihn dirigierte und plötzlich rief sie:

„Ja, Doug, ja, fester, bitte, massiere mich dort fester, ja, Doug, oh."

Sie legte ihren Kopf zurück auf die Tischplatte und erlebte mit Erstaunen, wie ein noch nie gekanntes Gefühl von ihr Besitz ergriff. Je heftiger seine Finger an dem angegebenen Punkt rieben, umso mehr verstärkte sich das Gefühl, das sich ihres Körpers bemächtigte. Plötzlich, als sie es kaum noch aushalten konnte, explodierte ihre Klitoris und ein Orgasmus durchlief ihren Körper, der Madeleine zum Schreien brachte.

„Ja, Doug, ja, oh, ja!"

Verwundert hielt Doug inne und beobachtete Madeleine, wie sie ihren ersten Orgasmus erlebte. Gleichzeitig spürte er, dass seine Finger feucht wurden und instinktiv leckte er sie ab. Ein moschusähnlicher Duft machte sich in seinem Mund und seiner Nase breit, der ihn aufs äußerste in Erregung versetzte. Sein Penis stand wieder kurz vor dem Abspritzen, doch dieses Mal wollte Doug, so wie in einem der verbotenen Filme gesehen, in Madeleines Mund spritzen. Er ging um den Tisch herum, stellte sich ans Kopfende und drehte Madeleines Kopf und ihren Mund, der mittlerweile staunend still stand, vor seinen steifen Penis. Überrascht sah Madeleine ihn an und bevor sie etwas sagen konnte, drückte Dennis ihn in ihren Mund.

„Blas ihn, bitte, Madeleine, blas ihn,"
keuchte Dennis und schob ihn noch tiefer hinein. Die
Worte ‚blas ihn' hatte er in demselben Film gehört und
konnte nicht ahnen, dass Madeleine nicht wusste, was
er von ihr wollte. Ihre Zunge versuchte verzweifelt, ihn
aus ihrem Mund zu befördern, was ihr aber nicht
gelang, denn Doug hielt dagegen. Was Madeleines
Zunge aber bewirkte war, dass sie die Eichel seines
Gliedes damit massierte und ihn so zur Ejakulation in
ihrem Mund brachte. Mühsam versuchte Madeleine,
sein Sperma zu schlucken, was ihr letztendlich auch
gelang. Dieses Mal schrie Doug seine Lust laut
heraus und als er zusah, wie sie schluckte, verstärkte
es noch seine Lust.

Erst als sein Penis leer war und Dougs Erregung
langsam abflaute, zog er ihn vorsichtig zwischen ihren
Lippen heraus.
„Madeleine, danke, Madeleine!"
seufzte er und beugte sich über sie, um sie auf ihre
Lippen zu küssen. Eigentlich war Madeleine erzürnt,
da er sein Glied ohne sie gefragt zu haben in ihren
Mund gedrückt hatte, aber als er sie so zärtlich küsste,
war ihr Ärger darüber sofort verraucht. Außerdem
hatte er ihr den ersten Orgasmus ihres Lebens
verschafft und das war ein Gefühl, das sie nie mehr
missen wollte.
„Holst du mich bitte von dem Tisch? Der ist so hart."
Madeleines klägliche Stimme holte beide wieder in die
Wirklichkeit zurück. Schnell beeilte sich Doug, ihrer
Bitte nachzukommen und trug sie hinaus. Vorsichtig
sahen sie sich um, um sich dann schnell anzuziehen.

„Am liebsten würde ich jetzt eine Zigarette rauchen."
Madeleine sah Doug ungläubig an.

„Du rauchst?"

„Nein, nein, aber so sagen doch alle nachher."

In diesem Moment wusste Doug, dass er etwas Falsches gesagt hatte.

„Wer sagt das nachher? Ich dachte, ich bin die erste Frau mit der du Sex hast? Woher weißt du, dass alle Männer nachher Lust auf eine Zigarette haben?"

Doug wäre am liebsten im Erdboden versunken. Er konnte ihr doch unmöglich sagen, dass er heimlich Sexfilme anschaute und dort sagten alle Männer anschließend:

,Und nun muss ich eine Zigarette rauchen.'

„Ich glaube, das habe ich einmal irgendwo gelesen," stotterte Doug und wurde rot. Außerdem muss ich jetzt gehen, es ist schon spät."

Verlegen standen er und Madeleine voreinander. Schließlich antwortete Madeleine leise:

„Ja, Doug, du hast recht. Es ist schon spät."

Schweigend gingen sie einige Schritte nebeneinander her, bis Doug in die eine Richtung und Madeleine in die entgegengesetzte Richtung gehen musste.

„Tschüss, Madeleine. Es hat mir gefallen, was wir heute gemacht haben."

Wieder wurde Doug über und über rot und sein Anblick versöhnte Madeleine mit ihm.

„Ja, Doug. Mir hat auch gefallen, was wir beide heute gemacht haben, tschüss."

Langsam gingen sie nach Hause und an diesem Abend dachte Madeleine noch lange darüber nach, wie es wohl mit ihnen weitergehen würde.

An diesem Abend wusste sie noch nicht, dass Doug schon eine Woche später die Schule verlassen würde, um bei einem seiner entfernt wohnenden Verwandten eine Lehrstelle anzutreten. Als sie es erfuhr weinte sie bittere Tränen und war eigentlich nur erleichtert, dass sie nach einiger Zeit erfreut feststellen musste, dass sie nicht schwanger war. Die Befürchtung hegte Madeleine, seit sie mit Doug das erste Mal ungeschützten Sex hatte.

Kapitel 3

Jenny genoss die wenigen Tage bei ihren Eltern und ließ es zu, dass ihre Mutter sie nach Strich und Faden verwöhnte. In jeder freien Minute dachte sie an Don. ‚Ob er jetzt gerade im Hotel eincheckte und sie vermisste?'

Täglich hatte sie diesen Gedanken und war daher froh, als sie wieder nach London zurückfahren konnte. Der Abschied war herzlich, aber Jenny hatte bemerkt, dass ihre Mutter heimlich weinte.

„Ich komme doch wieder, Mum,"

hatte sie ihre Mutter zugeflüstert und ein Lächeln auf deren Gesicht gezaubert.

Wieder im Hotel musste Jenny feststellen, dass sich nichts verändert hatte. Sie wagte nicht, Mel zu fragen, ob Don in der Zwischenzeit dagewesen war. So vergingen einige Tage an denen nichts besonderes passierte. Als sie wieder einmal spät am Abend nicht schlafen konnte und in die Küche ging, um sich etwas zu trinken zu holen, musste sie wie immer an Jonathans Tür vorbeilaufen. Gerade als sie an seiner Tür vorbeikam, hörte sie wieder diese ungewöhnlichen Geräusche, die sie auch schon zuvor häufiger gehört hatte. Sie blieb stehen und glaubte sicher zu sein, eine Frau laut stöhnen zu hören. Jenny wusste nicht, wie sie sich verhalten sollte und gerade als sie weiter gehen wollte, hörte sie dieselbe Frau schreien:

„Ja, ja, das ist gut, ja!"
Nun war sich Jenny sicher, dass Jonathan seine Zeit
damit verbrachte, heimlich Pornos in seinem Zimmer
anzusehen. Sie beeilte sich in die Küche zu kommen.
Dort saß zu ihrer großen Überraschung Mel.
„Was machst du denn hier?"
fragte Mel und sah sie überrascht an.
„Ich konnte nicht schlafen und habe Durst und da
wollte ich mir eigentlich nur etwas zu trinken holen.
Und was machst du hier?"
„Ach, Jenny. Ich konnte auch nicht schlafen."
Irgendetwas schien sie zu belasten, doch Jenny hatte
Angst, Mel nach dem Grund zu fragen.
‚Ob sie auch die Geräusche aus Jonathans Zimmer
gehört hat?'
dachte sie plötzlich peinlich berührt und beeilte sich,
ein Glas mit Wasser zu füllen und in ihr Zimmer
zurück zu kehren. Dieses Mal war alles still hinter der
Tür zu Jonathans Zimmer und trotzdem war Jenny
froh, als sie ihr eigenes Zimmer hinter sich
geschlossen hatte. Endlich konnte sie einschlafen und
am nächsten Morgen vergaß sie das Erlebte sofort,
denn das Hotel war voll belegt und sie hatte jede
Menge zu tun.

Ein paar Tage später hatte Jenny ihren freien
Nachmittag und sie hatte sich entschlossen, den Bus
zu nehmen um zur berühmten Tower Bridge zu
fahren. Mit großen Augen saß sie später im Bus und
nahm alle Sehenswürdigkeiten von London in sich
auf. An der berühmten Brücke angekommen stieg sie
aus, um sich alles näher anzusehen. Es herrschte ein

Gewimmel von Menschen, was Jenny überhaupt nicht gefiel und schon wollte sie enttäuscht umkehren, als sie sah, wie eine ältere Dame schwankte und fast umfiel. Schnell eilte sie zu der Frau und stützte sie, so gut sie konnte.

„Ist Ihnen nicht gut?"
fragte sie besorgt und sah die alte Dame fürsorglich an.

„Können Sie mir einen Arzt rufen?"
kam es leise zurück.

„Mir geht es wirklich nicht gut."
Jenny sah sich um, aber keiner der vielen Menschen um sie herum kümmerte sich um sie und die alte Frau. Jenny nestelte ihr Handy hervor und rief den Notruf der Feuerwehr an. Schon kurze Zeit später kam ein Ambulanzwagen und lud die alte Dame ein.

„Ist sie eine Verwandte von Ihnen?"
fragte einer der Sanitäter Jenny.

„Nein, nein. Das ist sie nicht. Ich habe ihr nur geholfen, als ich sah, dass es ihr nicht gut geht."

„Wie heißen Sie, junges Fräulein? Wie ist Ihr Name?"
hörte Jenny die alte Frau rufen.

„Ich heiße Jennifer, Madam. Aber man nennt mich Jenny."
Schon schloss sich die Tür der Ambulanz und sie fuhr in rasantem Tempo davon. Jenny wusste noch nicht einmal, wie die alte Dame hieß und wohin sie gebracht wurde.

Die Lust auf weiteres Sightseeing war Jenny vergangen und sie fuhr mit dem nächsten Bus wieder zurück in das Hotel, in dem sie arbeitete. Am nächsten Morgen waren nicht sehr viele Gäste anwesend und Jenny hatte daher auch nicht so viel zu tun. Später dann wurde es hektisch, denn viele unerwartete Gäste checkten ein. Gäste, die sich eigentlich ein besseres Hotel leisten konnten, aber da in London gerade Ferienzeit herrschte, waren alle teuren Unterkünfte ausgebucht. So mussten sie mit diesem Hotel zufrieden sein.

Jenny begab sich an diesem Abend sehr früh zu Bett, da sie wusste, dass sie am nächsten Morgen viele Gäste zum Frühstück hatte und daher ziemlich früh aufstehen musste. Es schien ein Familienclan zu sein, der fast das gesamte Hotel gebucht hatte. Schon schnell musste Jenny feststellen, dass diese Gäste gewohnt waren, das Personal zu schikanieren. Bei dem Einen war der Tee zu dünn, die Anderen beschwerten sich über den zu kross gebratenen Ham und noch Andere meckerten über die zu hart gekochten Frühstückseier und die angeblich noch zu rohen scrambled eggs. Nur ein älteres Paar an einem separaten Tisch war freundlich und nicht so arrogant, wie der Rest der Familie.

Jenny war froh, als das Frühstück endlich vorbei war und die Gäste aufstanden. Sie würden einige Tage bleiben, hatte Mel ihr gesagt und Jenny freute sich nicht unbedingt darauf, diese Familie noch einmal mit Frühstück zu versorgen. Sie hatte mitbekommen, dass man anscheinend auf das Ableben eines Familienmitgliedes wartete. Angeblich war dieses Familienmitglied sehr reich und besaß ein großes Erbe, das es nach seinem Tod hinterlassen würde.

‚Gut dass Mum und Dad nicht reich sind und gut, dass ich Einzelkind bin,' dachte Jenny. Früher hätte sie gerne Geschwister gehabt und hatte sich vor allen Dingen in den Wintermonaten sehr gelangweilt. Doch nachdem sie diese Familie kennen gelernt hatte, war sie froh, allein und ohne Brüder und Schwestern zu sein.

Am Abend, als Jenny sich schon in ihrem Zimmer befand, checkte Don ein. Eigentlich wollte Mel ihn abwimmeln, aber zu ihrem Erschrecken, hatte er das Zimmer schon am vorherigen Tage bestellt und so hatte sie keine Ausrede, es ihm nicht zu geben.

‚Dann soll es halt so sein:'
dachte sie für sich und hoffte, dass Jenny klug genug wäre, nicht auf ihn herein zu fallen. Als Jenny am nächsten Morgen das Frühstück am Zubereiten war, trafen nach und nach die Gäste vom Vortag wieder ein und das Meckern über das angeblich schlecht zubereitete Frühstück ging von vorne los. Plötzlich verstummten alle und dann brach ein Jubelgeschrei aus, das bis in die Küche drang.

„Endlich, Junge, wo warst du nur so lange?"
und ähnliches war zu hören. Als Jenny in den Raum trat sah sie, wie sich alle Verwandten um eine männliche Person geschart hatten und aufgeregt auf ihn einredeten. Diese Person stand mit dem Rücken zu Jenny und als er sich umdrehte, fiel ihr das Tablett aus den Händen.

Es war Don. Auch er war überrascht, denn Mel hatte ihm in der Abwesenheit von Jenny erzählt, dass Jenny nicht mehr in diesem Hotel arbeiten würde. Auf seine Nachfrage wo sie nun arbeitete, hatte Mel nur mit den Schultern gezuckt und ihn einfach stehen gelassen.

Seine freudige Überraschung war ihm deutlich anzusehen.

„Jenny, du bist doch noch hier?"

Überrascht sah Jenny ihn an.

„Ja, natürlich. Wo soll ich denn sonst sein?"

Es fiel ihr nicht auf, dass Don sie einfach duzte. Eigentlich wollte ihr Don sofort erzählen, was Mel im gesagt hatte, aber er ließ es sein. Vielleicht später einmal, nahm er sich vor.

„Dieses Hotel ist unter meiner Würde,"

rief in diesem Moment eine der weiblichen Gäste.

„Sieh nur, jetzt wirft sie sogar das volle Tablett auf den Boden. Unerhört! Habt Ihr so etwas schon einmal in einem guten Hotel erlebt?"

Einige der anderen Gäste sprangen auf und pflichteten ihr sofort bei, doch Don reagierte wütend.

„Was hat sie denn gemacht? Ihr ist ein Tablett aus den Händen gerutscht, und? Das kann doch jedem einmal passieren!"

Überrascht von seiner Heftigkeit verstummten die anderen Gäste und setzten sich kleinlaut wieder hin. Don lächelte Jenny zu und half ihr, die zerbrochenen Scherben aufzulesen.

„Eigentlich sind die alle sehr nett, doch im Moment herrscht Ausnahmezustand. Du darfst sie nicht so ernst nehmen."

Jenny lächelte dankbar zurück und beeilte sich, das Frühstück für ihn zu bereiten. Die anderen Gäste empörten sich im Stillen weiter über das angeblich schlechte Benehmen von Jenny und darüber, dass Don ihr geholfen hatte. Nur das ältere Ehepaar, das schon am Vortag sehr freundlich zu Jenny gewesen war, hielt sich zurück. Gut, dass Jenny nicht wusste, dass sie Dons Eltern waren, sonst wäre ihr an diesem Morgen noch aus den Händen geglitten.

Als alle das Hotel verlassen hatten, begann für Jenny wie immer die meiste Arbeit mit Spülen, Aufräumen, Putzen und noch viele andere Dinge, die täglich in einem Hotel anfielen. Als sie am Abend endlich fertig war, legte sie sich müde auf ihr Bett. Doch kaum hatte sie ihre Augen geschlossen, sah sie sofort Don vor sich und sein warmes Lächeln. Wieder ergriff Jenny diese unbekannte Unruhe und je länger sie an ihn dachte, umso mehr ergriff eine Sehnsucht von ihr Begriff, die sie nie zuvor gespürt hatte.
Um sich etwas abzulenken zog Jenny sich aus und duschte ausgiebig. Noch immer herrschte eine ungewohnte Hitze in der Stadt und so legte sie sich nach dem Duschen splitternackt auf ihr Bett. Wie in all den anderen Zimmern auch, war genau gegenüber ihrem Bett ein großer Spiegel an der Wand angebracht. Schon von Anfang an hatte Jenny sich daran gestört, dann immer wenn sie aufwachte, sah sie sich darin.
‚Ob die anderen Gäste sich damit wohlfühlen?‘
dachte sie mehr als einmal.
An diesem Abend war Jenny trotz der Dusche so erregt, dass sie anfing, ihren Körper mit ihren Händen leicht zu massieren. Sie mochte es, wenn sie ihre Brüste spürte und sie in ihren Händen hielt. Da Jenny glaubte, etwas Verbotenes zu tun, hielt sie stets ihre Augen geschlossen, denn es war ihr peinlich, sich im Spiegel dabei zu beobachten.

Während ihre linke Hand noch gedankenverloren mit ihrer rechten Brust spielte, wanderte ihre rechte Hand langsam an ihrem Körper hinunter und machte erst halt, als sie an ihrem Venushügel ankam. Jenny hatte nicht bemerkt, dass ihr Atem schneller ging und sich ihre Beine unwillkürlich etwas spreizten. Als sie ihre Augen öffnete und sich in dem gegenüberliegenden Spiegel erblickte, stieg ihre Erregung ins Unermessliche. Schnell schloss sie ihre Augen wieder und stellte sich vor, es wäre Don, der ihr statt des Spiegels zusah. Nur für ihn spreizte sie ihre Beine noch etwas weiter und erlaubte ihren Fingern, über die äußeren Schamlippen zu streicheln. Eine heiße Welle durchflutete ihren Körper und der Gedanke, dass Don es wäre, der dieses wohlige Gefühl in ihr auslöste, ließ sie mutiger werden und laut aufstöhnen.

Noch nie hatte Jenny sich weiter gewagt. Immer wenn sie an ihren äußeren Schamlippen angekommen war, hatte sie das schlechte Gewissen übermannt und dafür gesorgt, dass sie sofort aufhörte. Doch an diesem Abend siegte ihre aufkeimende Lust über ihr Gewissen. Vorsichtig teilte sie die Schamlippen und erforschte sanft mit ihren Fingerspitzen, was sich dazwischen befand. Sie ertaste ihre kleinen Schamlippen und streichelte sie zart, was ihre Erregung nur noch mehr steigerte.

Dann stellte Jenny ihre Beine hoch und dehnte sie so weit wie möglich auseinander. Sie spürte, dass sie einem Orgasmus ganz nahe war und begann, ihre Genitalien heftig auf und ab zu reiben. Ihr Atem ging dabei immer schneller und Jenny merkte plötzlich, dass ein spezieller Punkt zwischen ihren Schamlippen ganz besonders auf die Reibung ihrer Finger reagierte. Sie spürte, dass sie kurz davor war, die ersehnte Erfüllung zu erleben und ihren Körper von seiner unerfüllten Lust zu befreien. Sie massierte diese Stelle immer fester und gerade, als sie glaubte zu explodieren, hörte sie einen furchtbaren Schrei, der sie hochfahren ließ.

Es war Mel, die diesen Schrei ausgestoßen hatte. So schnell sie konnte zog Jenny ihren Bademantel an und lief hinaus. Als sie an der Treppe ankam, die zu den unteren Räumen führte sah sie, dass Mel sich über Jonathan beugte, der zusammengekrümmt am Fuße der Treppe lag.

„Jenny, bitte, ruf einen Notarzt, schnell Jenny."

Zum zweiten Mal in dieser Woche wählte Jenny die Nummer der Feuerwehr und bestellte einen Krankenwagen. Dann lief sie zu Mel und Jonathan und bot ihre Hilfe an.

„Was ist geschehen?"

fragte sie Mel, doch sie schüttelte nur den Kopf und weinte.

„Ich weiß es nicht, Jenny, ich weiß es nicht,"

schluchzte sie hemmungslos.

„Ich habe ihn so gefunden. Sieh mal, er ist ganz blau angelaufen. Oh, Jenny, was ist nur mit ihm? Jenny ist er tot?"

Jenny versuchte Jonathans Puls zu finden und konnte ihn ganz flüchtig ertasten.

„Nein, Mel. Er ist nicht tot. Bitte beruhige dich, der Arzt wird bald hier sein."

Es vergingen bange Minuten in den Jenny die Gäste, die auch von Mels Schrei aufgeschreckt waren und herbei gelaufen kamen, wieder auf ihre Zimmer schickte.

„Ist ein Arzt unter Ihnen?"
fragte sie hoffnungsvoll, doch die Gäste schüttelten ihre Köpfe.

Obwohl es Mel und Jenny wie eine Ewigkeit vorkam bis der Krankenwagen endlich eintraf, benötigten er doch nur Minuten. Lähmend vor Angst standen die beiden Frauen im Eingangsbereich des Hotels und sahen zu, wie die Sanitäter erste Hilfsmaßnahmen einleiteten.

„Wir nehmen ihn mit ins Public Hospital."
„Was hat er, was ist los mit ihm?"
Völlig aufgelöst zog Mel am Ärmel des Sanitäters, doch er wehrte sie ab.

„Ich weiß es nicht. Ich kann es Ihnen im Moment nicht sagen. Sind Sie seine Frau?"
Mel nickte.

„Sie können im Krankenwagen mitfahren, aber Sie müssen sich etwas beruhigen. So machen Sie alles nur noch schlimmer."

Mel nickte und folgte der Bahre, auf der Jonathan unter einer Sauerstoffmaske lag.

Es vergingen Stunden, bevor Mel endlich anrief. Jenny hatte die ganze Zeit an der Rezeption gewartet. Nachdem der Krankenwagen davon gefahren war, war Jenny schnell in ihr Zimmer gelaufen und hatte sich etwas angezogen. Anschließend ging sie wieder hinunter, da sie wusste, dass noch zwei neue Gäste erwartet wurden, die noch nicht eingecheckt hatte.

„Wie geht es ihm?"

fragte Jenny besorgt.

„Was sagen die Ärzte?"

„Sie glauben, er hat einen schweren Schwächeanfall erlitten, können aber einen Infarkt noch nicht ausschließen. Er liegt auf der Intensivstation und man hat mir erlaubt, diese Nacht bei ihm zu bleiben. Ach Jenny, wie soll jetzt nur alles weitergehen?"

„Mach dir keine Sorgen, Mel. Hier läuft alles wie immer und ich schaffe das schon."

„Danke Jenny, vielen Dank. Wie gut, dass wir dich haben."

Nachdenklich legte Jenny den Hörer auf, schloss die Eingangstür des Hotels und löschte alle Lichter. Sollten Gäste, die bereits eingecheckt hatten später kommen, konnten sie mit ihrem Zimmerschlüssel auch die Eingangstür des Hotels öffnen. Jenny und Jonathan wussten, dass diese Vorgehensweise auch eine Sicherheitslücke war, und hatten vor, in Zukunft einen Nachtportier einzustellen. Gerade als Jenny zurück in ihr Zimmer gehen wollte, klopfte es an die Eingangstür. Als sie nachsah, wer so spät noch hinein wollte, sah sie, dass es Don war, der seinen Zimmerschlüssel vergessen hatte.

„So spät noch wach?"

fragte er besorgt und entschuldigte sich dafür, dass er sie stören musste, weil er seinen Zimmerschlüssel im Zimmer liegen gelassen hatte.

„Ist schon gut,"

antwortete Jenny müde.

„Was ist los?"

Als sie in sein besorgtes Gesicht blickte, weinte sie leise auf und erzählte ihm, was sich am Abend zugetragen hatte. Es tat ihr gut, mit ihm zu sprechen und es tat ihr gut, seine Fürsorge zu spüren. Gemeinsam gingen sie in den ersten Stock, wo er sein Zimmer hatte und wo sich auch Jennys Zimmer befand.

„Gute Nacht, Jenny. Versuch ein wenig zu schlafen."

„Danke, Don, Gute Nacht."

Es dauerte lange, bis Jenny endlich Schlaf fand und als der Wecker am nächsten Morgen bimmelte, schien es ihr, als ob sie gerade erst eingeschlafen wäre.

Das Frühstück der Gäste verlief ohne große Vorkommnisse und als Jenny später damit beschäftigt war, den Frühstücksraum zu saugen, kehrte Mel übermüdet aus dem Krankenhaus zurück.

„Wie geht es Jonathan?"

„Keine Veränderung. Die Ärzte haben ihn in ein künstliches Koma gelegt und werden noch einige Untersuchungen vornehmen. Erst dann können sie mir sicher sagen, was ihm fehlt."

„Möchtest du etwas frühstücken?"

Jenny wusste nicht, wie sie Mel trösten sollte und hoffte, dass sie wenigstens etwas essen würde.

„Nein, danke. Das ist lieb von dir, Jenny. Aber ich werde versuchen etwas zu schlafen und gehe heute Nachmittag zurück ins Krankenhaus. Kommst du hier klar oder hast du noch Fragen?"

„Alles in Ordnung Mel. Du hast Recht. Leg dich etwas hin, dann wirst du dich auch besser fühlen."

„Ja, danke, Jenny. Ach, übrigens, hier ist der Schlüssel zu Jonathans Büro. Wenn du Zeit findest, könntest du dort ein wenig nach dem Rechten sehen und den Zimmermädchen sagen, dass sie es gründlich reinigen? Ich weiß nicht, wann wir dort das letzte Mal sauber gemacht haben."

„Natürlich, das mache ich doch gerne. Aber jetzt geh erst einmal nach oben und versuche, etwas zu schlafen."

Mel nickte Jenny dankbar zu und ging mit müden Schritten die Treppe hinauf und es gelang ihr tatsächlich, ein paar Stunden zu schlafen. Nachdenklich sah Jenny auf den Schlüssel, den ihr Mel überreicht hatte. Sie durfte tatsächlich in das Heiligtum von Jonathan? Ein ungutes Gefühl beschlich sie, als sie an die seltsamen Stimmen und Laute dachte, die sie vor kurzem aus seinem Zimmer gehört hatte.

‚Was erwartet mich dort?'

war die bange Frage, die sie den ganzen Morgen nicht los ließ. Am frühen Nachmittag hatte sie ihre Arbeit in der Küche und im Frühstücksraum beendet und war gerade dabei, etwas zu essen, als Mel die Küche betrat. Sie sah sehr müde und abgespannt aus.

„Ich fahre ins Krankenhaus und bleibe wahrscheinlich die ganze Nacht. Du kommst hier doch alleine zurecht, oder?"

Ehe Jenny antworten konnte, hatte sich Mel schon umgedreht und verließ gesenkten Kopfes das Hotel. Sie tat Jenny sehr leid. Mel und Jonathan waren schon über zwanzig Jahre verheiratet und Jenny konnte sich vorstellen wie sehr es Mel belastete, dass es ihrem Mann so schlecht ging.

Eigentlich wollte sich Jenny ein wenig hinlegen, um später am Empfang weiter zu arbeiten. Doch irgendetwas zog sie magisch zu dem Zimmer von Jonathan. Jenny hatte das Gefühl etwas Verbotenes zu tun, als sie den Schlüssel zweimal umdrehte, um die Tür zu öffnen. Als sie hineintrat blieb ihr vor Überraschung der Mund offenstehen. An einer Wand des Zimmers waren unzählige Monitore angebracht und davor war ein Gerät, das aussah wie das Mischpult in einem Plattenstudio. Die meisten Monitore waren ausgeschaltet, nur wenige waren noch an und alle zeigten das gleiche Bild: Ein sorgfältig gemachtes Doppelbett.

‚Was hat das denn zu bedeuten?'
dachte Jenny und trat näher. Hatte sie zuerst geglaubt, dass die Monitore ein und dasselbe Bett zeigten, musste sie beim näheren Hinblicken erkennen, dass es verschiedene Betten waren. Betten aus den Zimmern dieses Hotels. Als Jenny noch näher hinsah bemerkte sie, dass das letzte Bett ihr eigenes Bett war.

Sie erschrak.

‚Was bedeutete das? Warum zeigten die Monitore nur die Betten der Zimmer? Was machte Jonathan mit diesen Aufnahmen?'

Ein fürchterlicher Verdacht keimte in ihr auf und sie verließ fluchtartig den Raum, um in ihr Zimmer zu laufen.

„Hallo, hallo,"

rief eine ihr bekannte Stimme und hielt sie gerade noch davon ab, ihn über den Haufen zu rennen. Es war Don, der sie in seinen Armen hielt.

„Was ist los, Jenny?"

Mit großen, verstörten Augen sah sie in sein besorgtes Gesicht. Am liebsten hätte sie ihm ihre Entdeckung mitgeteilt, aber ihre Loyalität Mel gegenüber hielt sie davon ab.

„Entschuldigung, bitte, Don, bitte entschuldige, aber ich bin heute nicht so richtig bei der Sache."

„Das scheint mir auch so. Was ist denn los?"

Aber Jenny schüttelte nur den Kopf und befreite sich aus seinen Armen. Wie gut hatte es ihr getan, seine Umarmung zu spüren.

„Ich muss gehen"

stotterte sie und lief die Treppe hinunter.

Statt in ihr Zimmer ging sie zurück zum Empfang und grübelte darüber nach, was sie soeben entdeckt hatte.

„Verbrachte Jonathan seine gesamten Abende damit, die Gäste zu beobachten?"

Plötzlich wurde es Jenny heiß und sie bekam kaum noch Luft.

‚Hatte er etwa auch sie selbst beobachtet? Gestern Abend vielleicht, als sie mit ihrem Körper spielte?'

Diese Überlegungen trieben Jenny die Schamesröte ins Gesicht. Sie musste Gewissheit haben. Sie musste es herausfinden, doch zunächst galt es, den Hotelbetrieb ohne Störungen weiter zu führen. Am frühen Abend rief Mel aus dem Krankenhaus an und teilte Jenny mit, dass sie auch diese Nacht dort bleiben würde, da es Jonathan noch immer nicht besser ging.

„Sie haben mir ein Bett in sein Zimmer gestellt, damit ich ein wenig schlafen kann. Ist bei dir alles in Ordnung?"

„Ja, ja, Mel. Mach dir bitte keine Sorgen. Hier läuft alles reibungslos."

„Danke Jenny, das werde ich dir nie vergessen."

Jenny wusste, es hatte keinen Zweck Mel momentan mit ihren Beobachtungen zu belästigen. Sie machte derzeit genug durch.

Nachdem sie sich vergewissert hatte, dass alle Gäste eingecheckt hatten, verschloss Jenny die Eingangstür, löschte das Licht und stieg die Treppe zum ersten Stock hinauf. Auf der obersten Stufe stand Don und beobachtete sie.

„Wie geht es Jonathan?"

fragte er mitfühlend. Er hatte von Jonathans Sturz am Abend zuvor erfahren und machte sich nun Sorgen um Jenny.

„Sie haben ihn in ein künstliches Koma versetzt. Mehr weiß ich leider auch nicht. Mel ist die ganze Zeit bei ihm."

„Und du managst das Hotel alleine? Ist das nicht zu viel für eine Person?"

Besorgt sah er auf Jenny, der die Strapazen deutlich anzusehen waren.

„Noch geht es, danke, Don. Vielleicht ist ja morgen schon alles besser. Wir werden sehen. Aber ich möchte jetzt zu Bett gehen, damit ich morgen früh ausgeschlafen habe und die Gäste nichts zu meckern haben."

„Ach, die,"

entfuhr es Don wütend.

„Die sollen sich bloß nicht so anstellen, sonst bekommen sie es mit mir zu tun. Die warten doch nur drauf, dass meine alte Tante Claire stirbt, damit sie sie beerben können."

„Ist deine Tante sehr krank?"

„Nein. Ich war heute Nachmittag bei ihr und es geht ihr schon viel besser. Sie hatte einen Schwächeanfall erlitten und wurde ins Krankenhaus gebracht. Ich hoffe, dass ich sie morgen nach Hause bringen kann."

„Sind die übrigen Gäste alle Verwandte von dir?" fragte Jenny ungläubig.

Don nickte.

„Aasgeier,"

flüsterte er und sah Jenny eindringlich an.

„Die ganzen Jahre hat sich niemand von ihnen um Tante Claire gekümmert und nun, da sie denken, dass sie eventuell sterben könnte, sind sie hier um abzusahnen. Ich mag diese Verwandten nicht."

„Hast du deine Tante denn öfter besucht?"

„Ja, ich kam regelmäßig nur wegen ihr nach London."

Am liebsten hätte Jenny Don in den Arm genommen und das wunderbare Gefühl für ihn verstärkte sich noch. Auch Don hätte Jenny am liebsten umarmt, aber er wollte die Stresssituation, in der sie sich befand nicht ausnutzen.

„Schlaf gut, Jenny."

„Du auch, Don. Gute Nacht."

Wie von selbstverständlich duzten sie sich.

Da Don ihr mit seinen Augen folgte, ging Jenny nicht wie zuerst beabsichtigt in Jonathans Zimmer sondern direkt in ihres. Nachdem sie sich geduscht und ihr

Nachthemd angezogen hatte, fiel sie sofort in einen tiefen Schlaf, der am nächsten Morgen durch den Wecker beendet wurde.

Kapitel 4

Es vergingen einige Wochen in denen Madeleine nichts von Andrew hörte und sie ihn auch nicht sah. Sie hatte den ganzen Tag schwer gearbeitet und als sie nach dem Abendessen noch etwas spazieren ging, sah sie Andrew. Er schien auf sie zu warten, traute sich aber augenscheinlich nicht näher an den Hof ihrer Eltern heran. Madeleines Herz schlug um einige Schläge schneller, als sie auf ihn zuging.

„Was machst du denn hier, Andrew?"

„Freust Du dich nicht, Madeleine? Ich meine, wenn ich störe, dann gehe ich wieder."

Schon wollte er sich umdrehen und weggehen, doch Madeleine hielt ihn zurück.

„Nein, ja, ach Andrew. Es ist nur so überraschend. Natürlich freue ich mich dich zu sehen. Gehen wir ein bisschen spazieren?"

Madeleine hatte Angst, dass ihre Eltern ihn sehen könnten und zog ihn deshalb schnell mit sich. Ihre Eltern wollten, dass sie einen Bauernjungen heiraten sollte, damit ihre Farm weiter bewirtschaftet würde. Ihr ein Jahre jüngerer Bruder machte noch keine Anstalten, sich auf der Farm nützlich zu tun. Obwohl, in den letzten Monaten hatte er sich Mühe gegeben, seinen Vater bei der Feldarbeit zu unterstützen. Niemals würden ihre Eltern Andrew als Schwiegersohn akzeptieren, da war sich Madeleine sicher und es machte sie traurig.

Es war einfach wunderbar neben Andrew, dem Mann, den sie über alles liebte, in den langsam immer dunkler werdenden Abend zu gehen. Am liebsten hätte Madeleine nach seiner Hand gegriffen, doch sie hatte Angst vor seiner Reaktion. Erst als der Bauernhof nicht mehr zu sehen war, blieb Andrew stehen.

„Ich hatte Sehnsucht nach dir."

Sprachlos sah Madeleine ihn an. Immer wieder hatte sie in ihren Träumen gehofft, dass Andrew so etwas zu ihr sagen würde und nun, da er vor ihr stand und diese Worte aus seinem Mund kamen, wusste sie nicht, wie sie sich verhalten sollte.

„Ich habe oft an dich gedacht,"

fuhr Andrew etwas unbeholfen fort.

„Ich habe auch an dich gedacht,"

wagte Madeleine nun leise zu antworten. Sofort nachdem sie diesen Satz ausgesprochen hatte, fühlte sie Andrews fordernde Lippen auf ihren Lippen. Ein Schauer rann über ihren Körper und ließ sie alles um sich herum vergessen. So schnell sie konnten entledigten sie sich ihrer Kleider und kaum dass Madeleine auf dem Rücken lag und ihre Beine willig vor ihm gespreizt hatte, drang er auch schon mit seinem harten Penis in sie ein. Nach nur wenigen harten Stößen zog er plötzlich sein Glied aus ihrer Scheide, kniete sich über ihre Brust und schob es tief in ihren Mund. Madeleine schmeckte ihren eigenen Saft und als er in ihren Mund abspritzte, vermischte sich ihr Saft mit seinem Sperma und Madeleine schluckte alles gierig hinunter.

Erst als er auch den letzten Rest aus seinem Penis in ihren Mund entleert hatte, zog er ihn langsam wieder hinaus.

„Wir müssen aufpassen," raunte er ihr ins Ohr.

„Ich will noch keine Kinder. Ich habe Kondome dabei, aber ich war so heiß auf dich, dass ich vergessen habe, eins überzuziehen."

Madeleine war froh, dass er so vorsichtig war. Sie selbst war nicht in der Lage, Kondome zu kaufen oder sich die Antibabypille zu besorgen. Ihre Mutter war bei allen Einkäufen, die Madeleine tätigte, stets dabei. Außerdem dachte sie, dass ihre Tochter noch eine Jungfrau wäre und noch niemals Sex mit einem Jungen gehabt hätte.

Zwar hatte Andrew seinen ersten Orgasmus schon erreicht, aber er war jung und sein Körper verlangte nach mehr. Aber dieses Mal wollte er, dass auch Madeleine zu ihrem Höhepunkt gelangte. Als sie eine Weile nebeneinander gelegen hatte, fühlte Andrew plötzlich Madeleines Hand an seinem Glied. Zärtlich streichelte sie es und griff plötzlich fest zu, als sie spürte, wie es in ihrer Hand wuchs. Sie richtete sich auf und sah staunend zu, wie sich die Adern an seinem Schaft verdickten und es in ihnen klopfte. Sie rieb ihn auf und ab und verstärkte den Druck ihrer Hand, bis Andrew leise aufschrie.

„Madeleine, etwas sanfter, bitte. Du zerdrückst ihn ja. Ziehst du ihm das Kondom über?"

Madeleine schüttelte ihren Kopf. Stattdessen beugte sie sich hinunter und leckte zärtlich über seine Eichel und versuchte, die Liebestropfen, die sich in der kleinen Spalte befanden, heraus zu lecken. Andrew stöhnte wohlig dabei und hob seinen Unterkörper etwas an, um seinen Penis tiefer in ihren Mund zu drücken. Aber Madeleine wich zurück und leckte stattdessen langsam und intensiv den ganzen Schaft seines pulsierenden Gliedes. Andrew stöhnte vor Behagen laut auf.

„Knie dich über mein Gesicht,"
forderte er Madeleine mit leiser Stimme auf.

„Komm, Madeleine, bitte, zeig mir Deine Scham. Ich will dich auch lecken."

Madeleine zitterte, denn das hatte sie bisher noch nie gemacht. Als sie sich über sein Gesicht kniete, umklammerte er ihre Taille und drückte ihre Genitalien direkt auf sein Gesicht. Eine wohlige Gänsehaut überlief Madeleines Körper. Der Gedanke, dass sie sich vollkommen nackt direkt vor seinen Augen darbot, ließ sie vor Erregung aber auch vor Scham erschauern.

„Komm, spreiz deine Beine noch etwas weiter auseinander,"
hörte sie Andrews Stimme, während er ihren Körper etwas angehoben hatte. Mit einem erneuten wohligen Schauer über den ganzen Körper, tat sie, um was er sie bat. So weit wie Madeleine nur konnte, spreizte sie ihre Beine und zeigte ihm, wie schön die Genitalien einer vollkommen nackten Frau sind. Andrew stöhnte bei ihrem Anblick laut auf und fing an, ihre Schamlippen mit seinen Fingern zu massieren. Auch Madeleine stöhnte dabei auf und stülpte ihre vollen Lippen über seine Eichel. Während sie heftig daran zu saugen begann, zog Andrew ihren Unterkörper wieder dichter über sein Gesicht, bis seine Zunge zwischen

ihre Schamlippen gelangte. So wild, wie Madeleine an seiner Eichel saugte, so wild leckte Andrew die Innenseiten ihrer Scham und die dazwischen liegenden kleineren Schamlippen.

Dann plötzlich hob er Madeleine hoch und rollte sich unter ihr hervor.

„Zeig mir die Stelle, wo ich dir einen Orgasmus bereiten kann."

Ungläubig sah Madeleine Andrew an. Sie wusste nicht, dass er diesen Satz in einer einschlägigen Zeitschrift gelesen hatte.

„Kennst du deine Stelle nicht?"

fragte Andrew nun etwas verunsichert.

„Doch, doch,"

antwortete Madeleine verschämt.

„Dann zeig sie mir."

Madeleine legte sich auf den Rücken, griff nach seiner rechten Hand und führte sie an langsam ihren Kitzler.

„Spürst du meine Klitoris?"

Andrew bewegte seine Finger, erforschte die Stelle, die ihm Madeleine gezeigt hatte und nickte.

„Wenn du meine Klitoris zwischen zwei deiner Finger nimmst und mich dort kräftig, ich meine fest, ach, ich meine, wenn du mich dort massierst, dann bekomme ich einen wirklich guten Orgasmus."

„Kannst du meinen Schwanz dabei blasen?"

Irritiert sah Madeleine ihn an.

„Ich meine, kannst du meinen Schwanz dabei so lange lutschen und saugen, bis er wieder abspritzt oder beißt du ihn, wenn du kommst?"

Madeleine musste schmunzeln.

„Ich glaube nicht, dass ich zubeiße. Lass es uns einfach versuchen."

Während sie sprachen, hatten Andrews Finger bereits damit begonnen, ihren Kitzler und seine Umgebung zu massieren. Jetzt kniete er sich über Madeleines Gesicht, beugte sich über sie und beobachtete seine Finger, die sich heftig in ihrer Scham bewegten. Während er zusätzlich noch zwei Finger seiner anderen Hand in die feuchte Öffnung ihrer Scheide drückte, griff Madeleine gierig nach seinem Glied, das direkt über ihren Augen hing und führte es in ihren Mund. Laut schmatzend saugte sie sich an seiner Eichel fest und massierte mit einer Hand den dick angeschwollenen Schaft und mit ihrer anderen Hand seinen Hodensack, der wieder prall gefüllt herunter hing.

Dann spürte Madeleine, wie er zusätzlich zu seinen zwei Fingern, die sich bereits in ihrer Scheide befanden, noch weitere Finger hinein drückte. Wie viele er bereits in ihr hatte konnte sie nicht spüren, nur, dass es eng in ihr wurde. Heftig bewegte er seine Finger in ihrer warmen Höhle und kräftig massierte er dabei ihren Kitzler. Dann spürte Madeleine dieses wunderbare Gefühl nahen, das ihren Körper in Ekstase versetzte. Unbewusst hörte sie auf, an seinem Schwanz zu saugen und konzentrierte sich nur noch auf diesen Orgasmus. Mit einem lauten Schrei und wohligen Lauten gab sie Andrew kund, dass sie ihn erreicht hatte und ihn auskostete. Ihr ganzer Körper zuckte und ihre Augen traten hervor, als der Orgasmus ihre Nervenenden erreichte, um dann langsam abzuflauen und sie mit einem wunderbaren Gefühl der totalen Entspannung zurückzulassen.

Erst als er ganz abgeflaut war erinnerte sich Madeleine an Andrews Glied, das immer noch über ihrem Gesicht hing und saugte so fest sie konnte daran. Andrew stöhnte auf und es dauerte nicht lange, und auch er kam und entlud seine zweite Ladung Sperma erneut in ihren Mund. Gierig schluckte Madeleine seine Ejakulation und leckte zum Schluss seine Eichel sauber.

„Das war gut,"
seufzte sie wohlig auf.

„Oh, Andrew, das war so gut!

„Für mich auch, Madeleine. Das war etwas Besonderes heute Abend."

Madeleine nickte, was Andrew nicht sehen konnte.

„So einen Orgasmus hatte ich noch nie. Der war gut, oh, Andrew."

Sie drehte sich herum und rollte sich zusammen, wie ein Embryo im Leib seiner Mutter. Sie fühlte sich wohl und zeigte es in dieser Position. Plötzlich spürte sie einen schmerzhaften Klaps auf ihren Hintern.

„Au, au!"

Andrew lachte.

„Ich dachte, du wärst eingeschlafen, und ich wollte dich wecken."

„Weckst Du einen immer so zärtlich?"
maulte Madeleine mit einem Lächeln in ihrem Gesicht.

„Nur wenn du es bist, Madeleine,"

Glücklich lächelnd zog Madeleine sich an und ließ sich von Andrew hochziehen, der seine Hose schon angezogen hatte. Gerne hätte Madeleine ihn gefragt, wann und ob sie sich wieder treffen würden, aber eine innere Stimme sagte ihr, sie sollte es nicht tun. Als sie ganz dicht vor Andrew stand, zog er sie plötzlich an sich heran und küsste sie kurz auf ihre Lippen.

„Gute Nacht, Madeleine."

„Gute Nacht, Andrew."

Ohne sich noch einmal nach ihr umzudrehen machte sich Andrew mit großen Schritten auf den weiten Weg zurück ins Dorf. Madeleine sah ihm so lange nach, bis er hinter einer Kurve verschwunden war. Dann lief sie zurück ins Haus und war froh, dass sie niemandem auf dem Weg dorthin begegnete. Lange lag sie später auf ihrem Bett und träumte davon, dass Andrew sie in seine Arme nehmen würde und ihr sagte, dass er sie liebte. Mit einem seligen Lächeln schlief Madeleine ein und träumte von Andrew. Es war ein glücklicher Traum und als sie am nächsten Morgen erwachte, war sie enttäuscht alleine in ihrem Bett zu liegen, ohne Andrew.

Doch während des Tages, wenn sie daran dachte, wie sie nackt über Andrews Gesicht gekniet und ihm ihre Genitalien dargeboten hatte, wurde ihr Gesicht jedes Mal von einer tiefen Schamesröte überzogen. Sie glaubte noch immer seine Finger zu spüren, die ihre Schamlippen auseinander gezogen hatten, um die kleineren dazwischen zu erforschen und jedes Mal, wenn sie daran dachte, durchflutete eine wohlige Gänsehaut dabei ihren gesamten Körper. Doch bald hatte die tägliche Arbeit sie wieder in Beschlag genommen und es blieb keine Zeit für Träumereien.

Auch in Andrew ging eine Veränderung vor. Erst hatte er Madeleine ausgesucht, um sich mit ihr zu vergnügen, da er dachte, dass er damit keinerlei Verpflichtungen einginge. Doch je öfter er sie traf umso mehr erkannte er, dass sie eine sehr feinfühlige junge Frau war und wert, geliebt zu werden. Jeder im Dorf dachte, dass Andrew ein hergelaufener Vagabund sei, der zufällig bei ihnen Arbeit gefunden hatte. Doch dem war nicht so. Andrew, sein richtiger Name lautete eigentlich Gregory, stammte von einer Farm in der englischen Provinz, ungefähr 100 Meilen südwestlich des kleinen Ortes, in dem er zur Zeit arbeitete und wohnte. Es war die größte Farm weit und breit und seine Eltern galten als reich. Sie waren angesehene Leute, die jeden Sonntag zur Kirche gingen und selbstverständlich in allen Hilfsorganisationen des Gebietes vertreten und Mitglieder waren. Andrew, oder Gregory, wie sie ihn nannten, wurde sehr streng erzogen und galt lange als das klügste Kind weit und breit.

Doch dann kam er ins Teenager Alter und alles wurde anders. Er begann, gegen die heile Welt seiner Eltern zu rebellieren, hasste alles, was mit der Farm zu tun hatte und weigerte sich strikt, aufs College zu gehen. Nicht nur seine Eltern verzweifelten an seiner Sturheit, auch seine Lehrer waren machtlos dagegen. So kam es, dass Andrew mit fast zwanzig Jahren die Farm seiner Eltern, die er eigentlich später übernehmen sollte, verließ, um sein eigenes Leben in einem anderen Ort neu zu beginnen.

Seine Mutter alterte sehr während dieser Zeit. Sein Vater, ein strenger Mann, weigerte sich, Gefühle zu zeigen. Andrews, oder besser Gregorys kleine Schwester bekam von alledem kaum etwas mit, da sie erst zehn Jahre alt war, als Andrew das Haus seiner Eltern im Streit verließ. Sie war eine Nachzüglerin und wurde von allen verhätschelt und verwöhnt. Auch das war mit ein Grund, warum Gregory sich so verhielt, wie er es tat. Von ihm wurde erwartet, mit fast zwanzig Jahren erwachsen zu sein und sich nur noch um die Farm zu kümmern, während seine kleine Schwester tun und lassen durfte, was sie wollte.

Doch die Eltern erkannten es nicht, sondern vertieften die Kluft nur noch mehr. An dem Tag, an dem Gregory das Haus verließ hatte er nur eine Tasche mit einigen Kleidungsstücken und Schuhen dabei.

Als er im Nachbarort von Madeleines Eltern eine Anstellung fand, blieb er und lebte von da an als Andrew. So hatte ihn sein neuer Boss getauft, da Andrew der Einzige war, der auch die hartnäckigsten Schrauben lösen konnte. Schon als kleiner Junge fand es Andrew spannender bei dem Mechaniker auf ihrer Farm zu spielen, als für die Schule zu lernen. Die Arbeit machte ihm großen Spaß, aber er hatte auch Heimweh nach seiner Familie. Da er aber den sturen Kopf seines Vaters geerbt hatte, machte er keine Anstalten nach Hause zurückzukehren.

Madeleine, sie ging ihm nicht mehr aus dem Sinn. Er wusste mittlerweile, dass diese Frau ihn liebte und das erste Mal in seinem Leben spürte er so etwas wie ein warmes Gefühl für einen anderen Menschen in sich. Dieser Mensch war Madeleine, die in ihrem Bett lag und sich nach ihm sehnte.

‚Eigentlich wäre sie die richtige Frau für mich,'
überlegte Andrew.

‚Sie liebt das Leben auf einer Farm und kann wunderbar mit Tieren umgehen. Mit ihr wäre es eine Freude, die Farm meiner Eltern weiter zu führen.'

Während seiner Überlegungen übermannte ihn der Schlaf, aus dem ihn der Gockel des Nachbarn am nächsten Morgen schon zeitig weckte. Den ganzen Tag über musste Andrew an Madeleine denken und er konnte es kaum erwarten, am Abend zu ihr zu gehen. Dieses Mal wollte er sich nicht heimlich nähern, sondern ganz offiziell zu ihr zu Besuch kommen.

Schon von weitem sah Madeleine seine große Gestalt und ihr Herz klopfte vor Freude. Als Andrew kurz vor ihrem Haus war, kam Madeleines Mutter aus dem Stall.

„Was will der denn hier?" fragte sie mürrisch.

„Wieso, was hast du gegen ihn?"

Madeleine sah ihre Mutter fragend an.

„Es ist ein Hergelaufener und niemand weiß wo her eigentlich herkommt und was er hier zu suchen hat. Wer weiß, was das für Einer ist."

Mit diesen Worten ließ sie Madeleine stehen und ging ins Haus. Die harten Worte ihrer Mutter hatten Madeleine zutiefst erschrocken. Schnell lief sie auf Andrew zu, um ihn davon abzuhalten, sich dem Haus zu nähern.

„Andrew, wie schön, dass du gekommen bist."

Strahlend sah sie in seine Augen und Andrew lächelte zaghaft zurück. Sie schien sich wirklich zu freuen, ihn zu sehen.

„Ich wollte dich besuchen,"

druckste er unbeholfen und wusste nicht, was er machen sollte. Plötzlich fühlte er sich nicht mehr so sicher, momentan das Richtige zu tun.

„Warte auf mich hinter der Scheune, ich komme gleich."

Enttäuscht stand Andrew da.

‚Schämte sie sich etwa für ihn oder warum bat sie ihn nicht ins Haus?'

Dass Madeleines Mutter der Grund dafür war, konnte er nicht ahnen. Also trottete er hinter die Scheune und wartete darauf, dass Madeleine sich zu ihm gesellte. Es dauerte und gerade als er aufstehen und weggehen wollte, kam Madeleine atemlos angelaufen.

„Andrew, ach, Andrew. Ich hatte solche Angst, dass du nicht mehr da wärst."

„Beinahe wäre ich auch weg gewesen. Warum hat das so lange gedauert?"

„Ich musste meiner Mutter noch helfen, bitte, Andrew, nicht böse sein."

Als er in ihre freudig erregten Augen sah, konnte er nicht anders, er musste sie küssen. Es war kein von Lust geprägter Kuss, sondern ein zärtlicher, warmer Kuss, der wie ein warmer Sommerregen ihre Körper erwärmte. Erst nach einer Weile begann seine Erregung zu steigen und auch Madeleines Körper zitterte unter dem Lustgefühl, das seine Nähe in ihr auslöste.

„Lass uns ein wenig weiter gehen, dort hinter die Hecke,"

flüsterte Madeleine leise.

„Nicht, dass wir erwischt werden."

Kaum waren sie im sicheren Versteck, als Andrew sie erneut in seine Arme nahm und gierig küsste. Seine Zunge fand leichten Einlass zwischen ihre Zähne und als sie heftig an ihr saugte, stöhnte Andrew auf.

„Nicht so schnell, Madeleine, bitte, du machst mich verrückt."

Madeleines Finger machten sich unterdessen an dem Reißverschluss seiner Hose zu schaffen und als sie ihn endlich herunter gezogen hatte, sprang ihr Andrews Penis entgegen. Hart und groß mit pulsierenden Adern stand er vor ihrem Mund und wartete nur darauf, von ihren Lippen verwöhnt zu werden. Andrews Augen wurden glasig, sein Atem ging schneller und sein Puls raste, als Madeleine ihre Zunge langsam über seine riesige Eichel gleiten ließ und ihm dabei voll Wollust in die Augen sah.

„Du schmeckst gut, hm, Andrew, ah,"

stöhnte sie, während ihre Hand versuchte, seinen Hodensack aus seinem engen Behältnis zu befreien. Andrew unterstützte sie, indem der seine Hose abstreifte. Als er spürte, wie sich ihre Finger um seinen Schwanz legten und anfingen, ihn zu wichsen, konnte er sich nicht mehr zurückhalten und ejakulierte tief in ihren Mund, der willig sein ganzes Sperma aufnahm und kaum nachkam, seine große Menge zu schlucken. So, als ob Madeleine noch mehr wollte, leckte sie anschließend mit ihrer Zunge über seine Eichel und erst nach einer Weile, gab sie seinen Penis wieder frei. Dann legte sie sich rücklings in das frisch geschnittene Gras und spreizte langsam ihre Beine, die nur halb von ihrem Kleid bedeckt waren.

Andrew, gerade erst von ihr befriedigt, ließ seine Hand langsam unter ihr Kleid wandern. Zärtlich streichelte er ihre festen Oberschenkel und als seine Finger ihr Höschen erreicht hatten, stellte er fest, dass sie ganz feucht war. Er zog es ein wenig auf die Seite und schob seinen Zeige- sowie seinen Mittelfinger an die Öffnung ihrer Scheide und drang ein wenig in sie ein. Nur kurz um sie dann heraus zu ziehen und an ihnen zu riechen.

„Madeleine,"

stöhnte er auf.

„Oh, Madeleine, ich mag wie du riechst, ah."

Er hob ihr Kleid hoch und Madeleine richtete sie etwas auf, damit er es ihr über ihren Kopf ziehen konnte.

„Leg dich wieder hin, ja, Madeleine, oh, du bist so schön."

Madeleine spürte, dass eine Veränderung bei Andrew eingetreten war. Noch nie zuvor hatte er sie so zärtlich behandelt und ihr solche Sachen gesagt. Ihr Körper reagierte und wurde von einer warmen Gänsehaut überzogen.

Andrew wandte sein Gesicht wieder ihrem Unterleib zu und schob ihr Höschen erneut zur Seite.

„Stell deine Beine auf, bitte, Madeleine, ja, so ist es gut, ja, weiter auseinander, ja, Madeleine, ja, noch ein bisschen weiter, ja, so ist es gut."

Andrew rutschte zwischen ihre gespreizten Beine und zog ihr Höschen, das er zwischenzeitlich los gelassen hatte, wieder auf die Seite und drückte seine beiden Finger tief in die vor ihm liegende Öffnung ihrer Scheide. Warm und feucht umhüllte sie seine Finger, die er in ihr hin und herschob. Dann zog er sie hinaus, vergewisserte sich, dass sie von ihrer Feuchtigkeit umhüllt waren und steckte sie ihr in den Mund.

„Leck sie sauber, Madeleine, ja, schön sauber lecken."

Schwer atmend beobachtete er, wie sie ihren Saft ableckte. Dann zog er die Finger aus ihrem Mund und steckte seine Zunge hinein. Er schmeckte ihren Saft noch an ihrer Zunge und stöhnte laut auf.

„Madeleine, oh, Madeleine."

Es schien, als ob er alle Zärtlichkeit, die er bisher vermissen ließ, in diesen Moment stecken wollte.

Seine Lippen küssten ihren Hals und saugten an ihren Ohrläppchen, um dann langsam zu ihren Brüsten zu wandern. Zärtlich knabberte er abwechselnd an ihren mittlerweile hart gewordenen Brustwarzen und sah ihr immer wieder dabei in die Augen. Madeleine erkannte nicht nur Geilheit in ihnen, sondern auch eine ungeheure Zärtlichkeit. Sie erschauerte vor Glück.

Als seine Lippen die ersten Härchen ihres Venushügels erreicht hatten, erhob er sich und streifte Madeleines Höschen über ihre Beine, sodass sie vollkommen nackt vor ihm lag. Vorsichtig griff er unter beide Oberschenkel, hob ihre Beine an und legte sie über seine Schultern. Madeleine stöhnte auf, als ihr bewusst wurde, dass sich ihre Scham vollkommen bloß vor seinen Augen befand. Dann spürte sie seine Zunge, die sich den Weg durch ihre Schamlippen bahnte und dabei die kleineren dazwischen leicht streifte. Dann wurden Andrews Bewegungen seines Kopfes schneller. Heftig drückte er seine ganzes Gesicht zwischen ihre Schamlippen und keuchte dabei laut auf.

„Dein Geruch macht mich verrückt,"
stöhnte er.

„Madeleine, oh, Madeleine!"
Plötzlich war es, als ob ein heißer Schauer durch ihren Körper jagte. Andrew hatte ihren Kitzler gefunden und sich an ihm festgesaugt. Madeleine griff nach unten in Andrews Haare und drückte seinen Kopf noch fester auf ihre Scham.

„Ja, Andrew, ja, genau da, Andrew, oh, ja!"
Sie bewegte ihren Unterkörper und zeigte Andrew so, wo sich die Stelle an ihrer Klitoris befand, die ihr den ersehnten Orgasmus bereiten würde. Immer heftiger bewegte sie sich unter ihm und immer heftiger saugte er an ihrem Kitzler.

Plötzlich stockte Madeleines Atem um dann in einem lauten Schrei aus ihrem Mund zu kommen, den Andrew sofort mit einer Hand unterdrückte, denn sie waren zu nah an der Farm. Jemand hätte Madeleine schreien hören können.

Erst nachdem der gewaltige Orgasmus Madeleines ganzen Körper durchflutet hatte und ihre Nervenenden sich beruhigt hatten, wurde ihr Atem langsam ruhiger.

„Mein Andrew,"
flüsterte sie zärtlich,
„mein Andrew."
Dabei streichelten ihre Hände zärtlich über sein Gesicht.

„Ich liebe dich, Andrew, ich liebe dich so."
Andrew hob seinen Kopf und sah sie nachdenklich an.

„Ich mag dich auch sehr gerne, Madeleine. Vielleicht ist es ja Liebe, ich weiß es nicht. Ich habe die Liebe noch nie erfahren."

Madeleine hörte erstaunt zu, was Andrew ihr gerade sagte. Sein Geständnis verwunderte sie sehr, denn sie hatte geglaubt, dass er ein echter Schwerenöter sei. Ihre Liebe zu ihm wuchs noch mehr.

„Ich würde sie dir so gerne zeigen, aber das geht ja nicht."

Wieder hob Andrew seinen Kopf, den er auf ihren Bauch gelegt hatte,

„Ich glaube, Madeleine, du bist gerade dabei es zu tun. Gib mir bitte noch etwas Zeit."

„Alle Zeit der Welt,"

antwortete Madeleine und konnte nicht verhindern, dass ihr bei diesen Worten Tränen die Wangen hinunterliefen. Aber es waren keine Tränen des Schmerzes.

Plötzlich hörten sie in der Ferne die Stimme der Mutter, die nach Madeleine rief.

„Ich muss nach Hause,"

flüsterte Madeleine erschrocken.

Schnell zog sie ihr Höschen und ihr Kleid an. Andrew sah ihr dabei zu und Madeleine bemerkte, dass sein Glied steif vor seinem Körper stand.

„Ach, Andrew, oh. Was soll ich denn tun?"

Er sah so unglücklich aus, dass sie sich hinab beugte, um ihm einen Kuss auf seine Lippen zu drücken. Doch bevor sie sich besah, war er ein Stück nach oben gerutscht und so befand sich seine Eichel zwischen ihren Lippen. Obwohl die Mutter sie erneut rief, begann sie, seine Eichel mit ihrer Zunge zu verwöhnen und da Andrew die oralen Spielereien an ihrer Scham schon sehr erregt hatten dauerte es nicht lange, und er spritzte erneut eine Ladung Sperma in den weit geöffneten Mund Madeleines.

Hastig schluckte sie alles hinunter, leckte seine Eichel sauber und rannte davon. Nur noch einmal wandte sie sich um und warf ihm eine Kusshand zu, dann war sie verschwunden.

Madeleine lief zuerst in die Scheune und als ihre Mutter vor das Haus trat und suchend um sich blickte, trat Madeleine langsam heraus.

„Wo warst du denn die ganze Zeit? Ich habe dich bestimmt tausend Mal gerufen."

„Ich war in der Scheune und im Stall. Ich konnte doch das Kälbchen nicht einfach fallen lassen, nur weil du nach mir rufst. das weißt du doch, Mum."

Zweifelnd sah Madeleines Mutter auf ihre Tochter und ging dann kopfschüttelnd ins Haus. Madeleine wusste zwar nicht, ob ihre Ausrede die Mutter besänftigt hatte, aber die Hauptsache war, sie hatte nicht bemerkt, dass sie und Andrew sich hinter der Scheune geliebt hatten.

‚Andrew,' dachte sie sehnsüchtig.

‚Ach, Andrew. Wenn du wüsstest, wie lieb ich dich habe.'

Kapitel 5

Jenny hatte ihre tägliche Arbeit verrichtet und ging mit klopfendem Herzen zu Jonathans Zimmer, um es, so wie Mel es angeordnete hatte, zu reinigen. Die vielen Bildschirme zeigten immer noch das gleiche: Ordentlich gemachte Betten. Jenny versuchte die Bilder zu ignorieren und begann, das Mischpult mit einem Tuch vom Staub zu befreien, als sie plötzlich etwas zu heftig auf eine der Tasten drückte. Sofort zeigte sich auf Bildschirm Nummer siebzehn dasselbe Bett, das eben noch adrett gemacht zu sehen war, aber dieses Mal lag auf dem Bett ein Paar, das sich miteinander vergnügte.

Jenny erschrak und suchte verzweifelt nach einem Knopf, um den Bildschirm auszuschalten, aber sie fand keinen. Wie gelähmt setzte sich Jenny auf Jonathans Stuhl und sah dem Treiben auf dem Monitor zu. Sie erkannte das Paar. Es hatte letzte Woche für eine Übernachtung eingecheckt und Jenny war richtig eifersüchtig geworden, als sie sah, wie verliebt die Beiden miteinander umgingen.

Nun lagen sie auf dem Bildschirm vor ihren Augen auf dem Bett und er war gerade dabei, den nackten Körper seiner Frau zu streicheln. Langsam glitten seine Hände über ihre Brüste und massierten sie, was der jungen Frau ausnehmend gut gefiel, denn sie stöhnte leise auf und begann, ihre Beine etwas zu dehnen. Nun stöhnte auch der junge Mann und seine

Hände wanderten weiter nach unten, bis sie an ihrem Venushügel angekommen waren.

„Du bist so schön, ach meine Liebe, du hast einen wunderschönen Körper."

Als Jenny seine Stimme hörte, zuckte sie erst zusammen, da sie dachte, entdeckt worden zu sein. Doch sie befand sich alleine in Jonathans Zimmer und beobachte auf einem Bildschirm, wie sich ein junges Paar in Zimmer Nummer siebzehn miteinander vergnügte. Nun konnte Jenny auch die Stimmen aus Jonathans Zimmer deuten, die ihr zuvor mehrmals aufgefallen waren. Auch das Stöhnen, das sie gehört hatte ergab plötzlich einen Sinn. Jonathan beobachtete heimlich, wie es Paare, die in seinem Hotel eingecheckt hatten, sexuell miteinander trieben.

Jenny atmete tief ein und verfolgte weiter, was sich auf dem Bildschirm vor ihr abspielte. Mittlerweile hatte sich der Fremde über seine Frau oder Freundin, so genau wusste Jenny es nicht, gekniet, mit dem Gesicht vor ihrer Scham. Die Beine der Frau lagen über seinen Schultern und sie bot ihm ihre Geschlechtsteile vollkommen nackt dar. Jenny erzitterte und errötete vor Scham und dennoch konnte sie den Blick von dem Geschehen vor ihr nicht abwenden. Plötzlich wurde die Scham der Frau immer größer und größer, bis auf dem Bildschirm nichts anderes zu sehen war, als die Finger des Mannes, der gerade dabei war, ihre großen, dick angeschwollenen Schamlippen auseinander zu ziehen. Anscheinend hatte Jonathan die Möglichkeit, mit seiner Kamera Objekte heran zu zoomen. So deutlich hatte Jenny noch nie die Genitalien einer Frau gesehen. Sie zitterte vor Scham und als sie sah, wie der fremde Mann zärtlich über die kleinen Schamlippen strich und sie das Aufstöhnen seiner Frau oder Freundin hörte, wurde es ihr heiß.

Jenny musste einige Male tief Luft holen und verfolgte aber trotz ihrer Scham weiter, wie es die beiden nichtsahnenden Personen auf dem Bildschirm miteinander trieben. Zu den Fingern des fremden Mannes gesellten sich nun die Finger seiner Gespielin. Sie hielten die äußeren Schamlippen gespreizt, während er zwei seiner Finger um ihre Klitoris legte und langsam begann, sie dort zu massieren. Jenny vernahm kurze, erregte Aufschreie von ihr was bedeutete, dass es ihr gefiel. Zu den Fingern, die sich um ihre Klitoris gelegt hatte, kam nun noch der mittlere Finger seiner anderen Hand ins Spiel. Kurz zuvor hatte er sich hinunter gebeugt und mit seiner Zunge heftig ihre kleinen Schamlippen geleckt, was die Frau erneut zu kleinen Aufschreien veranlasste.

„Ja, das ist gut, oh, du bist so gut, ja, ja, oh!"
hörte Jenny sie stöhnen. Die junge Frau bewegte ihren Unterkörper leicht hin und her und auf und ab und dieses Mal drückte er sein ganzes Gesicht zwischen ihre Schamlippen, die ihre Finger immer noch spreizten.

„Ah, ja, Leck mich, ja, oh!"
Die junge Frau schien einem Orgasmus nahe, als ihr Partner sein Gesicht von ihrer Scham hob und seinen dicken mittleren Finger der anderen Hand langsam in die feuchte Öffnung ihrer Scheide drückte.

Wieder bäumte sich die junge Frau auf und stöhnte laut.

„Mehr, bitte, gib mir mehr Fingern, bitte!"

Sofort gehorchte er und drückte noch zwei zusätzliche Finger in sie hinein. Dabei massierte er ihre Klitoris heftiger, was sie erneut mit leisen Aufschreien quittierte.

„Du bist gut, ja, gleich kommt es mir, ja, mach weiter, bitte!"

Jenny konnte nicht glauben, was sie jetzt sah. Der fremde Mann zog die drei Finger aus ihrer Vagina, um sofort wieder vier Finger seiner Hand so tief er konnte in ihre vor Feuchtigkeit schimmernde Scheide zu drücken. Ein Aufbäumen und Aufstöhnen signalisierten ihm, dass das genau das war, was sie wollte.

„Ja, fick mich, ja, fester, bitte, fester. gib mir deine Hand, bitte!"

Jenny war so gefangen in dem Geschehen auf dem Bildschirm vor ihr, dass sie nichts mehr um sich herum wahrnahm. Sie, die immer noch jungfräulich war, sah einem Liebespaar beim Sexspiel zu, das sich bestimmt nicht zum ersten Mal miteinander vergnügte. Beiden schien es zu gefallen und sie brannten momentan vor Lust.

Wieder zog ihr Partner seine Finger aus ihrer Scheide und Jenny beobachtete, wie er seinen Daumen in seine Innenhand legte und nun tatsächlich langsam seine ganze Hand in sie hinein drückte.

„Oh, ja, ah, deine Hand ist so dick, mach weiter, ja, dehne mich, ja, weiter, noch weiter, ja, oh!"

Jenny erstarrte.

‚Gab es das wirklich?'

Langsam glitt seine ganze Hand scheinbar mühelos durch die enge Öffnung ihrer nassen Scheide.

„Tiefer, ja, gut, fick mich, ja, fick mich fester, ja!"

stöhnte die junge Frau genussvoll und ihr Partner schob tatsächlich die Hand in ihr hin und her.

„Zieh sie ganz raus und drück sie wieder hinein,"

stöhnte sie. Und er tat genau das, was sie wollte. Zog seine ganze Hand wieder aus ihr heraus und drückte sie sofort wieder hinein.

„Ja, oh, ja!"

schrie sie dieses Mal etwas lauter.

„Das ist es, was ich will. Fick mich weiter:"

Auch ihren Partner schien der Anblick seiner Hand in ihrer Scheide zu erregen. Auch er fing an, heftiger zu atmen. Er hob seinen Kopf etwas an und Jenny sah, wie die Finger seiner rechten Hand kräftig an ihrer Klitoris rieben und sich die andere Hand in und wieder aus ihrer Scheide heraus bewegte. Dann kam die junge Frau und schrie ihren Orgasmus laut hinaus.

„Ja, gut, ja, oh, das ist so gut!"

schrie sie und erinnerte Jenny an die Schreie, die sie einige Nächte zuvor aus Jonathans Zimmer gehört hatte.

Jenny musste aufstehen konnte aber trotzdem ihren Blick nicht vom Bildschirm nehmen. Als die Schreie der jungen Frau auf dem Bildschirm verklungen waren, beugte sich ihr Partner mit seinem Kopf direkt über ihren Kitzler und saugte an ihm.

„Ah, ja, schmecke ich gut?"

„Ja,"

stöhnte er auf und saugte sofort weiter. Erst nach einer Weile hob er seinen Kopf erneut und zog nun langsam seine ganze Hand aus ihrer Scheide. Dabei stöhnte sie leise auf. Jenny erkannte, dass seine Hand vor Nässe triefte und musste mit Erstaunen zusehen, wie er sie genussvoll ableckte, bis kein Tropfen mehr zu sehen war.

„Du schmeckst so gut,"

stammelte er immer wieder.

„Du schmeckst so gut, ah. Ich kann gar nicht genug von dir bekommen."

Wieder beugte sich sein Kopf hinunter und nun leckte er laut aufstöhnend mit seiner Zunge den Eingang ihrer feuchten Höhle sauber. So tief er nur konnte, leckte er sie in ihrer Höhle und stöhnte immer wieder auf. Dann hob er seinen Kopf, der von ihrer Feuchtigkeit triefte, versetzte er ihr einen Klaps auf ihren Hintern und löste ihre Beine von seinen Schultern.

Madeleine wollte nichts mehr sehen, aber was sollte sie tun? Den Knopf, um den Bildschirm auszuschalten, hatte sie noch nicht gefunden. Sie spürte, dass sie das Geschehen, das sie gerade beobachtet hatte, sehr erregt hatte. Ihre Klitoris klopfte heftig zwischen ihren Schamlippen. Nun, da sie mitbekommen hatte, wie seine Finger sich um die Klitoris seiner Gespielin gelegt hatten und ihr durch sein kräftiges Reiben daran zum Orgasmus verholfen hatte, würde sie genau das an ihr selbst ausprobieren.

Jonathan und Mel führten keine gute Ehe, das hatte Jenny schon in den ersten Tagen, an denen sie in dem Hotel arbeitete, mitbekommen. Doch das Jonathan seine Gäste heimlich beobachtete, um sich die sexuellen Freuden zu holen, die ihm seine Frau anscheinend verweigerte, das war nicht legal. Jenny war aber nicht bewusst, dass auch sie selbst sich durch das Anschauen dieser Bilder strafbar machte. Ein lauter Schrei auf dem Bildschirm riss sie aus ihren Gedanken.

Es war kein Schrei des Schmerzes, sondern ein lauter Schrei der Lust gewesen, den dieses Mal der junge Mann ausgestoßen hatte. Mittlerweile lag er rücklings auf dem Bett und seine Gespielin kniete über seinem Gesicht, mir ihrem Gesicht an seinem Penis. Er hatte laut aufgeschrien, weil sie seinen Hodensack etwas zu kräftig angefasst hatte.

„Nicht so fest, Liebling, bitte,"

keuchte er nun.

„Er mag es, wenn du zärtlich mit ihm umgehst."

Jenny erzitterte unter einer Gänsehaut, die ihren gesamten Körper befallen hatte. Die Art, wie ungezwungen diese fremde Frau ihrem Gespielen ihre nackten Genitalien darbot, ließ sie vor Scham erschauern.

‚Niemals,'

dachte sie zitternd,

‚niemals könnte ich so etwas tun.'

Nicht nur, dass die junge Frau auf dem Bildschirm mit ihren Genitalien direkt über dem Gesicht ihres Partners kniete, nun drückte sie ihre Scham auch noch auf sein Gesicht und rieb sich daran. Seine

Hände umschlangen ihre Taille und hielten sie in dieser Position. Sein Glied schien dadurch noch größer und härter zu werden.

Zum ersten Mal in ihrem Leben beobachtete Jenny, wie eine Frau den Penis ihres Mannes mit ihrer Zunge verwöhnte. Zärtlich leckte sie über seine pralle Eichel und als sich die ersten Tropfen in der kleinen Spalte bildeten, leckte sie sie vorsichtig ab und schluckte sie.

„Du schmeckst gut, ah, du schmeckst heute besonders gut."

Sofort nachdem sie diese Worte gestöhnt hatte, stülpte sie ihre Lippen über seine Eichel, ergriff mit einer Hand seinen dick angeschwollenen Schaft und massierte ihn auf und ab. Die Finger ihrer anderen Hand massierten dabei zärtlich seine Hoden.

Er hob sie von seinem Gesicht und stöhnte laut auf.

„Ja, das ist gut, ja, saug an ihm, bitte, saug ihn, kräftig ja, oh, ja!"

Er hob seinen Unterleib, um sein Glied noch tiefer in ihren Mund zu stoßen. Sein Gesicht war dabei verzerrt, so, als ob er jeden Moment darauf wartete, in ihr zu explodieren.

„Wichs ihn, bitte fester, ja, so ist es gut, ja, saug mich leer, saug alles aus meinem Schwanz heraus!"

Staunend und mit offenem Mund sah Jenny zu, wie die junge Frau an dem Glied des Mannes unter ihr saugte. Immer kräftiger bliesen sich dabei ihre Backen auf und dann spritzte ihr Gefährte ab. So heftig, dass seine Partnerin nicht mit dem Schlucken nachkam. Sein Schrei, der seine ganze Wollust offenbarte, ging unter in dem gurgelnden Geräusch ihrer verzweifelten Versuche, die Menge seines Spermas hinunter zu schlucken. Ganz gelang es ihr nicht, aber nachdem sie seinen Penis leer gesaugt und sein Sperma geschluckt hatte, schob sie sich das, was davon daneben gelaufen war, wieder in ihren Mund und schluckte es laut und genussvoll.

„Heute schmeckst du auch wieder besonders gut," flüsterte sie und küsste ihn vorsichtig auf seine Eichel.

Jenny schluckte heftig, so, als ob auch sie gerade eine Ladung Sperma aus dem Glied eines Mannes gesaugt hätte. Niemand hatte ihr bisher gesagt, dass man es schlucken konnte. Heimlich hatten sie sich zuhause einmal über das „blasen" eines Gliedes unterhalten, aber keine ihrer Freundinnen hatte genau gewusst, wie man es machte. Dass der Mann dabei zur Ejakulation gelangte und einem sein Sperma in den Mund spritzte, hatte keine ihrer Freundinnen und sie selbst auch nicht gewusst. Plötzlich wurde der Bildschirm vor ihr dunkel und dann zeigte er nur ein frisch gemachtes Bett.

Schnell und bevor sie wieder aus Versehen einen falschen Knopf drücken konnte, verließ Jenny den Raum und schloss sorgfältig hinter sich ab. Sie wollte sich nicht vorstellen was passierte, wenn Mel oder die Zimmermädchen hinter Jonathans Geheimnis kämen.

‚Was soll ich nur tun?'

dachte sie später, als sie auf ihrem Bett lag. Doch sie fand keine Lösung und fiel einige Zeit später in einen tiefen Schlaf, in dem sie von riesigen Penissen träumte und der ihr nicht wirklich Erholung brachte.

Als Jenny am nächsten Morgen erwachte, fühlte sie sich wie geräderte. Mit schweren Schritten begab sie sich unter Dusche und selbst danach, fühlte sie sich so, als ob sie die ganze Nacht statt zu schlafen und auszuruhen, schwer gearbeitet hätte. Es waren kaum Gäste da und das Frühstück war schnell beendet.

‚Wo bleibt Don?"

dachte sie einige Zeit verwundert. Längst war die Zeit, die Mel als Frühstückszeit angesetzt hatte, vorüber. Sogar als Jenny die Küchenarbeit beendet hatte, war Don immer noch nicht erschienen. Erst, als sie auf dem Weg nach oben war, kam er durch die Eingangstür des Hotels.

„Guten Morgen, Jenny."

„Guten Morgen, Don. Ich habe dich heute Morgen beim Frühstück vermisst. Du warst aber schon früh unterwegs."

„Ich habe diese Nacht nicht hier geschlafen, Jenny. Ich habe gestern meine Tante Claire aus dem Krankhaus nach Hause gebracht und bin über Nacht bei ihr geblieben."

Jenny sah ihn mit einem warmen Lächeln an.

„Ich finde es toll, dass du dich so um sie kümmerst."

„Sie hat ja sonst niemanden, oder siehst du noch einen Verwandten von mir? Nachdem sie erfahren haben, dass es ihr besser geht und sie nicht stirbt und daher auch nichts zu erben ist, sind alle wieder abgereist."

Ein nachdenklicher aber auch trauriger Blick trat in seine Augen und am liebsten hätte Jenny ihn gestreichelt und in ihre Arme genommen.

„Gibt es ausnahmsweise noch eine Tasse Tee für mich? Gefrühstückt habe ich schon bei Tante Claire, aber eine Tasse Tee wäre jetzt wunderbar."

Natürlich war die Zeit dafür längst überschritten, aber Jenny bereitete ihm gerne eine Tasse zu und brachte sie ihm an den kleinen Tisch, an dem er die Zeitung las.

‚Hoffentlich meckert Mel nicht, dass ich ihm so spät noch eine Tasse Tee zubereitet habe,‘

dachte Jenny besorgt.

Kaum, dass sie an Mel gedacht hatte, kam diese müde aus dem Krankenhaus zurück und setzt sich zu ihr an den Küchentisch.

„Wieso servierst du so spät noch Frühstück?"

Zornig sah sie Jenny an.

„Es ist doch kein Frühstück, es ist nur eine Tasse Tee,"

versuchte Jenny sie zu beruhigen.

„Ach, kaum bin ich weg, machst du was du willst."

Erschrocken sah Jenny auf Mel. So kannte sie sie überhaupt nicht. Vielleicht lag ihr Verhalten aber auch an den Umständen und daran, dass sie sich um ihren Mann sorgte, versuchte sich Jenny sich selbst zu beruhigen. Aber ein kleines Unbehagen blieb.

„Wie geht es Jonathan?"

„Wie immer."

Ohne weitere Worte stieg Mel die Treppe nach oben hoch und verschwand in ihrer kleinen Wohnung. Zurück ließ sie eine verstörte Jenny, die nach Fassung rang.

‚Was hatte sie getan? Warum behandelte Mel sie plötzlich so anders?'

Don hatte nichts von dem Disput der beiden Frauen mitbekommen und nachdem er seine Zeitung fertig gelesen hatte, machte er sich auf den Weg zurück zu seiner Tante. Währenddessen wagte Jenny sich nicht in das Zimmer von Jonathan, aus Angst, Mel könnte dort nach ihr suchen. Sie blieb an der Rezeption sitzen und versuchte, am dortigen Computer nach neuen Buchungen zu suchen. Da Jonathan bisher alle Buchungen dorthin gesendet hatte, blieb nun der Bildschirm leer. Jenny war sich sicher, dass Buchungen vorlagen, doch wie nur konnte sie daran kommen? Sie kannte sich nicht besonders gut damit aus und nahm sich vor, am Nachmittag in Jonathans Zimmer auf Suche zu gehen.

Gerade als Jenny dabei war, sich etwas zu essen zu bereiten, betrat Mel die Küche.

„Jenny, es tut mir so leid, von eben, weißt Du? Aber Jonathan ging es letzte Nacht nicht gut und ich habe daher kaum geschlafen."

„Ist schon gut,"

antwortete Jenny erleichtert darüber, dass Mel nicht mehr böse auf sie war.

„Gibt es etwas Neues?"

Jenny schüttelte den Kopf.

„Nein, hier geht alles seinen gewohnten Gang. Wie geht es Jonathan heute?"

„Kein Veränderung in seinem Zustand. Die Ärzte werden heute Nachmittag damit anfangen, ihn langsam aus seinem künstlichen Koma zu wecken. Das bedeutet, dass ich die nächste Zeit ununterbrochen bei ihm bleiben werde. Jenny, wenn du nicht zurechtkommst, dann schließe ich das Hotel so lange."

„Nein, nein, Mel, bitte nicht. Noch läuft es, aber ich verspreche dir, wenn es mir zu viel wird oder wenn ich glaube, dass ich es nicht schaffe, sage ich dir Bescheid, ja?"

Dankbar nahm Mel Jenny in ihre Arme.

„Gut, dass du da bist, meine Kleine. Ich leg mich noch etwas hin. Würdest du mich bitte um halb fünf wecken, damit ich wieder ins Krankenhaus fahre?"

„Natürlich, Mel. Schlaf gut."

Nachdem Mel so gegen fünf Uhr am Nachmittag das Hotel verlassen hatte, begab sich Jenny sofort wieder in Jonathans Zimmer. Alle Bildschirme zeigten ordentlich gemachte Betten bis auf ihr Bett, das noch genauso unordentlich dalag, wie sie es verlassen hatte.

‚Wie nur hatte sie es gestern angestellt, dass sich auf einmal auf einem der vielen Bildschirme etwas getan hatte?'

Als sie das Mischpult davor genauer ansah entdeckte sie, dass alle Computer auf ‚Stand-by Modus' geschaltet waren. Neben dem ‚Stand-by' Knopf befand sich ein weiterer Knopf, auf dem ‚record' stand. Dann fand sie einen dritten Knopf mit dem Wort: ‚play'. Jenny zögerte einen Moment und dann betätigte sie vor dem Bildschirm Nummer zwölf den Knopf ‚play'. Sofort tat sich etwas auf dem dazugehörigen Monitor. Wieder zeigte er das Bett in dem Zimmer. Es war zerwühlt und Jenny hörte

Stimmen, sah aber niemand. Dann wurden die Stimmen lauter und ein älterer Mann, ungefähr fünfzig Jahre alt und zwei junge Frauen traten nackt neben das Bett.

Jenny kannte die Gäste. Eigentlich hatte der ältere Herr dieses Zimmer für sich alleine gemietet. Die beiden jungen Frauen, die sich im Zimmer aufhielten, hatten ein anderes Zimmer zugeteilt bekommen. Jenny war sehr verwundert und verstand nicht, was das sollte. Die zwei Frauen waren ausgesprochen jung, Jenny schätzte sie auf ungefähr 20 bis 25 Jahre. Einer der beiden hatte feuerrote Haare und die Haut an ihrem Körper war so weiß, wie Jenny noch einen Körper gesehen hatte. Beide waren nackt und bewegten sich zwanglos vor dem älteren Herrn, der ebenfalls nackt war. Die andere der beiden Frauen hatte schwarze Haare und war genau so schlank wie die Rothaarige. Nur ihre Haut sah etwas gebräunt aus. Es war ein schöner Anblick, wenn sie nebeneinander standen.

Der Körper des älteren Herrn war kräftig und sein Bauch war dick. Seine Beine dagegen dünn und etwas o-beinig. Er setzte sich nackt auf einen Stuhl neben das Bett und forderte die beiden Frauen auf, sich auf dem Bett miteinander zu vergnügen. Zuerst legte sich die Rothaarige quer über das Bett, und setzte ihre Füße auf die Kante. So konnte er direkt zwischen ihre Beine sehen. Der Anblick ihrer nackten Genitalien, die sie ihm bereitwillig darbot, erregte ihn, denn er atmete schwerer. Er saß mit leicht gespreizten Beinen auf dem Stuhl und Jenny konnte erkennen, dass er einen sehr kleinen Penis besaß, der von einer runzligen Haut umgeben war. Seine Eichel war in dieser Haut versteckt. Seine Finger spielten leicht mit seinem Glied und zog die Haut, die es umgab, ab und zu vor und wieder zurück, aber noch reagierte sein Penis nicht auf seine Bemühungen.

Die Schwarzhaarige hatte sich zwischenzeitlich vor die gespreizten Beine der Rothaarigen gekniet, und sie strich zärtlich mit ihren Fingern über die kurzen, rötlichen und leicht gekräuselten Härchen, die die Scham ihrer Gespielin umrandeten. Ihr Gesicht hatte sie dicht vor deren nackten Geschlechtsteilen und Jenny konnte erkennen, dass ihre Zunge zwischen den Schamlippen der Rothaarigen auf und ab leckte. Auch der ältere Herr hatte das beobachtet und plötzlich rieb er heftiger an seinem Glied und nun konnte Jenny auch schon seine Eichel sehen, die sich langsam aus der faltigen Haut schälte.
„Zeig mir deinen Arsch."
Jenny erschrak bei diesen barschen Worten von ihm, doch die junge Frau, die vor den Genitalien der Rothaarigen kniete, hob sofort ihr Hinterteil und bot es dem alten Herrn dar. Zärtlich streichelte er ihre Pobacken, kniff hinein, was die junge Frau zu einem kurzen Aufschrei veranlasste. Besonders kräftig streichelte er durch die Spalte, die ihre Pobacken voneinander trennten.
„Zieh deinen Arsch auseinander!"
Wieder diese barsche Anweisung, doch auch dieses Mal folgte die Schwarzhaarige folgte seinen Worten. Sie griff nach hinten und zog ihre Pobacken so weit

auseinander, wie sie konnte. Dieser Anblick schien den älteren Herrn sehr zu erregen und er fing an, sein immer noch verschrumpeltes Glied etwas heftiger und schneller zu massieren. Auf und ab rieb er die Haut an seinem Schaft, und endlich zeigten seine Bemühungen Erfolg, denn seine Eichel hatte sich mittlerweile ganz aus der faltigen Haut heraus gewagt.
„Komm näher,"
keuchte er äußerst erregt.
Die Schwarzhaarige streckte ihren Hintern noch näher zum ihm. Mit fahrigen Fingern tätschelte der alte Herr langsam ihre Pobacken und sein Atem ging schneller. Dann beugte er sich vor und drückte seine Zunge zwischen ihre auseinandergezogenen Hinterteile. Genüsslich leckte er über ihr dunkles, von vielen kleinen, dunklen Runzeln umsäumtes Loch und versuchte, seine Zunge hineinzudrücken, was ihm aber nicht gelang. Etwas verärgert leckte er deshalb die Spalte von oben bis unten und rieb seinen Schwanz, bis auch sein Schaft endlich erhärtet war.
„Stell dich,"
keuchte er plötzlich.
„Steh auf!"
Schnell stand die Schwarzhaarige auf und trat auf die Seite. Sein mittlerweile erigiertes Glied fest in seiner Hand stand er auf und beugte sich über die immer noch quer auf dem Bett liegende Rothaarige. Mit einem Aufschrei ejakulierte sein Penis über ihren Bauch. Sein vorher eher mickriges Glied hatte mittlerweile eine Größe angenommen, die ihm Jenny nicht zugetraut hatte. Die Menge seines Spermas hielt sich in Grenzen, aber der alte Herr grunzte zufrieden.

„Leck ihn sauber."

Sofort beugte sich die Schwarzhaarige über sein Glied, nahm es in ihre Hände und leckte seine Eichel ab. Langsam verschwand sie wieder in der Haut, die eben noch straff seinen erhärteten Penis gestärkt hatte. Nun bildete auch sie sich langsam zurück und war nur noch die faltige Hülle seines eingefallenen Schaftes.

Nachdem die Schwarzhaarige zur Seite getreten war, beugte sich der ältere Herr über den Unterkörper der Rothaarigen und leckte genussvoll sein eigenes Sperma von ihrem Bauch. Dabei stöhnte er laut auf bei dem Genuss, den ihm der Geschmack seines eigenen Ejakulates bereitete. Als er es sauber abgeleckt hatte, half er der Rothaarigen aufzustehen.

„Ich habe böse Dinge getan, ich muss bestraft werden."

Er kroch aufs Bett und kniete sich nackt vor die beiden Frauen. Erst jetzt bemerkte Jenny, dass die beiden Frauen etwas in ihren Händen hielten. Sie hatten es genommen, während der ältere Herr sich auf das Bett bemüht hatte. Jede hatte eine Peitsche in der Hand, doch es waren nicht die gleichen. Die junge Frau mit den roten Haaren hatte eine Peitsche mit kurzen Riemen und die andere Frau, mit den schwarzen Haaren, trug eine Peitsche mit sehr langen Riemen.

„Dreh deinen Arsch zum Spiegel,"

hörte Jenny die Rothaarige sagen. Ein scharfer Befehl, dem der ältere Herr sofort nachkam.

„Schneller, los, mach schon, oder soll ich dich noch extra bestrafen?"

Obwohl der ältere Herr sich so schnell wie er nur konnte umdrehte, schlug ihn die Rothaarige mit der Peitsche auf seinen nackten Hintern. Er bäumte seinen Kopf auf, warf ihn nach hinten und stöhnte gequält.

„Bedanke dich, sofort."

Der ältere Herr konnte noch nicht einmal ‚danke' sagen, da knallte die Peitsche ein zweites Mal auf seinen Hintern.

„Danke, danke, vielen Dank,'

stöhnte er und kniete nun so, dass er sein Hinterteil genau in die Kamera streckte. Auf seinen Arschbacken waren frische, rote Striemen zu erkennen.

„Du weißt, dass du schlimme Sachen gemacht hast, oder?"

„Ja, ja, das weiß ich."

Sofort knallte die Peitsche wieder auf seinen Hintern und hinterließ weitere rote Striemen.

„Und du weißt, dass ich dich dafür bestrafen muss, oder?"

„Ja, ja, das weiß ich."

Erneut knallte die Peitsche auf seinen Hintern.

„Wo bleibt dein Danke? Du hast es doch verdient, also bedanke dich für die Schläge mit der Peitsche."

Und wieder zischte sie herab auf seinen nackten Hintern.

„Danke, danke, danke."

Jenny zitterte bei dem Anblick seines gequälten und geschundenen Hinterns und hätte dem alten Herrn gerne geholfen. Am liebsten wäre sie aufgesprungen, in das Zimmer gerast und hätte der rothaarigen Person die Peitsche aus der Hand gerissen. Naiv und unerfahren wie sie war, dachte Jenny, dass der alte Herr litt. Dass er selbst die jungen Damen bestellt und sowie für ihre Dienste als auch für die Zimmer für ihn und sie bezahlt hatte, ahnte Jenny nicht. Sie ekelte sich ein wenig vor dem Anblick seines nackten Hinterns. Dazwischen konnte sie einen dicken Hodensack erkennen, der lasch herunterhing und bei jeder Bewegung des Mannes hin und her schwankte.

Die rothaarige junge Frau trat etwas zurück und überließ ihrer Kollegin das Feld. Diese trat hinter den alten Mann, der noch immer sein Hinterteil in die Luft streckte. Die schwarzhaarige Frau trug dünne und durchsichtige Nylonhandschuhe, die ihr bis zum Ellenbogen reichten. Unvermittelt schlug sie zu. Schlug mit der langen Peitsche so gezielt auf seinen Hintern, dass der Hodensack mit getroffen wurde. Dieses Mal stöhnte der alte Herr laut und anhaltend. Dann presste er hervor:
„Danke, danke, oh, vielen Dank. Das haben Sie gut gemacht, vielen Dank."
„Mach die Beine auseinander, los, mach schon, sonst setzt es wieder einen Schlag. Der alte Mann dehnte seine Beine, aber wohl nicht schnell genug für die herrische Schwarzhaarige. Es kam Jenny so vor, als ob sie dieses Mal noch fester zuschlagen würde und der Hodensack des Mannes noch heftiger hin und her baumeln würde. Das Stöhnen des Mannes ging unter in einem zweiten Schlag.

Jenny wollte aufspringen, wollte ihm zu Hilfe eilen, doch sie konnte nicht, er hatte längst wieder ausgecheckt. Dass er während dieser Tortur große Lust empfand, konnte Jenny nicht wissen.

„Danke, danke, das war gut, danke."

flüsterte der alte Herr und blieb in seiner Stellung.

„Ich hatte dir gesagt, du sollst deine Beine spreizen! Nennst du das etwa spreizen?"

Ehe es sich Jenny versah, schlug sie wieder zu, so gezielt, dass die Riemen der Peitsche alle zwischen seinen Arschbacken aufschlugen und voll den Hodensack trafen. Dieses Mal schrie der alte Mann laut auf und warf wieder seinen Kopf nach hinten.

„Danke, danke, danke. Sie sind so gut zu mir, danke."

Die Rothaarige, die daneben stand und zugesehen hatte, legte sich nun unter den Körper des alten Mannes, mit ihrem Kopf direkt unter seinem Penis und Hodensack. Ihre Arme legte sie nach hinten und begann, die Arschbacken des Mannes auseinander zu ziehen.

„Ja, oh, ja, weiter, ja, macht mit mir, was ihr wollt, ja."

Jenny wollte eigentlich nicht weiter zusehen, denn es erschreckte sie und ekelte sie an. Aber ihre natürliche Neugier siegte. Wieder wurde das Bild heran gezoomt und Jenny hatte auf einmal ein riesiges Poloch vor ihr auf dem Bildschirm. Sie sah, wie die Schwarzhaarige ihren Mittelfinger, der in dem Nylonhandschuh steckte, in sein von vielen kleinen Fältchen umhülltes Poloch bohrte. Dankbar stöhnte er Mann auf.

„Ja, danke, oh, danke."

Das Bild wurde wieder etwas kleiner und nun konnte Jenny erkennen, dass sich nicht nur ein Finger in seinen Hintern gebohrt hatte, sondern dass die Rothaarige unter ihm, an seinem Hodensack leckte und zwischendurch in ihn hineinbiss. Jedes Mal wenn sie das machte, bedankte sich der alte Herr vielmals und stöhnte dabei laut auf.

Die Schwarzhaarige zog ihren Mittelfinger aus seinem Hintern und tauchte ihre ganze Hand in ein Gel, das sie aus einer Tube gepresst hatte. Dann trat sie erneut seitlich neben den gespreizten Hintern und drückte vier ihrer Finger langsam durch die enge Öffnung. Jenny sah, wie sich die Fältchen weiteten und durch die Finger immer mehr gedehnt wurden.

„Ja, ja, danke, danke, ja"!

rief der alte Mann und stöhnte immer lauter.

Die beiden Frauen taten es bestimmt nicht das erste Mal und bestimmt auch nicht das erste Mal mit diesem Mann. Sie wussten genau, wie weit sie gehen konnten. Als die Schwarzhaarige ihre Finger bis zum Daumen in seinen Hinter gedrückt hatte, ließ die Rothaarige seine Arschbacken los und griff nach seinem Schwanz, der nicht allzu groß, dafür aber dick war. Statt ihn zärtlich zu massieren, biss sie leicht in seine Eichel, bis er wieder laut aufstöhnte.

„Ja, gut, gut, ja, gut, ja."

Gleichzeitig hatte die Schwarzhaarige ihre Hand etwas aus seinem Arsch hinausgezogen und ihren Daumen in die Handfläche gelegt. Ihre Hand war nicht besonders groß, eher zierlich und doch verhältnismäßig riesig, wenn es darum ging, sie in seinen Hintern zu drücken. Während er unter dem

Schmerz des Bisses der Rothaarigen stöhnte, drückte die Schwarzhaarige ihre ganze Hand extrem langsam durch die enge Öffnung seines Arsches. In dem Moment gab die Rothaarige seine Eichel wieder frei und nun stöhnte er unter dem immensen Dehnungsschmerz in seinem Poloch.

„Das ist gut, ja, ja, tiefer, ja, tiefer, danke, tiefer, ja!"

Jenny musste ihren Kopf senken, denn sie konnte sich nicht vorstellen, dass er sich wirklich gut dabei fühlte. Die ganze Hand der Schwarzhaarigen steckte in seinem Hintern und bewegte sich vor und zurück. In ihrer jugendlichen Unerfahrenheit und Naivität wusste Jenny nicht, dass sich bei manchen Menschen selbst ein großer Lustschmerz in bestimmten Situationen in ein immenses Lustgefühl umwandelte. Oft bis zum Orgasmus der jeweiligen Person.

Jenny wollte den Raum mit den Monitoren verlassen aber, sie war gleichzeitig fasziniert und hin und her gerissen von dem, was sie gerade sah. Der alte Mann schien sich wohl dabei zu fühlen, denn sein Penis blieb hart und dick. Jetzt erst sah Jenny, dass die Rothaarige den Hodensack des älteren Herrn in ihrer Hand hielt und ab und zu fest zudrückte.

„Ja, ja, danke, fester, tiefer, ja, oh, danke, ihr macht das gut, tiefer, fick meinen Arsch tiefer, ja, danke, fester, drück fester!"

Er gab Anweisungen und bedankte sich für jeden neuen Schmerz, den ihm die beiden Frauen zuführten.

Jenny konnte sein Gesicht nicht sehen, da er ihr seinen Hintern zudrehte. Könnte sie in diesem

Moment in sein Gesicht blicken, würde sie erkennen, dass jeder Schlag und jedes Zusammenpressen seines Hodensackes und seines Gliedes ein großes Gefühl der Lust in ihm erzeugten. Nur so kam er zu einem Orgasmus.

Die Schwarzhaarige bewegte ihre Hand immer schneller in seinem Arsch und die Rothaarige unter ihm presste seinen Hodensack immer fester in ihrer Hand. Seinen Schwanz umschlang sie mit der anderen Hand und presste auch ihn so fest zusammen, dass der alte Herr erneut schrie:

„Danke, ja, danke, mehr, fester, tiefer, noch tiefer, gib mir deinen Arm, ja, drücken, ja, ja, ja!"

Die Frauen und der Mann schienen wie ihm Wahn. Die Schwarzhaarige drückte tatsächlich ihre Hand noch tiefer in seinen Arsch und die Rothaarige presste seinen Schwanz und den Hodensack so fest zusammen, dass ihre Knöchel weiß wurden. Dann spritzte er ab und verteilte sein Sperma auf den Brüsten der Rothaarigen unter ihm. Sofort hörten beide Frauen auf, mit dem, was sie gerade machten.

Der alte Herr atmete schwer und schien am Ende seiner Kräfte angekommen zu sein. Nach einer ganzen Weile, während die beiden Frauen untätig abwarteten, rutschte er etwas nach hinten, die Hand der Schwarzhaarigen noch immer in seinem Arsch, beugte sich hinunter und leckte genussvoll und laut schmatzend sein eigenes Sperma von den Brüsten der rothaarigen Frau unter ihm. Erst als er alles abgeleckt hatte, befahl er der Schwarzhaarigen, ihren Arm und ihre Hand aus seinem Hintern zu ziehen.

Er stöhnte, als die Hand durch die enge Öffnung herausglitt und noch einmal warf er seinen Kopf nach hinten. Schnell glitt die Rothaarige unter ihm hervor und der alte Mann legte sich schnaufend auf das Bett.

„Ihr wart wirklich gut. Es hat mir gefallen. Ich werde Euch noch einmal buchen. Gute Nacht."

Die beiden Frauen zogen sich an, nahmen die Peitschen und verließen den Raum.

„Gute Nacht."

Mel hatte strikte Anweisungen erteilt, keine Huren in das Hotel zu lassen. Der alte Mann, der wusste, dass Huren keinen Zutritt hatten, hatte diese Anweisung geschickt umgangen, indem er ihnen ein Zimmer buchte. Als sie eincheckten konnte man die beiden jungen Frauen nicht als Huren erkennen. Sie waren eher gekleidet wie Sekretärinnen. Was die drei Personen anschließend trieben, wusste anscheinend nur Jonathan, und er verriet sie nicht.

Jenny, die unschuldige junge Frau vom Lande saß immer noch in Jonathans Zimmer und konnte nicht begreifen, was sie gerade gesehen hatte. Dieser alte Lüstling ließ sich quälen und Schmerzen bereiten und bedankte sich noch dafür.

‚Das ist aber nicht normal,'

dachte sie.

In ihren Träumen war alles, was mit Sex zwischen Liebenden zu tun hatte, gut und schön. Nun musste sie erfahren, dass es auch eine andere Art von sexueller Erfüllung gab. Nämlich Sex, der nur aus purer Lust und Lusterfüllung bestand und nichts mit Liebe zu tun hatte. Diese Erkenntnis erschreckte sie.

Nachdem Jenny einige Zeit über das, was sie soeben beobachtet hatte nachgedacht hatte, begab sie sich zur Rezeption, um dort die neuen Gäste, die gerade angereist waren, zu begrüßen. Es kamen wieder nicht viele, aber sechs der insgesamt neunzehn Zimmer waren wenigstens belegt. Eigentlich waren es sieben, da Don noch immer nicht ausgecheckt hatte. Jenny bewohnte Zimmer Nummer zwanzig und Jonathans Zimmer hatte die Nummer elf. So besaß das Hotel eigentlich zwanzig Zimmer, wovon insgesamt achtzehn Zimmer zur Vermietung zur Verfügung standen. Die kleine Wohnung, die Mel und Jonathan bewohnten, wurde natürlich nie vermietet.

Kapitel 6

Andrew lag auf seinem Bett in dem kleinen Zimmer, das er sich gemietet hatte. Seine Gedanken schweiften immer öfter zu Madeleine und er konnte sich immer mehr vorstellen, sein Leben gemeinsam mit ihr zu verbringen. Doch mit dem wenigen Geld, das er in der kleinen Werkstatt verdiente, konnte er gerade einmal sich selbst über Wasser halten, aber niemals eine Familie ernähren. Ein Umdenken fand in Andrew statt, und immer öfter dachte er an sein Zuhause, seine Mum und seinen Dad. Sogar seine nervige kleine Schwester fehlte ihm.

Sein Wunsch, zurück auf die Farm seiner Eltern zu gehen, wurde immer stärker in ihm. Doch andererseits wollte er Madeleine nicht zurück lassen. Er musste sich eingestehen, dass er sich tatsächlich in sie verliebt hatte. Nur, wie sollte er es anstellen, sie seinen Eltern vorzustellen? Sie wäre die perfekte Frau für ihn, denn sie liebte es, auf einer Farm zu arbeiten. Ihre Eltern waren sehr streng und niemals würden sie ihm, dem Fremden erlauben, ihre Tochter für ein paar Stunden zu entführen. Sollte er ihnen sagen, dass er eigentlich der Erbe der großen Farm war, die jeder kannte? Seine Familie war geachtet und hätte er seinen richtigen Namen genannt, hätten sie ihn bestimmt freudig in ihrer Familie aufgenommen. Plötzlich fiel ihm ihr jüngerer Bruder ein, der viele Stunden in der Werkstatt verbrachte.

‚Natürlich,'
dachte er.
‚So muss es gehen'.
Es war später Samstagnachmittag als Andrew sich wieder einmal zu Fuß auf den Weg zu Madeleine machte. Schon von weitem sah er, dass sie mit ihren Eltern neben einem Auto auf dem Hof stand.
‚Fährt sie etwa weg?'
dachte er bestürzt und wollte loslaufen. Doch dann sah er, dass nur die Eltern einstiegen und davon fuhren. Erleichtert lief er los und umarmte Madeleine stürmisch.
„Ich habe gesehen, dass deine Eltern weggefahren sind. Bleiben sie lange weg?"
Madeleine, völlig fassungslos über die Art, wie er sie begrüßt hatte, nickte.
„Sie kommen erst am späten Abend zurück."
Etwas befangen sah sie den Mann an, den sie so sehr liebte und der seine Zuneigung zu ihr bisher unterdrückt hatte und nie so offen gezeigt hatte. Plötzlich hörten beide eine Stimme:
„Na sieh mal einer an. Kaum sind die Eltern aus dem Haus, lädst du schon deinen Lover ein. Das wird die Eltern bestimmt interessieren."
Wütend wollte Madeleine auf ihren Bruder losgehen, doch Andrew hielt sie zurück.
„Ich wollte etwas mit dir besprechen, deshalb bin ich hier."
„Mit mir?"
Erstaunt sah Jason, so hieß Madeleines Bruder, Andrew an.

„Ja, du interessierst dich doch für den alte Roller in unserer Werkstatt. Komm doch einfach am Montag mal vorbei und da werde ich sehen, was ich machen kann."

Jasons Gesicht strahlte.

„Danke, danke. Natürlich sage ich den Eltern nicht, dass du hier warst. Den Roller, oh, ich kann es gar nicht glauben."

Glücklich stürmte er davon.

„Du sollst ihn nicht bestechen,"

mahnte Madeleine Andrew vorwurfsvoll. Er hätte es ruhig meinen Eltern erzählen können, ich habe keine Angst vor ihnen. Dabei sah sie ihn so zärtlich an, dass es Andrew ganz warm ums Herz wurde. Madeleines Wangen glühten und ihre Augen schimmerten in einem Glanz, den er noch nie zuvor in den Augen einer Frau gesehen hatte. Zärtlich legte er seinen Arm um ihre Hüften und ganz langsam näherte sich sein Mund dem Mund von Madeleine. Ganz sanft presste er seine Lippen auf ihre, um sie dann im nächsten Moment plötzlich loszulassen.

„Madeleine, oh, Madeleine. Du machst mich wahnsinnig. Können wir irgendwo hingehen, wo uns keiner sieht?"

Ohne darüber nachzudenken nahm Madeleine seine Hand und zog ihn mit sich ins Haus. Zusammen stiegen sie die Treppe hoch und Andrew folgte ihr in ihr Zimmer. Es war klein, aber sauber. Das Bett, das links an der Wand stand war groß genug für eine Person. Gegenüber dem Bett stand ein Kleiderschrank dessen Vorderfront aus einem großen

Spiegel bestand. Andrew war erregt und Madeleine begann sofort nachdem sich die Tür zu ihrem Zimmer hinter ihnen geschlossen hatte, den Reißverschluss an seiner Hose hinunter zu ziehen, um sein erigiertes Glied aus seinem mittlerweile eng gewordenem Gefängnis zu befreien. Direkt vor dem Spiegelschrank ging sie in die Hocke, um Andrews Penis mit ihrem Mund zu verwöhnen. Während sie zärtlich mit ihrer Zunge nach seinen ersten Liebestropfen in der Spalte seiner Eichel suchte, beugte sich Andrew über sie und hob ihr Kleid hoch. Im Spiegel konnte er erkennen, dass sie kein Höschen trug und ihm ihren nackten, strammen Hintern darbot. Das weiße Fleisch ihrer Pobacken spiegelte sich auch in der Schranktür. Andrew keuchte auf.

„Madeleine, oh, Madeleine, du machst mich verrückt."

Kaum dass er diese Worte hinaus gekeucht hatte, spritzte sein Schwanz auch schon ab und Madeleine hatte wieder einmal Mühe, die große Menge seines Spermas zu schlucken. Schwer atmend stand Andrew über ihr und seine Augen glänzten.

„Madeleine, meine kleine Madeleine."

Nachdem sich sein Atem etwas verflacht und sie seinen Penis wieder aus ihrem Mund gelassen hatte, hob er sie hoch und legte sie vorsichtig auf ihr Bett. Ihr Kleid war immer noch hochgeschoben und gab ihren nackten Unterkörper preis. Andrew stöhnte, als sie ihre Beine langsam immer weiter vor seinen Augen spreizte. Sie streichelte die Innenseiten ihrer Oberschenkel und wanderte mit ihren Händen langsam nach oben.

„Madeleine, meine Madeleine, ja!"

„Ich will dich ganz nackt sehen, bitte, Madeleine."
Madeleine erhob sich, zog das Kleid über ihren Kopf und legte sich wieder hin, ihre Beine noch mehr gespreizt als zuvor.

Madeleine fand es nicht unangenehm, dass er ihre Nacktheit so intensiv betrachtete, im Gegenteil. Es erregte sie ungemein und so ließ sie ihre Finger zwischen ihre Schamlippen gleiten, um mit sich selbst zu spielen. Wieder stöhnte Andrew laut auf.
„Ja, Madeleine, ja, zeig mir alles von dir."
Vorsichtig zog sie ihre Schamlippen auseinander und Andrew stöhnte laut auf, als ihre Finger zärtlich über die innenliegenden kleineren Schamlippen streichelten. Dabei seufzte Madeleine genussvoll vor sich hin und zeigte Andrew so, wie sie ihre Berührungen genoss. Aus ihrer Scheide drang der Geruch, der Andrew animalisch anzog und dem er nicht widerstehen konnte. Hastig ging er in die Hocke vor ihr und drückte erregt seine Zunge in die feuchte, dunkle Grotte und leckte ihre Innenseiten ab. Stöhnend bohrte sich seine Zunge immer weiter in ihre Scheide, sodass seine Nase zwischen ihren Schamlippen kaum noch Luft bekam. Wild rieb er sein Gesicht zwischen ihren Genitalien hin und her.
„Madeleine, Madeleine,"
stöhnte er und hob sein von ihrer Nässe triefendes Gesicht. Erregt beugte er sich über ihr Gesicht und küsste ihren Mund, drückte seine Zunge zwischen ihren Zähnen hindurch und teilte so den Geschmack ihrer Scheide mit ihr. Madeleine bäumte sich auf und saugte seine Zunge so, dass sie fast in ihrem Rachen

verschwand. Ihre Hände griffen dabei nach seinem mittlerweile wieder harten Glied und streichelten zart über seine Eichel. Dabei tauchte sie ihren Zeigefinger in seine kleine Spalte und holte die Liebestropfen, die sich dort gebildet hatten, heraus. Andrew, der seinen Kopf leicht angehoben hatte um nach Luft zu schnappen, sah, wie sie diese Tropfen auf ihre Zunge abstreifte. Sofort beugte er sich wieder über sie und dieses Mal teilte er seinen Geschmack mit ihrer Zunge.

Andrews Finger waren dabei nicht untätig geblieben. Sanft streichelten sie den Körper der jungen Frau und als sie an ihren Brüsten angekommen waren, zwirbelten sie die steifen Brustwarzen, die vor ihren Brüsten abstanden.

„Ah, Andrew, ah!"

stöhnte Madeleine auf und bewegte ihren Unterkörper hin und her.

„Ja, Andrew, ja!"

Er merkte, dass sie nach einem Orgasmus lechzte. Er drehte ihren Körper auf dem Bett herum, sodass sie quer darüber lag. Ihre Scham befand sich genau an der Bettkante. Schnell hob er ihre Beine hoch und drückte sie auf ihren Körper. Ohne dass er etwas sagen musste, griff sie unter die Kniekehlen und hielt sie weit gespreizt fest. Andrew stöhnte laut bei dem Anblick ihrer nackten Genitalien. Die äußeren Schamlippen zeigten deutlich, dass Madeleine sehr erregt war, denn sie waren angeschwollen und dehnten sich nach außen, sodass ihr zartes rosafarbenes Fleisch zu sehen war. Zärtlich leckte Andrew darüber und wieder erregte ihn der Duft, der aus ihrer Scheide strömte, aufs äußerste. Mit seinen Fingern teilte er die Schamlippen und drückte sein ganzes Gesicht dazwischen. Rieb es an ihren kleineren Schamlippen dazwischen und ließ seine Zunge an ihrer Klitoris entlang huschen.

Madeleine stöhnte lustvoll unter seinen Berührungen.

„Andrew, ja, Andrew, ja, das ist gut, ja, Andrew, ja!"

Als er seinen Kopf etwas anhob sah er ihren Kitzler genau vor sich. Auch er war angeschwollen und Andrew erkannte, dass er heftig pochte, was ihm zeigte, dass Madeleine einem Orgasmus entgegenfieberte, ihn jetzt unbedingt haben wollte. Aber er wollte sie noch etwas zappeln lassen und ließ daher seine Zunge um ihren Kitzler herum tänzeln, was Madeleine zu weiteren Ausrufen veranlasste.

„Ja, Andrew, ja. Saug ihn, bitte Andrew, saug ihn, leck ihn, fester, Andrew ja, so, ja!"

Doch er wollte ihren Orgasmus noch ein wenig länger heraus zögern. Vorsichtig drückte er seinen Zeige- und Mittelfinger in ihre nasse Scheide und fickte sie damit. Wieder stöhnte Madeleine laut auf.

„Ja, das ist gut, Andrew, ja!"

Der Duft, der aus ihrer Vagina strömte verstärkte sich und wurde immer intensiver, machte, dass die Adern entlang des Schaftes von Andrews Penis hart pulsierten und dafür sorgten, dass sein Glied steil vor seinem Körper stand. Andrew spürte mit seinen Fingern die Enge ihrer Scheide, aber er wollte mehr. Daher zog er seine zwei Finger hinaus um sofort zwei zusätzliche Finger hinzuzufügen. Vier Finger pressten sich nun durch die enge Öffnung ihrer Scheide und unter lautem Stöhnen von Madeleine, drückte er sie bis zum Daumenanschlag in sie hinein.

„Andrew, Andrew, ah!"

Madeleines Bewegungen waren langsamer geworden. Sie konzentrierte sich auf seine Finger in ihr und das ungeheure Gefühl der Dehnung, die sie in ihr hervorriefen.

„Andrew, was machst du mit mir, ah, Andrew."

„Fühlt es sich nicht gut an? Soll ich damit aufhören?"

„Nein, Andrew, nein, mach weiter, ja, oh, Andrew."

Wieder wand sich ihr Körper hin und her und Andrew beobachtete, wie sich die Öffnung ihrer Scheide eng um die Finger in ihr gelegt hatte. Erst als Madeleine sich wieder völlig gelöst den Bewegungen seiner Finger in ihr hingegeben hatte, zog er sie so weit heraus, dass er seinen Daumen in die Innenfläche seiner Hand legen konnte. So drückte er seine Hand ganz langsam und gefühlvoll zurück in die dunkle, enge und feuchte Vagina, die sie ihm so freiwillig darbot.

„Andrew, Andrew, ah!"

stöhnte Madeleine unter dem ungeheuren Dehnungsschmerz, der sie befallen hatte, als Andrew die breiteste Stelle seiner Hand sie ihre Scheide drückte.

„Andrew!"

Doch sie zog sich nicht von seinen Fingern zurück, im Gegenteil. Sie hielt dagegen und so gelang es Andrew, seine ganze Hand in ihre Scheide zu drücken. Noch nie hatte Andrew das mit einer Frau gemacht. Nur gelesen hatte er darüber, aber es nie für möglich gehalten, dass es klappen könnte. Nun sah er

Madeleines nackte Scham vor sich und seinen Arm, dessen Ende in ihrer Scheide verschwunden war. Vorsichtig drehte er seine Hand in ihr und bewegte sie vor und zurück. Jede seiner Bewegungen wurde mit einem lauten Stöhnen Madeleines begleitet.

„Ist es gut? Ist es gut für dich, Madeleine?"

Madeleine nickte und antwortete mit einem neuerlichen lauten Stöhnen. Andrew, der sich nicht sattsehen konnte an ihrem Anblick, teilte mit seinen anderen Fingern ihre Schamlippen und legte zwei seiner Finger um ihrer Klitoris.

„Ja, Andrew, ja, das ist gut, ja, Andrew, oh!"

Er wusste, dass sie reif war für einen Orgasmus und er wollte ihn ihr geben. Vielleicht erreichte er auch, dass sie einen doppelten Orgasmus erlebte, indem er seine Hand in ihr bewegte und ihren G-Punkt traf. Andrew verstärkte den Druck seiner Finger um ihren Kitzler immer mehr und rieb immer fester, bis er merkte, dass sich ihr Atem veränderte. Das Anzeichen eines herannahenden Orgasmus. Sofort verstärkte er auch die Bewegungen seiner Hand in ihrer Vagina und hoffte, genau an ihrem G-Punkt zu sein, um ihr die größtmögliche Erfüllung zu bereiten. Andrew spürte, wie der Kitzler in seinen Händen sich versteifte und gerade als er den Druck auf ihn erhöhen wollte, schrie Madeleine ihren Orgasmus heraus. Wie wild sahen ihn ihre Augen an und er wusste, dass sie in diesem Moment das höchste Glück empfand. Madeleine spürte, wie ihr Orgasmus sich in alle Nervenenden ihres Körpers ausbreitete und konnte nicht aufhören, ihre Lust heraus zu schreien. Erst als auch die letzten Nachwehen der Wollust langsam abebbten, konnten ihre Augen wieder klar sehen. Es war das erste Mal, dass Madeleine einen inneren sowie einen äußeren Orgasmus erlebte. Angefangen hatte er tief in ihrer Vagina und sich anschließend langsam über ihren ganzen Körper ausgebreitet, um dann an der Spitze ihrer Klitoris zu explodieren.

Andrew hatte sich, während Madeleine ihren Orgasmus durchlebte, hinunter gebeugt und die Tropfen, die aus ihrem Kitzler strömten, gierig mit seinen Lippen aufgesogen. Der herbe Geschmack ihrer Lust machte ihn noch heißer auf sie, als er es ohnehin schon war. Nachdem Madeleine sich etwas beruhigt hatte, drehte er sie wieder so, dass sie längs auf dem Bett lag, seine Hand immer noch in ihrer Scheide. Sie stöhnte ein paar Mal auf, wenn er seine Hand bei diesem Manöver etwas zu sehr in ihr bewegte.

Dann kniete er sich über ihr Gesicht und Madeleine ließ ihre Beine los um mit ihrer Hand seinen prall gefüllten Hodensack aufzunehmen.

„Vorsichtig, Madeleine, er ist so empfindsam, ja, so ist es gut, Madeleine, oh."

Vor Lust stöhnend senkte er seinen Körper etwas, damit Madeleine seinen Penis mit ihrem Mund erreichen konnte. Gierig leckte sie mit ihrer Zunge durch die kleine Spalte seiner Eichel und sog die Liebestropfe, die sich wieder darin angesammelt hatten, heraus.

„Du schmeckst so gut, Andrew, ich mag es, wie du schmeckst, oh, Andrew."

Andrew war mittlerweile so erregt, dass es nicht mehr lange dauern würde, bis er erneut abspritzte.

„Leck ihn, Madeleine, nimm ihn in den Mund, bitte, ja, lutsch ihn leer. oh, Madeleine!"

Sie tat sofort was er von ihr wünschte und rieb mit ihrer freien Hand seine Vorhaut hin und her, auf und ab. Immer fester wurde ihr Griff um den Schaft seiner Eichel und immer mehr verstärkte sie die Saugkraft ihres Mundes an seiner Eichel und erreicht so, dass er schon kurz nach ihrem Orgasmus selbst kam. Mit einem wollüstigen, lauten Schrei ejakulierte sein Penis tief in ihrem Mund und Madeleine schluckte seinen Samen. Nachdem sich sein Glied vollkommen in ihren Mund entleert hatte, leckte sie ihm zärtlich seine Eichel ab und streichelte seinen Rücken.

„Oh, Andrew, ich liebe dich."

„Meine kleine Madeleine, ich liebe dich auch."

Madeleines Herz machte einen Sprung.

‚Er liebt mich auch?'

„Andrew, ach, Andrew. Ich bin so glücklich."

„Ich auch Madeleine, ich auch."

Vorsichtig stieg er von ihr hinunter und zog langsam seine Hand aus ihrer Scheide. Madeleine stöhnte auf, als die breiteste Stelle seiner Hand durch ihren engen Eingang musste, doch dann glitt ein wunderschönes Lächeln über ihren Mund.

„Was ist los, Madeleine?"

Sie lächelte Andrew an.

„Ich mag die Spielchen, die du mit mir machst."

Andrew lächelte zurück.

„Und ich, meine liebe Madeleine, mag, wie du mich mit dir spielen lässt."

Eng aneinander gekuschelt blieben sie noch einige Zeit nebeneinander liegen, bis es draußen anfing, dunkel zu werden.

„Du musst gehen, Andrew. Meine Eltern kommen bald wieder nach Hause."

„Ich weiß, Madeleine."

Andrew zog Madeleine noch einmal zärtlich an sich und küsste sie intensiv. Dann stand er auf und zog sich an. Auch Madeleine stand auf und zog ihr Kleid wieder an. Dann gingen sie gemeinsam nach unten, wo Madeleines Bruder schon auf sie wartete.

„War's schön?"

begrüßte er sie mit einem Grinsen.

„Halte bloß den Mund,"

rief Madeleine verärgert aber gleichzeitig auch beschämt.

„Bis Montag,"

erinnerte ihn Andrew daran, dass er vielleicht gut daran täte, seinen Mund vor ihren Eltern zu halten.

„Ich liebe dich,"

flüsterte er Madeleine ins Ohr, küsste sie noch einmal kurz auf ihre Lippen und marschierte los.

„Ich liebe dich auch, Andrew,"

flüsterte Madeleine ihm hinterher und war glücklich. Die Gedanken an die Zukunft drängte sie zurück. Sie wollte dieses wunderbare Gefühl, das sie gerade fest im Griff hatte, nicht verdrängen.

Am folgenden Montag ging Jason wie verabredet zu Andrew in die Werkstatt, um sich den alten Roller genauer anzusehen. Andrew hatte schon auf ihn gewartet.

„Jason, Wenn du mir einen Gefallen tust, dann bekommst du von mir den Roller."

„Hab ich mir schon gedacht,"
antwortete Jason trocken.

„Was soll ich für dich tun?"

„Ich brauche einen Nachmittag mit Madeleine alleine. Aber deine Eltern passen auf sie auf, als ob sie noch ein kleines Kind wäre."

„Das stimmt,"
antwortete Jason nachdenklich.

„Ich dachte, du könntest mir dabei helfen, oder?"

„Ich überlege doch schon, Mann, sei doch nicht so ungeduldig. Was hast du überhaupt mit meiner Schwester vor?"

„Ich möchte sie gerne meinen Eltern vorstellen."

„Du hast Eltern?"

Im selben Moment wusste Jason schon, wie blöd und unangebracht seine Frage gewesen war, denn ein trauriger Ausdruck trat auf Andrews Gesicht."

„Natürlich habe ich Eltern, Jason. Jeder Mensch hat Eltern."

„Entschuldige Andrew, so war das nicht gemeint. Es ist nur so, ach, weißt du. Du kamst so plötzlich hier vorbei und niemand weiß wer du bist und woher du kommst, deshalb, weißt du?"

„Ist schon gut, Jason. Ich habe dich schon verstanden. Also, was machen wir?"

„Früher, als wir noch klein waren, ach, ich meine als wir noch jünger waren, sind Madeleine und ich oft alleine zum Picknick gegangen. Aber das ist schon eine Weile her. Da sind wir morgens los und erst am

Abend wieder nach Hause gekommen. Das war dann ‚Geschwisterzeit.' So haben unsere Eltern es genannt.

„Geschwisterzeit, wie schön,"
sinnierte Andrew laut.

„Meinst du, dass du Madeleine wieder zu einer Geschwisterzeit überreden könntest? Am liebsten wäre mir nächsten Samstag."

„Ich versuche es, Andrew."

„Versprochen, Jason?"

„Versprochen, Andrew."

Beide reichten sich die Hand und Jason lief davon, um den Bus nach Hause noch zu erreichen.

‚Andrew ist doch wirklich nett,'
dachte er auf der Heimfahrt.

‚Warum mochten ihn die Leute und seine Eltern nicht? Nur weil niemand wusste, wo her herkam, musste er doch kein schlechter Mensch sein.'

Dass Andrew in Wirklichkeit Gregory hieß und eigentlich der Erbe einer der reichsten Farmen in der Umgebung war, ahnte Jason nicht.

In den nächsten Tagen strich Jason immer häufiger um Madeleine herum, bis diese genervt fragte:

„Was ist mit dir los, Jason? Du läufst mir nach wie ein kleines Hündchen. Sag schon, was willst du von mir?"

„Ich, ach weißt du, ach es ist nichts."

Damit stürmte Jason davon. Er hatte ein schlechtes Gewissen Madeleine gegenüber und dachte, es wäre nicht fair, wenn er sie einem Fremden anvertraute und dafür einen Roller bekam. Aber dann siegte sein Wunsch nach dem Roller und außerdem hatte er vollstes Vertrauen in Andrew.

Als Madeleine ihn am nächsten Tag wieder fragte, warum er die ganze Zeit um sie herum lief, fasste er sich allen Mut zusammen und fragte:

„Hast du nicht Lust, mal wieder, so wie früher, eine ‚Geschwisterzeit' mit mir zu machen?"

Madeleine lachte laut auf und konnte sich kaum beruhigen.

„Eine Geschwisterzeit? Jason, wie alt bist du eigentlich?"

Als sie sah, wie er gebückt davon schlich, überfiel sie Mitleid und sie schalt sich, dass sie ihren Bruder so ausgelacht hatte. Eigentlich war es doch keine schlechte Idee von ihm.

‚Vielleicht will er mir ja auch etwas erzählen, etwas das ihn bedrückt?'

Madeleine überfiel sofort ein schlechtes Gewissen.

Vielleicht hatte er Sorgen oder vielleicht war ihr kleiner Bruder verliebt und benötigte ihren Rat? Sofort lief sie hinter ihm Jason her und fand ihn endlich hinter der Scheune.

„Jason, ich finde das wirklich eine gute Idee. Dann können wir mal wieder so richtig miteinander reden. Es tut mir leid, dass ich dich eben ausgelacht habe. Wirklich, Jason. Bist du mir noch böse?"

Jason schüttelte seinen Kopf und hatte jetzt noch ein schlechteres Gewissen. Sie schien sich auf einen gemeinsamen Ausflug mit ihm zu freuen und er hatte vor, sie an Andrew weiterzureichen. Eigentlich hatte er vor, seine Schwester für einen alten Roller zu verkuppeln.

„Aber nur, wenn du auch wirklich Lust dazu hast,"

versuchte er nun verzweifelt, sie vielleicht doch vom seinem Vorhaben abzubringen. Doch vergebens. Madeleine hatte sich mit seiner Idee angefreundet und nun freute sich auch Madeleine auf den gemeinsamen Ausflug.

„Wer sagt es Mum?"

„Jason, lass das meine Sorge sein. Ich werde Mum davon überzeugen, dass es mal wieder Zeit ist, dass ihre beiden Kinder etwas gemeinsam unternehmen."

Jenny hatte genug gesehen. Die Bilder von dem alten Herrn, der sich freiwillig auspeitschen ließ, gingen ihr nicht mehr aus dem Kopf. Gab es tatsächlich Menschen, die durch Schläge höchsten Genuss verspürten? Ein großes Ekelgefühl machte sich in ihr breit und noch lange an diesem Abend, nachdem sie sich zu Bett begeben hatte, verfolgten sie die Bilder seines nackten Hintern und die Peitschen, die ihn quälten.

Nachdem sie Jonathans Zimmer an diesem Nachmittag verlassen hatte, checkte Jenny zwei Gäste ein, die für eine Nacht ein Zimmer gebucht hatten. Auch an diesem Tag hatte Jenny Don nicht gesehen und machte sich langsam große Sorgen um ihn.

‚Ob es seiner Tante Claire wieder schlechter geht?' dachte sie immer wieder.

Sie ging an diesem Abend früh zu Bett und als sie am nächsten Morgen erwachte, wünschte sie sich das erste Mal, weit weg zu sein. Zuhause, wo sie sich behütet und beschützt fühlte. Doch erst musste sie das Frühstück für die wenigen Gäste zubereiten.

Später, als sie dabei war die Küche in Ordnung zu bringen, kam Don.

„Guten Morgen, Jenny."

„Don? Wie schön dich zu sehen."

„Hast du mich etwa vermisst?"

Jenny errötete. Ja, sie hatte ihn vermisst, aber das konnte sie ihm nicht sagen. Eine innere Scheu hielt sie davon ab.

„Möchtest du eine Tasse Tee?"

„Sehr gerne, Jenny. Übrigens, ich checke heute aus. Wie du bestimmt bemerkt hast, habe ich die letzten Nächte nicht hier geschlafen. Ich war die ganze Zeit bei meiner Tante Claire."

„Wie geht es ihr?"

„Ihrem Alter entsprechend. Sie ist schließlich schon 86 Jahre alt."

Jenny überfiel eine tiefe Trauer. Dass Don auscheckte bedeutete, dass sie ihn nicht mehr sehen würde. Fast wären ihr die Tränen bei diesem Gedanken gekommen, doch sie riss sich zusammen. Schließlich war er nur Gast in diesem Hotel und wusste nicht, dass sie sich hoffnungslos in ihn verliebt hatte.

Auch Don fiel später, als er seinen Koffer geholt hatte, der Abschied schwer.

„Ich bin mir sicher, dass wir uns wiedersehen, Jenny."

„Das wäre schön."

Unter Tränen sah sie ihm nach, wie er die Straße hinunter eilte und aus ihren Blicken entschwand.

Kaum war Don gegangen, kam Mel zurück. In den letzten Tagen war sie sehr gealtert. Sie wirkte müde und abgespannt.

„Jenny, komm, setz dich bitte einmal zu mir."

Jenny erschrak.

‚Was hatte das zu bedeuten?'

„Wie geht es Jonathan?"

„Darüber wollte ich mit dir sprechen. Jenny. Es geht ihm etwas besser, aber er wird nie mehr ganz gesund werden. Die Ärzte haben heute Morgen mit mir gesprochen und es mir gesagt. Ich habe in den letzten Tagen lange nachgedacht und mich entschlossen, das Hotel zu schließen. Wir werden ab nächsten Montag keine neuen Gäste mehr aufnehmen. Bis dahin bitte ich dich, das Hotel so weiterzuführen, wie du es bisher zu meiner vollsten Zufriedenheit getan hast. Ich hoffe, du bist damit einverstanden?"

Jenny konnte nur nicken. Ein großer Kloß saß in ihrem Hals. Nicht nur, dass sie ihre geliebte Arbeit gerade verloren hatte, es würde auch bedeuten, dass sie Don nie mehr sehen würde.

„Nicht traurig, sein, Liebes. Du bist noch jung und ich bin mir sicher, dass du bald eine neue Stelle findest. Ich werde dir auf alle Fälle ein sehr gutes Zeugnis ausstellen."

„Danke, Mel. Danke."

In Jennys Kopf rasten die Gedanken. Sollte sie Mel endlich sagen, was Jonathan die ganzen Jahre in seinem Zimmer getan hatte? Dass er ihre Gäste heimlich bei ihren Sexspielen beobachtet hatte? Wenn sie es tat, würde nicht die ganze heile Welt von Mel zusammenbrechen? Nicht nur, dass ihr Mann nie mehr gesund werden würde, nein, auch die Schande über seine Taten würde Jenny ihr damit aufbürden.

Konnte und vor allen Dingen, sollte sie das wirklich tun?

Jenny rang mit sich selbst und entschied, nein, sie würde Mel nichts davon sagen. Aber sie wusste, dass sie etwas unternehmen musste, um die Monitore und ihre Geheimnisse auszuschalten.

Nachdem die Zimmermädchen ihre Arbeit beendet hatten und Mel wieder ins Krankenhaus gefahren war, setzte sich Jenny vor die Bildschirme um zu sehen, ob sie das Geheimnis von Jonathan verschwinden lassen oder eventuell vernichten könnte. Sie drückte auf alle möglichen Tasten und Knöpfe, doch statt die Monitore auszuschalten, sah sie auf einem Bildschirm plötzlich ein Bett von einem ihrer Zimmer, auf dem sich gerade ein Liebespaar seinen lustvollen Spielen hingab.

Obwohl Jenny nicht hinsehen wollte, tat sie es doch. Wieder konnte sie sich an die Gäste erinnern, die gerade dabei waren, sich gegenseitig ihre Genitalien zu streicheln. Es war ein Paar, dem Jenny so etwas nicht zugetraut hatte. Als sie eincheckten trug sie ein eher biederes Kostüm mit einer Bluse, deren Kragen bis fast zu ihrer Kinnspitze reichte. Sie sah darin aus wie eine altbackene Jungfer. Ihr Mann trug einen grauen Anzug mit einem steifen Hemd und wirkte genau so altmodisch wie seine Frau. Und nun lagen sie auf dem Bett und benahmen sich gar nicht wie ein altes Ehepaar, eher wie ein Paar, das sich gerade erst gefunden hatte.

Jenny schätzte die beiden auf etwa Ende vierzig und war erstaunt, wie glatt und gepflegt die Haut der Frau war. Splitternackt lag sie auf dem Bett und ihr Mann war gerade dabei, an ihren Brustwarzen zu saugen. Dabei öffnete und schloss sie ihre Beine und atmete schwer. Ihre Hände graulten seine Haare und drückten sein Gesicht immer wieder auf und zwischen ihre Brüste.

Dann glitt eine ihrer Hände über seinen Rücken und kratzte ihn, was ihn dazu veranlasste, laut aufzustöhnen.

„Nicht so fest, Liebes, nicht ganz so fest!"

Doch sie hörte nicht auf ihn, sondern kratzte ihn mit ihrer anderen Hand in seinen Hintern und hinterließ eine rote Spur. Wieder stöhnte ihr Mann auf, sagte aber nichts.

„Ich will in deinen Arsch,"

erschrocken trat Jenny einen Schritt zurück. Es war die Frau, die die Worte gestöhnt hatte.

„Bitte, ich will deinen Arsch, bitte, lass mich ihn ficken, bitte mein Schatz."

Er grub sich noch einmal zwischen ihre Brüste und erhob sich langsam. Etwas breitbeinig ging er Richtung Bad und als er in den Blickwinkel der Kamera zurückkehrte, sah Jenny, dass er einen Gegenstand in der Hand hielt, der aussah wie ein Gürtel. Doch etwas baumelte daran, etwas, das Jenny so noch nie gesehen hatte. Erst als er sich wieder zu seiner Frau aufs Bett legte, sah sie, dass ein doppelter Lederdildo an dem Gürtel befestigt war. Die eine Hälfte des Dildos war er kräftig und mit einer riesigen, wulstigen Eichel und ebensolchem Schaft. Die andere Hälfte war glatt und nicht so dick, dafür aber ziemlich lang.

„Öffne dich für mich,"

stöhnte der Mann und sofort spreizte seine Frau ihre Beine und hob sie an. Wieder betätigte sich der Zoom der Kamera und zog ihre Genitalien dicht an sie heran. Jenny schüttelte sich und sie spürte diese Erregung, die sie in der letzten Zeit öfter befiel. Zwei Finger tauchten auf, die zärtlich zwischen den Schamlippen auf und ab rieben und die Frau dazu brachte, laut aufzustöhnen.

„Ja, oh, mein Schatz, ja, das ist gut."

Es war Jenny, als ob sie Kussgeräusche hörte, doch die Kamera blieb auf den Genitalien der Frau.

„Bind ihn mir um,"

stöhnte die fremde Frau plötzlich.

„Bitte, mein Schatz. Bind ihn mir endlich um!"

Die Kamera fuhr ein Stück zurück und Jenny beobachtete, wie der Mann drei seine Finger in ihre feuchte Scheide drückte und sie etwas weitete. Ein wohliges Aufstöhnen aus ihrem Mund sagte ihm, dass es genau richtig war, was er gerade machte. Dann setzte der den kräftigeren der ledernen Dildos an die Öffnung ihrer Vagina.

„Erst an meinen Kitzler, bitte, wichs meinen Kitzler damit."

Die Spitze der Eichel des Dildos glänzte, als der fremde Mann dem Wunsch seiner Frau nachkam. Vorsichtig platzierte er ihn zwischen ihre Schamlippen. Ihre Hände griffen sofort nach ihren äußeren Schamlippen und zogen sie auseinander. Dabei hatte sie ihren Kopf angehoben, um zuzusehen, was der Dildo mit ihr machte. Ihre Augen glänzten vor Geilheit, als ihr Mann ihn durch die kleinen Schamlippen zog und ihren Kitzler damit massierten.

„Ja, oh, ja, das ist gut, das ist wunderbar, ja, fester, noch fester, ja!"

Plötzlich wimmerte sie leise um dann ihren Kopf nach hinten zu werfen und einen Schrei loszulassen, wie ihn Jenny noch nie gehört hatte. Während seine Frau ihren Orgasmus erlebte, hielt ihr Mann seine Hand auf ihre Lippen, ängstlich darum bemüht, ihren Schrei damit zu unterdrücken.

Als sie sich etwas beruhigt hatte, presste ihr Mann sein Gesicht auf ihre Genitalien und saugte die Tröpfchen aus ihrer Klitoris gierig auf. Als er seine Zunge in ihre Scheide stecken wollte, um auch sie auszulecken, zog ihn seine Frau an den Haaren zurück.

„Ich will den Dildo spüren, bitte. Jetzt bin ich nass genug für ihn."

Sofort griff ihr Mann nach dem doppelten Dildo und drückte ihre Beine auf ihre Brust.

„Halte sie fest, mein Liebling, damit ich besser an Deine Muschi komme."

‚Muschi?'

Doch bevor Jenny überlegen konnte, was das Wort ‚Muschi' bedeuten konnte, setzte ihr Mann den riesigen Dildo an ihre Scheide und drückte ihn langsam hinein. Es war, als ob ihre Vagina ihn in sich aufsaugen würde, so gut glitt er durch die enge Öffnung, während die Frau laut und anhaltend stöhnte.

„Gut, Schatz, ja, tiefer, noch mehr, ja."

Dann zog er seine Frau hoch und legte ihr den Gürtel, an dem der zweite Dildo ragte, um ihre Taille und machte ihn zu. Er half ihr, sich hinzuknien und ihre Augen leuchteten vor Ungeduld.

„Hol mir die Creme, Schatz, mach schon."

Ihr Mann griff auf eine Tube auf dem Nachttisch und sie presste eine durchsichtige Lotion aus ihr heraus. Damit cremte sie den anderen, dünneren Teil des Dildos ein, der aus ihrer Scheide herausragte.

„Bück dich, ja mein Liebling, bück dich. Zeig mir deinen Arsch!"

Brav bückte sich ihr Mann, bis sich sein Hinterteil genau an der Bettkante befand. Auf allen Vieren hockte er vor ihr.

„Greif nach hinten und zieh deinen Arsch auseinander."

Jenny mochte die Art nicht, wie sie sprach. Solche Ausdrücke hätte sie nie von dieser altmodisch wirkenden Frau erwartet. Sie schien so bieder, so, als ob sie überhaupt nicht wüsste, was das Wort Sex bedeutet.

Wieder gehorchte ihr Mann indem er seinen Kopf auf die Laken presste und so seinen Oberkörper abstützte. Sein Hintern ragte in die Luft und seine Hände zogen seine Arschbacken so weit wie möglich auseinander. Sein enges Loch dazwischen war umsäumt mit vielen kleinen Fältchen. Jenny beobachtete weiter, wie sich seine Frau hinunter beugte, und jede einzelne Runzel zärtlich ableckte. Dann ließ sie ihre Zunge ein paar Mal in der Spalte auf und abgleiten, bevor sie ihren Dildo an seinem engen Loch ansetzte. Vorsichtig drückte sie ihn durch sein enges Arschloch und stöhnte selbst laut auf dabei, denn dieser Druck verstärkte den Druck des Dildos in ihr um ein mehrfaches.

Ihr Mann zitterte, als sie versuchte, den dicksten Teil des Dildos in seinem Hintern zu versenken. Doch statt ihn schnell durch die Enge zu drücken, hielt sie an und verursachte so einen immensen Dehnungsschmerz, den ihr Mann kaum aushielt.

„Liebes, weiter, bitte, ah, ah, Liebes!"

Ein Lächeln trat auf ihr Gesicht, als sie sah, wie er unter der Dehnung litt.

„Bitte, drück ihn rein, schneller, bitte, Liebes, ich halte es nicht mehr aus!"

Stattdessen zog sie ihn wieder ganz hinaus um ihn dann mit einem kräftigen Stoß aus ihrer Hüfte in ihm zu versenken. Im dem Moment schrien beide kurz auf, aber dann glitt ein Lächeln über ihr Gesicht und langsam, immer wieder etwas zurückziehend um so den Dildo in ihr besser beim nächsten Stoß genießen zu können, beförderte sie den langen Dildo ganz in seinen Hintern.

„Das ist gut, Liebes, ja, das ist gut."

Er blickte dabei genau in den großen Spiegel und konnte alles beobachten. Als sie den Dildo ganz tief in ihn gestoßen hatte, beugte sie sich über ihn und griff nach unten. Plötzlich und ohne Vorwarnung hatte sie seinen Hodensack, der zwischen seinen Beinen hinunter hing, mit einer Hand gefasst.

„Liebes, ah, nicht so fest, bitte!"

Sie lockerte ihren Griff etwas und knetete ihn sanft durch. Ein genussvolles Stöhnen aus seinem Mund zeigte ihr, dass es ihm gefiel.

Dann fing sie an, ihn wirklich in seinen Hintern zu ficken. Mit kräftigen, langen Bewegungen aus ihrer Hüfte heraus fickte sie nicht nur den Hintern ihres Mannes, sondern gleichzeitig auch ihre eigene Vagina.

„Ja, ja, das ist gut,"
stöhnte sie dabei immer wieder.

Ihr Mann hatte unterdessen seine Pobacken losgelassen und stützte seinen Oberkörper mit beiden Händen ab. Sein Blick immer noch auf den Spiegel gerichtet, um genau beobachten zu können, wie seine Liebste seinen Hintern bearbeitete. Ein Leuchten war in seinen Augen zu erkennen, was seine Frau zu noch schnelleren und härteren Bewegungen veranlasste.

Sie trat noch einen Schritt vor und drückte so den Dildo in ihr und den Dildo in ihm noch ein Stück tiefer hinein.

Plötzlich griff sie nach seinen Pobacken, krallte sich darin fest und tat noch zwei kräftige Stöße, um dann in der Position anzuhalten, in der der Dildo in ihr am tiefsten Punkt ihrer Scheide angelangt war. Immer tiefer krallte sie sich in seine kräftigen Arschbacken, als ein Schauer über ihren Körper lief und ein dunkles, anhaltendes Murmeln aus ihrem Mund kam.

„Mh, ja, ah, mh. ja!"
Wie in Trance ließ sie den Orgasmus, der gerade durch ihren Körper jagte, über sich ergehen. Ihre Beine zitterten und sie schwankte hin und her. Dann fiel ihr Oberkörper über den Rücken ihres Mannes und zuckte noch einige Male, bevor er zur Ruhe kam.

„Das war gut, oh mein Lieber, danke. Das war gut."

Sie hatte diese Sätze nur gemurmelt, aber Jenny konnte sie gut verstehen.

Ihr Mann bewegte sich nicht, bis sie sich langsam wieder aufrichtete. Dann drehte er seinen Kopf zu ihr und lächelte sie zärtlich an.

„Noch einmal?"

Sie nickte und lächelte genauso zärtlich zurück. Jenny beobachtete, wie sie erneut mit ihren Hüften den Penis in sich und den Penis im Hintern ihres Mannes bewegte. Dieses Mal dauerte es etwas länger, bis ihr Körper erneut einen Orgasmus durchlebte. Obwohl sie die Dildos hart in ihn und in sich selbst gestoßen hatte, konnte Jenny doch eine große Zärtlichkeit zwischen den Beiden erkennen.

Nachdem die Frau ein zweites Mal gekommen war, zog sie langsam den langen Penis aus dem engen Loch ihres Mannes. Anschließend legte sie sich rücklings aufs Bett und ließ ihren Mann den dicken Dildo aus ihrer Scheide ziehen. Nachdem er ihn auf die Seite gelegt hatte, beugte er sich über seine Frau und leckte den Eingang ihrer Vagina aus. Immer wieder drückte er seine Zunge in sie hinein, so, als ob er nicht genug von ihrer Scheidenflüssigkeit bekommen konnte.

„Du schmeckst so gut, meine Liebe, so gut."

„Dreh dich um, lass mich dich trinken,"
flüsterte sie zärtlich.

Er drehte sich so herum, dass er seine Zunge noch weiter in ihre Scheide eintauchen konnte und sein Penis genau über ihrem Mund hin. Sie griff sofort nach ihm und zog ihn so weit herunter, dass sie mit ihrer Zunge seine Eichel massieren konnte. Dann griff sie über seinen Körper und drückte seine Pobacken herunter. Dadurch kam auch sein Penis weiter herunter und sie konnte ihre Lippen um ihn stülpen und an ihm saugen.

„Ja, meine Liebe, ja, ja, saug ihn leer, oh!"

Er war durch den Dildo in seinem Hintern und das Lecken ihrer Scheide so erregt, dass er, kaum dass sich sein Glied in ihrem Mund befand, ejakulierte und ihr seine ganze Ladung Sperma tief in ihren Rachen spritzte.

Jenny in ihrem Versteck hörte nur noch das Geräusch seiner leckenden Zunge und ihr Schmatzen an seinem Glied. Er stöhnte seinen Orgasmus tief in ihre Vagina und nur eine Gänsehaut auf seinem Körper zeigte, dass er gerade ejakulierte.

Das Paar blieb noch einige Zeit in dieser Stellung, ehe sie sich voneinander lösten und eng aneinander geschmiegt einschliefen. Sie vergaßen sogar, das Licht in ihrem Zimmer zu löschen.

Gerade, als sie Jonathans Zimmer verlassen wollte, leuchtete ein anderer Monitor auf und zeigte ein Zimmer, in dem sich ein junger Mann befand. Er hatte gestern bei ihnen übernachtet und war gerade dabei, sich auszuziehen. Auf seinem Bett lagen einige Zeitschriften und Jenny konnte erkennen, dass nackte Frauenkörper darauf abgebildet waren. Der junge Mann war ihr nicht gerade sympathisch gewesen, als er eincheckte. Warum, konnte sie sich aber nicht erklären. Nun sah sie ihn nackt mit einem erregten Penis, der ziemlich klein und dürftig war. Er griff nach einer der Zeitschriften, blätterte sie durch und hielt bei einer Seite an. Dann stellte er einen Fuß auf das Bett und begann, seinen Penis zu reiben. Erst langsam dann immer schneller und schneller, bis er auf den Boden des Zimmers ejakulierte. Die Zeitschrift zitterte dabei in seinen Händen und seine Augen waren weit aufgerissen, doch kein Ton kam über seine Lippen. So, als ob er daran gewöhnt war, keine Geräusche machen zu dürfen. Nachdem er sich selbst befriedigt hatte, warf er die Zeitschriften auf sein Ejakulat auf dem Boden, legte sich auf das Bett und löschte das Licht. Jenny überfiel Ekel bei dem Gedanken, dass sie sich mit Handschlag am heutigen Morgen von ihm verabschiedet hatte.

‚Ob das Zimmermädchen wohl wusste, warum die Zeitschrift am Morgen am Boden klebte?‘

Jenny wollte nicht weiter darüber nachdenken, denn es befiel sie erneut ein Ekelgefühl. Sie nahm sich vor, sowie sie auf ihrem Zimmer war, ihre Hände gründlich zu waschen. Was sie auch sofort tat. Anschließend war es Zeit, die neuen Gäste einzuchecken. Es kamen wieder nur wenige und Jenny schloss die Eingangstür gegen 22 Uhr. Dann begab sie sich auf ihr Zimmer und musste wieder an das ältere Liebespaar und seine Sexspiele denken. Deutlich fühlte sie die Erregung, die ihren Körper befallen hatte durch den Anblick dieses sich liebenden Paares. Doch die Sorge über ihre Zukunft und die Sorge um das Geheimnis von Jonathans Zimmer, ließ ihre Erregung allmählich abklingen.

‚Wie kann ich verhindern, dass Mel etwas von diesem Raum und den Monitors erfährt?‘

dachte sie besorgt und fand keine Antwort.

Am nächsten Morgen bediente sie wie immer die Gäste zum Frühstück und wie immer kam Mel kurz aus dem Krankenhaus, um sich danach zu erkundigen, wie es im Hotel lief.

„Ich habe eine Annonce aufgeben. Ich möchte das Hotel verkaufen. Vielleicht übernimmt dich der neue Besitzer? Dann muss ich mir wenigstens keine Sorgen um dich machen."

Jenny war gerührt über Mels Worte und legte dankbar den Arm um sie.

„Das ist so lieb von dir, danke Mel. Bitte, mach dir keine Sorgen um mich. Ich werde bestimmt etwas finden."

Mel lächelte sie traurig an und nickte. Sie wollte Jenny nicht damit belästigen, dass sie gleichzeitig auf der Suche nach einer Wohnung war, in der sie und Jonathan nach dem Verkauf des Hotels wohnen könnten. Es war nicht einfach, in London eine bezahlbare Wohnung zu finden, aber sie wollte nicht aufs Land, obwohl es dort für Jonathan bestimmt besser wäre.

„Da bin ich mir sicher, dass du bald etwas findest."

Nachdem sie sich etwas ausgeruht hatte, fuhr sie zurück ins Krankenhaus.

Nachdem sie ihre täglichen Arbeiten beendet hatte, stieg Jenny die Treppe zu der ersten oberen Etage hinauf. Ein letztes Mal wollte sie versuchen, die Monitore abzuschalten und so auch das Geheimnis Jonathans. Aber als sie erneut einen der vielen Tasten drückte, sprang einer der Bildschirme an und zeigte das junge Paar, das gestern Nacht in Zimmer sechzehn übernachtet hatte. Jenny wollte schon nicht mehr hinsehen, als etwas ihren Blick auf sich lenkte.

Die junge Frau lag rücklings auf dem Bett. Ihre beiden Arme waren nach hinten an dem Gitter des Kopfendes des Bettes angebunden. Ebenso ihre beiden Beine. Weit gespreizt waren sie am nach hinten Kopfende festgezurrt. Die junge Frau sah ängstlich auf ihren Partner, der etwas aus einer Tasche hervorholte.

„Womit soll ich dich heute dehnen, mein Schatz?"

Jenny war überrascht, wie zärtlich er zu seiner Frau sprach.

Er kramte verschiedene Gegenstände aus der Tasche und hielt sie der jungen Frau hin.

„Erst suchen wir etwas für dein Popoloch, in Ordnung?"

Sie nickte und Jenny musste trotz allem lächeln.

‚Popoloch? Das war Kindersprache und er benutzte sie in einem solchen Moment?

Er hielt einen Gegenstand in der Luft, der aussah wie eine lange, etwas dickere Gurke. Dann holte er eine Art Spule hervor, die am oberen Ende dünn und bis zum anderen Ende immer dicker wurde, sehr dick. Der nächste Gegenstand sah aus wie eine Taschenlampe, deren Griff in einen dicken Knauf endete. Als die junge Frau etwas zögerte, entschied kurzerhand ihr Mann.

„Heute Abend hätte ich große Lust, dich mit der Taschenlampe in den Arsch zu ficken, was meinst du?"

Seine Frau nickte langsam, so, als ob sie sagen wollte:

„Na, ja. So richtig weiß ich das nicht."

Wieder kramte ihr Mann in seiner Tasche und beförderte neue Gegenstände hervor. Einen riesigen Dildo mit wulstigem Schaft und großer Eichel, die nicht nur Jenny zu erschrecken schien. Auch die junge Frau auf dem Bett schnappte nach Luft.

„Du hast mir doch gesagt, du hättest große Lust, einmal Dehnspiele auszuprobieren oder hast du mir das nicht gesagt?"

„Doch, doch, ja, das habe ich gesagt. Aber Schatz, müssen wir gleich mit so großen Spielzeugen anfangen?"

Ihr Partner lachte laut auf.

„Mit kleinerem Spielzeug solche Dehnungsspiele veranstalten? Aber meine Liebe, das geht nicht. Mal sehen, dann werde ich halt für dich entscheiden."

Mit einem kurzen Blick auf ihre Scheide und ihr kleines Loch am Hintern, entschied er sich kurzerhand für die Taschenlampe und den riesigen Dildo. Am liebsten wäre Jenny zu ihr geeilt und hätte sie losgebunden, aber was sie gerade beobachtete spielte sich schon in der Nacht zuvor ab, jetzt war es zu spät. Jenny versuchte sich daran zu erinnern, ob ihr die junge Frau heute Morgen aufgefallen wäre und ob sie vielleicht Schmerzen erkennen ließ? Aber soviel sie auch nachdachte, es war ihr nichts anzumerken gewesen.

„Mit welchem Loch beginnen wir?"
sinnierte der junge Mann laut.
Jenny kam es vor, als ob er sich an der Angst seiner Partnerin ergötzte.

Vorsichtig strich er mit seinen Fingern um ihre enges, dunkles Loch zwischen ihren Hinterteilen. Da ihre Beine weit gespreizt nach hinten gebunden waren, lagen auch ihre Pobacken weit gespreizt vor seinen Augen und erlaubten ihm so, dass er leicht mit ihrer engen Öffnung dazwischen spielen konnte.

„Du hast so eine weiche Haut mein Liebling, du bist wunderschön,"

flüsterte er zärtlich und streichelte die Innenseiten ihrer Oberschenkel. Sie zitterte unter seinen Berührungen und ein Lächeln trat auf ihre Lippen. Langsam ließ er seine Hände nach unten wandern, bis sie an den kleinen, gelockten Härchen ankamen, die ihre Scham umrahmten. Zärtlich fuhr er mit seinen Fingern durch diese Härchen und streichelte ihre Schamlippen, die sich unter seiner Berührung veränderten und anschwollen. Er wartete, bis sie sich etwas nach außen wölbten und drückte dann sein Gesicht in ihre Genitalien.

Jenny hörte, wie er aufstöhnte und als er seinen Kopf etwas anhob, konnte sie sehen, wie seine Zunge eifrig die kleinen Schamlippen leckte, die versteckt zwischen den größeren lagen. Die junge Frau stöhnte und zerrte an ihren Fesseln aber Jenny hatte schon genug beobachtet, um genau zu wissen, dass sie dieses Mal vor Lust stöhnte. Und ihr Partner schien genau zu wissen, wie er sie dazu bringen konnte, seine Spiele mit ihr zu genießen.

Während die junge Frau noch unter ihrer Erregung bebte, griff ihr Mann nach dem Gegenstand, der aussah wie eine Taschenlampe. Er tauchte ihn in eine kleine Dose, die schon auf dem Nachttisch stand. Als er den Gegenstand wieder hochhob konnte Jenny erkennen, dass er ihn in eine Art Gel getaucht hatte und dass der Kopf der Lampe damit eingehüllt war. Der Gegenstand schien so noch dicker, als er es ohnehin schon war. Während seine Finger ihren Kitzler streichelten, setzte er die Lampe an ihrem engen Poloch an und fing langsam an, sie hindurch zu drücken. War die junge Frau noch einer Sekunde total entspannt und hatte sich seinen Berührungen vollkommen gelöst hingegeben, so war ihr Körper plötzlich sehr angespannt und sie sah ihn erschrocken an.

„Meine Liebe,"

flüsterte er zärtlich.

„Du musst dich entspannen, das weißt du doch. Es ist doch nicht das erste Mal, dass wir dieses Spiel spielen, oder?"

Seine Frau nickte und versuchte, ihren Körper zu entspannen und sich dem Gefühl, das seine Finger an ihrer Klitoris auslösten, hinzugeben.

Die Beiden machten das nicht zum ersten Mal, erkannte auch Jenny.

In dem Moment, in dem sie nur noch ihren Orgasmus erwartete, der jeden Moment kommen musste, drückte ihr Mann die Lampe in ihre Öffnung und hielt an, als der breiteste Teil in ihrer engen Öffnung steckte. Die junge Frau schrie entsetzt auf und in diesem Moment erzeugten seine Finger an ihrem Kitzler den erwünschten Orgasmus. Sie schrie und zappelte in den Tüchern, die sie am Bett festhielten. Doch es waren nicht Schreie vor Schmerzen, sondern Schreie von purer Lust. Ihre Augen glänzten und verrieten sie. Erst als ihr Orgasmus langsam abklang, drückte ihr Partner die Lampe weiter in ihren Hintern. Wohlig genoss sie nun das ungeheure Gefühl in ihrem Arsch und dankte es ihm mit einem wunderbaren Lächeln. Auch ihr Partner lächelte sie glücklich an und kniete sich über ihr Gesicht.

„Möchtest du dein Geschenk?"

Seine Frau nickte heftig und öffnete ihren Mund.

Jenny konnte es nicht glauben, aber diese Frau betrachtete es als Geschenk, wenn ihr Mann in ihrem Mund ejakulierte und sie sein Sperma schlucken durfte. Wieder hatte sie dieses wunderschöne Lächeln um ihre Lippen. Ihr Mann stieß seine Eichel in ihren Mund und bewegte sich vor und zurück. Immer heftiger stieß er seinen Penis in ihrem Mund hin und her. Dann bemerkte Jenny, wie sich plötzlich die Pobacken des Mannes zusammenpressten und mit einem lauten Schrei, stieß er seinen Penis ein letztes Mal tief in den Rachen seiner Frau und ejakulierte dort. Sein Gesicht verzerrte sich, als sein Sperma aus seinem Glied in ihren Rachen geschleudert wurde. Das Gefühl, das dabei durch seinen Körper strömte, ließ ihn alles um sich herum vergessen.

Erst nach einer Weile kam er wieder zu sich und zog seinen Penis aus dem Mund seiner Partnerin. Beide lächelten sich glücklich an und er beugte sich hinunter, um sie innig auf ihren Mund zu küssen.

„Ich liebe dich, mein Schatz, ich liebe dich so sehr."

„Ich liebe dich auch,'

flüsterte sie zurück und der warme und liebevolle Blick ihrer Augen zeigten ihm, wie sehr sie ihn liebte.

„Darf ich jetzt weitermachen, ein Schatz?"

Sie nickte und erlaubte ihm, weiter mit ihrem Körper zu spielen.

Er stieg von ihr herunter und vergewisserte sich, dass die Lampe noch immer in ihrem Hintern steckte. Vorsichtig drehte er sie hin und her und zog sie etwas heraus, um sie sofort noch tiefer wieder hinein zu schieben. Seine Frau stöhnte dabei mehrfach auf, aber lächelte ihm dabei zu.

Jenny beobachtete, dass er nach einem neuen Gegenstand suchte und erschrak, als er die Spule wählte. Vorsichtig tastete er mit drei Fingern die Öffnung ihrer Scheide ab und prüfte so, ob sie feucht genug war, um das Spielzeug, dieses Mal die Spule, in sich aufzunehmen. Anscheinend hatte die Prüfung ergeben, dass sie feucht genug war. Seine Frau konnte nicht sehen, welchen Gegenstand er ausgesucht hatte und war überrascht, wie leicht es durch die Öffnung ihrer Vagina glitt.

„So ist es gut, ja, so ist es gut, bleib so entspannt, meine Liebe."

Langsam drückte er die Spuler tiefer und ihr Blick verriet, dass sie gerade begriff, dass es nicht so leicht bleiben würde. Je tiefer der Gegenstand in sie hinein glitt, umso dicker wurde er und umso enger fühlte sich ihre Scheide an. Wieder stöhnte sie, doch dieses Mal war es eher ein ängstliches Stöhnen.

„Entspann, dich, Liebling, bitte, bitte,"

flüsterte ihr Mann und begann erneut, an ihrem Kitzler zu spielen. Ihre Erregung stieg wieder und er erreichte, was er wollte. Der Gegenstand glitt tiefer und tiefer in ihre Scheide, bis sie leise aufschrie:

„Genug, bitte, genug. Ich bin zu eng!"

Sofort hörte er auf, obwohl noch ein Stück Spule aus ihr herausragte.

„Ist gut, mein Schatz, ist ja gut."

Zwei seiner Finger lagen jetzt um ihren Kitzler und bearbeiteten ihn. Massierten ihn so lange, bis ihr Atem aussetzte und er wusste, dass sie gerade den Anfang eines neuen Orgasmus' durchlebte. In genau diesem Moment schob er die Spule noch ein Stück weiter durch die mittlerweile weit gedehnte Öffnung ihrer Scheide. Der Schrei des Schmerzes, den die Spule nun in ihr ausübte und der Schrei des gleichzeitigen ungeheuren Gefühls eines Orgasmus' unterdrückte er, indem er eine Hand auf ihren Mund presste. Nur ihre weit aufgerissenen Augen verrieten, was gerade in ihrem Körper passierte. Als sich ihr Atem etwas verflachte, zog er leicht an der Spule und erlöste sie so, von dem ungeheuren Dehnungsgefühl. Ihre Augen schlossen sich und nach einer Weile keuchte sie:

„Danke, danke, ah, das ist gut, ja, so ist es gut."

Ihr Mann lächelte sie an.

„Ich weiß, mein Schatz. Ich weiß doch genau, was du brauchst und was dir gefällt. Außerdem mein Schatz weiß ich doch, wie weit ich gehen kann."

Als sie wieder ganz normal atmend dalag, band er erst ihre Hände und dann ihre Beine los.

„Möchtest du ein wenig spazieren gehen?"

Als sie nickte, hob er sie vom Bett auf und stellte sie auf ihre Füße. Leicht taumelnd und mit gespreizten Beinen stolzierte sie ein paar Schritte im Zimmer auf und ab, dabei lächelte ihr Mund und ihre Augen strahlten.

„Was für ein Gefühl,"
stammelte sie immer wieder.
„Was für ein Gefühl."
„Und nun mit zusammengepressten Beinen, los."
Wieder ging sie einige Schritte, doch dieses Mal stöhnte sie leicht dabei. Trotzdem lächelte sie ihren Mann zaghaft an.
Nach einer Weile hob er sie erneut hoch und legte sie wieder aufs Bett. Sie zog ihre Beine an und hielt sie unter den Kniekehlen mit ihren Händen fest. Ihre nackten Geschlechtsteile zeigten, dass sich die zwei Gegenstände noch tief in ihren engen Löchern befanden. Aus ihrem Hintern ragte der Griff der Lampe und aus ihrer Scheide ragte die dickste Stelle der Spule. Sie hob ihren Kopf leicht an und erblickte sich selbst zwischen ihren Beinen im Spiegel und wieder lächelte sie.
„Welches soll ich zuerst rausziehen?"
„Ist mir egal, Liebling. Ich überlasse es dir."
Prüfend sah er eine Zeitlang auf ihren nackten Unterleib und entschied dann, ihr zuerst die Lampe aus dem Po zu ziehen.
„Dann spürst du noch einmal eine ungeheure Dehnung, weil deine Fotze noch gefüllt ist."
Seine Frau lächelte dankbar und Jenny schüttelte sich.
‚Fotze, was für ein Wort. Er meinte damit bestimmt ihre Scheide.'
Langsam zog der fremde Mann nun an dem Griff der Lampe und gerade, als sie an ihrer dicksten Stelle in ihrem Poloch angekommen war, hörte er auf und ließ sie dort. Seine Frau, die immer noch zwischen ihren

Beinen zusah, stöhnte auf und ihre Augen wurden erneut glasig.

„Es ist zu eng, bitte, bitte, zieh es ganz raus, bitte."
Sie ließ sich auf ihren Rücken fallen und sah ihn flehentlich an.

„Willst du das wirklich?"
Wieder stöhnte sie laut auf und wand sich hin und her.

„Ja, wirklich!"
So, als ob er es besser wüsste, drehte er die Lampe erst noch ein paar Mal hin und her und erst als seine Frau noch lauter stöhnte, zog er sie langsam aus ihrem Hintern. Dankbar lächelte sie ihn an.

„Ich liebe dich, mein Schatz. Ich liebe dich sehr."
Nun steckte nur noch die Spule in ihrer Scheide. Schnell griff sie selbst nach unten und versuchte sie jetzt, da ihr Hintern von der Lampe befreit war, noch ein wenig tiefer in ihre Scheide zu drücken. Doch sie spürte, dass die Spule wirklich zu groß und ihre Scheide zu eng für sie war. Langsam zog sie das Spielzeug aus sich heraus und sah noch eine Weile im Spiegel zu, wie sich die Öffnung ihrer Vagina langsam wieder verengte. Dann kuschelte sie sich wie ein Embryo zusammen und schmiegte sich an ihren Mann, der sich neben sie gelegt hatte.

„Das war gut, oh, mein Liebling, das war gut. Ich liebe dich."

„Ich liebe dich auch."
Er zog die Decke über ihre Körper und löschte das Licht.

Auch der Monitor ging aus und Jenny saß noch lange wie benommen davor. Nie hätte sie geglaubt, dass man an solchen Spielen Gefallen finden könnte. Nie hätte sie geglaubt, dass es solche Spiele überhaupt gab.

Nachdem sie wieder in ihrem Zimmer war, fingen die Überlegungen erneut an.

Was nur konnte sie tun, um Mel nicht mit diesen Dingen konfrontieren zu müssen? Was nur konnte sie tun? Doch es fiel ihr nichts ein und so fiel sie endlich in einen tiefen Schlaf und hatte immer noch keine Lösung für ihr Problem gefunden.

Am nächsten Morgen war es schon früh sehr schwül und Jenny war froh, als sie ihre Arbeit im Frühstücksraum und in der Küche beendet hatte. Mel hatte angerufen und ihr mitgeteilt, dass sie lieber im Krankenhaus bleiben würde, da ein Unwetter vorhergesagt worden war. Sie bat Jenny, alle Fenster und Türen des Hotels zu verriegeln, was Jenny sofort tat.

Als es anfing zu regnen und zu stürmen, fühlte Jenny sich sicher. Doch als die ersten Blitze durch die Fenster schienen und die ersten lauten Donnergrollen zu hören waren, fürchtete sie sich doch alleine in diesem großen Haus. Der Wind zurrte an den Fensterläden und auf einmal wurde es taghell. Mit dem Blitz ertönte ein Donner, der das ganze Haus erzittern ließ. Mit einem Mal war es dunkel und nur die Blitze erhellten ab und zu ihr Zimmer, in das sich Jenny geflüchtet hatte.

Erst nach einer halben Stunde ließ das Gewitter etwas nach und Jenny fand den Mut nach unten zu gehen. Immer noch war es dunkel und Jenny ahnte, dass der Blitz die Stromleitungen getroffen haben musste.

Im Frühstückszimmer wartete sie darauf, dass der Sturm vorbeizog und es wieder hell werden würde. Es dauerte Stunden, bis es draußen ruhiger wurde, doch der Strom im Haus ging immer noch nicht. Daher konnte man auch nicht telefonieren. Mel versuchte immer wieder vom Krankenhaus aus, Jenny anzurufen, ohne Erfolg. Es war schon später Nachmittag, als plötzlich die Lichter wieder angingen. Erleichtert beeilte sich Jenny nach eventuellen Schäden zu sehen, konnte aber zum Glück keine feststellen. Als das Telefon klingelte war sie froh, endlich eine menschliche Stimme zu hören.

„Alles gut hier, Mel, wirklich. Es hat zwar fürchterlich geblitzt und gedonnert, aber es sind keine Schäden verursacht worden. Sogar hinter dem Haus ist alles in Ordnung und endlich haben wir auch wieder Strom."

„Jenny, wie gut, dass ich dich habe."

Mels Lob tat Jenny gut. Als sie in Jonathans Zimmer nach dem Rechten sehen wollte, stellte sie fest, dass die Anlage nicht mehr funktionierte. Der Blitz hatte eingeschlagen und alles, was sich bisher auf dem Rechner befunden hatte, gelöscht. Jenny war darüber so erleichtert, dass sie weinte. Aber es waren Tränen der Freude. nun musste sie Mel nicht mehr über die fiesen Machenschaften ihres Mannes aufklären.

Kapitel 7

Es war ein leichtes für Madeleine, ihre Mutter davon zu überzeugen, sie und ihren Bruder Jason zu einer gemeinsamen ‚Geschwisterzeit' gehen zu lassen. Am frühen Samstagmorgen packten sie alles was sie dafür benötigten in einen Picknickkorb und als Madeleine und Jason gemeinsam davon stapften, kullerten der Mutter ein paar Tränen die Wange hinunter. Sie war gerührt, doch hätte sie geahnt was wirklich hinter der angeblichen ‚Geschwisterzeit' steckte, hätte sie die Beiden nicht gehen lassen. Auch Madeleine war ahnungslos und steuerte geradewegs auf die kleine Hütte am Bach zu, die ihnen, als sie noch jünger waren, als Unterschlupf und Treffen für ihre ‚Geschwisterzeit' gedient hatte.
„Nein,"
bestimmte ihr Bruder.
„Heute gehen wir noch ein Stück weiter."
Ahnungslos und etwas überrascht folgte ihm Madeleine. Erst als sie in die Nähe des Dorfes kamen, wurde sie misstrauisch.
„Wo gehst du mit mir hin? Sollen wir etwa im Dorf picknicken?"
Doch Jason marschierte unbeirrt weiter. Er hatte Angst, dass sie wieder nach Hause zurückkehren würde, wenn er ihr den wirklichen Grund ihres gemeinsamen Picknicks sagen würde. Als sie am Rande des Dorfes angekommen waren, machte

Jason halt. Von Andrew war noch nichts zu sehen, aber es war auch noch früh am Morgen. Seine größte Sorge galt Madeleine. Was sollte er ihr sagen, wenn sie weiter fragte?

„Hier willst du bleiben?"

Etwas ungläubig sah Madeleine ihren Bruder an.

„Nur eine kurze Rast, Madeleine. Sei doch nicht so ungeduldig."

Zögernd setzte sie sich auf die Bank, die am Wegesrand stand. Zu Jasons größter Erleichterung fuhr schon nach ein paar Minuten ein altes Auto vorbei und hielt genau vor der Bank, auf dem die Geschwister saßen.

„Andrew,"

rief Madeleine ungläubig aus.

„Was machst du denn hier?"

„Ich wollte dich abholen."

„Mich?"

Ungläubig sah Madeleine erst zu Andrew und dann zu ihrem Bruder, der unter ihren Blicken unruhig und mit schlechtem Gewissen hin und her rutschte.

„Was bedeutet das?"

rief Madeleine laut und langsam wurde sie ärgerlich.

„Will mich bitte einer von Euch mal aufklären, was das hier soll?"

„Ist ja schon gut, Madeleine,"

beruhigte sie Andrew.

„Es ist alles meine Schuld. Ich habe Jason gebeten, dich unter einem Vorwand hier hin zu bringen. Ich habe nämlich eine Überraschung vor und deine Eltern hätten es dir bestimmt nicht erlaubt.

„Eine Überraschung?"

„Ja, und das soll es auch noch bleiben. Vertraust du mir?"

Ein wenig zögerlich nickte Madeleine, da sie einfach zu überrascht war.

„Gut, das freut mich. Jason Du gehst bis zu unserer Rückkehr in die Werkstatt und schraubst ein wenig an deinem Roller und.."

Sofort fiel ihm Madeleine ins Wort.

„An seinem Roller? Was bedeutet das schon wieder?"

„Erkläre ich dir alles später. Nun komm, wir müssen fahren sonst wird es zu spät, bis wir wieder zurückkommen und ich möchte nicht, dass sich deine Eltern um Euch sorgen müssen."

Höflich half er Madeleine in das alte Auto und fuhr mit ihr davon.

„Wo fahren wir hin?"

Immer wieder stellte Madeleine diese Frage und Andrew lächelte stets als Antwort. Während der Fahrt bemerkte er, dass ihr Kleid beim Einsteigen verrutscht war und ihre wunderschönen Oberschenkel zur Hälfte freigaben. Zärtlich legte er seine linke Hand auf ihren rechten Oberschenkel, und streichelte ihn sanft. Madeleine schloss die Augen und genoss das Gefühl, das seine Hand in ihr auslöste. Sie rutschte ein wenig tiefer in den Autositz und spreizte dabei ihre Beine etwas. Sofort stöhnte Andrew auf.

„Madeleine, du machst mich verrückt, weißt du das?"

„Pass auf, du musst achtgeben wohin du fährst,"

rief Madeleine erschrocken, als das Auto bedenklich nahe an den Straßenrand kam.

„Du hast recht,"

stöhnte Andrew.

„Es ist zu gefährlich."

Doch er ließ seine Hand auf dem weichen Fleisch ihres Schenkels und bog in den nächsten Feldweg ein. Nachdem er das Auto außer Sichtweite der Straße geparkt hatte, beugte er sich erregt zu Madeleine.

„Madeleine, ach, Madeleine, du machst mich heiß."

Mit zittrigen Händen öffnete er die Knöpfe des Kleides und sofort sprangen ihre festen Brüste heraus.

„Madeleine, oh, Madeleine, du bist so schön,"

flüsterte er erregt und drückte seinen Kopf zwischen ihren Busen. Laut schmatzend saugte er an ihrer linken Brustwarze und zwirbelte die rechte mit seinen Fingern. Madeleine stöhnte unter seinen Berührungen auf.

„Andrew, bitte, Andrew. Nicht so fest, bitte, du tust mir weh."

Sofort hörte er auf und sah sie erschrocken an.

„Es tut mir leid, Madeleine, aber du machst mich verrückt."

Ehe es sich Madeleine versah, landete sie plötzlich auf ihrem Rücken und ihre Beine strampelten in der Luft. Andrew hatte einen Hebel betätigt, der ihre Rückenlehne nach hinten kippte. Sofort griff er unter ihre Beine und drückte sie auf Madeleines Brust. Der schmale Streifen ihres Höschens war nicht breit genug, um ihre neugierigen Schamhaare ganz zu verdecken. Mit einem erregten Aufschrei drückte Andrew sein Gesicht auf den schmalen Streifen ihrer Unterhose, sog den Duft ihrer Scham tief in sich ein und merkte, dass ihr Höschen schon feucht war.

Er saugte wie wild am Stoff ihres Höschens und schob ihn dann etwas auf die Seite, um näher an ihre Genitalien zu gelangen. Der Duft, er aus ihrer Scheide in seine Nase drang, erregte ihn derart, dass er versuchte, seine Zunge so tief wie er nur konnte, in ihre Vagina zu drücken. Schlürfend saugte er das köstliche Nass aus ihr heraus und stöhnte dabei laut auf.

„Madeleine, ah, Madeleine."

Sein Gesicht war von der Feuchte ihrer Genitalien nass und glänzte. Mit keuchendem Atem beugte sich Andrew über Madeleines Gesicht und stieß seine Zunge in ihren Mund, um sie an ihrem Geschmack teilhaben zu lassen. Madeleine saugte sich daran fest und ließ seine Zunge erst wieder los, als er sie herauszog.

Sie ließ es bereitwillig zu, dass er ihr erst das Kleid über ihren Kopf zog und ihr dann ihr Höschen über ihre Beine nach unten auszog.

„Du bist so schön, Madeleine, oh, du bist so schön."

Während er sie liebevoll betrachtete und an den Nippeln ihrer Brüste saugte, bemühte sich Madeleine darum, den Gürtel seiner Hose zu öffnen. Es gelang ihr und auch den Reißverschluss konnte sie problemlos herunterziehen. Madeleine wollte nicht warten, bis er seine Hose ausgezogen hatte, daher griff sie durch den Schlitz seiner Unterhose und zog sein hartes Glied heraus. Sofort stöhnte Andrew laut auf.

„Warte, Madeleine, warte, ich ziehe mich aus."

Sie lag vor ihm, ihre Beine auf ihren Brüsten und sah ihm zu, wie er sich in dem engen Auto abmühte, seine

Hose und seinen Slip auszuziehen. Endlich hatte er es geschafft und ohne dass Madeleine etwas gesagt hätte, kniete er sich über ihr Gesicht und vergrub sein Gesicht in ihren Genitalien und saugte ihren Duft laut hörbar ein.

„Madeleine, meine Madeleine,"
stöhnte er und ließ seine Zunge zwischen ihren Schamlippen hin und her wandern. Nicht nur die Innenwände ihrer äußeren Schamlippen leckte er genüsslich ab, auch die kleineren Schamlippen dazwischen kostete seine Zunge aus. Die Finger seiner rechten Hand spielten währenddessen mit dem runzligen, engen Loch zwischen ihren Pobacken und die Finger seiner linken Hand kraulten ihre gelockten kleinen Härchen, die sich um ihre Scham ringelten.

Madeleine spürte plötzlich, wie er zwei der Finger seiner rechten Hand tief in ihre feuchte Scheide einführte und sie dort hin und her bewegte. Dann, als sie von ihrer Feuchtigkeit umhüllt waren, zog er sie vorsichtig hinaus und drückte sie ohne Vorwarnung in ihr enges Poloch.

„Andrew, ah, Andrew,"
schrie Madeleine für einen kurzen Moment auf, um sich dann dem erregenden Gefühl, die seine Finger in ihrem Hintern bei ihr auslösten, hinzugeben.

„Ja, Andrew, ja, gut, das ist gut, ah, Andrew,"

Doch Andrew wollte nicht nur seine Finger in ihrem Hinter beobachten, er wollte auch ihre Scheide damit füllen. Während Madeleine sich noch ganz dem Gefühl in ihrem Hintern hingab, spürte sie plötzlich, wie seine Finger auch ihre Scheide eroberten. Wie viele er in sie hineingedrückt hatte wusste sie nicht, doch es waren mehr als zwei, das fühlte sie und ihr Atem wurde heftiger, denn es erregte sie ungemein. Zu wissen, dass sie mit seinen Fingern gefüllt war und dass er alles dabei beobachtet, ließ ihre Erregung ins Unermessliche steigen.

Andrew hatte vier Finger in ihrer Vagina und er war selbst erstaunt darüber, wie leicht es ihm gelungen war, in sie einzudringen. Er wollte mehr. Er wollte, dass sie seine ganze Hand in sich aufnahm.

Während Andrew Madeleines Scheide und ihr Poloch mit seinen Fingern füllte, hatte Madeleine den Hodensack Andrews in ihren Mund genommen und leckte zärtlich an ihm. Sie wusste, wie empfindlich er reagierte, wenn sie zu heftig an diesem Körperteil saugte oder massierte. Daher ging sie sehr sorgfältig mit ihm um.

„Nimm meine Eier aus deinem Mund, bitte Madeleine,"

stöhnte Andrew plötzlich und Madeleine tat, was er wünschte, doch es überraschte sie. Sonst stöhnte er vor Lust, wenn sie an seinem Hodensack saugte. Doch dann wurde ihr klar, warum er wollte, dass sie ihn aus ihrem Mund nehmen sollte. Andrew hatte seine Finger aus ihrer Scheide genommen und seinen Daumen in seine Handinnenseiten gelegt. So drückte er langsam und vorsichtig seine ganze Hand in Madeleines Scheide. Bei dem ungeheuren Gefühl der Dehnung, das sie plötzlich verspürte, verkrampfte sie.

„Madeleine, bitte, bitte, du musst ganz locker bleiben. Bitte Madeleine, bitte. Entspann dich, ich tue dir nicht weh, aber du musst dich entspannen."

Da er es nicht gleich wieder versuchte, entspannte sich Madeleine bis sie spürte, dass er ihr noch einen zusätzlichen Finger in den Po steckte.

„Andrew, ah, Andrew. Was machst du da?"

„Ist schon gut, meine kleine Madeleine, ist schon gut. Gleich wirst du spüren, wie toll es sich anfühlt. Entspann dich ganz einfach und genieße es."

Eifrig züngelte dann seine Zunge wieder zwischen ihren Schamlippen und er zog sie auseinander und saugte sich an ihrem Kitzler fest.

„Andrew, ja, Andrew, oh, Andrew!"

Madeleine stöhnte laut auf und in dem Moment, indem er ihr zu einem Orgasmus an ihrer Klitoris mit seinem Mund verhalf, drückte er seine Hand bis zur Hälfte in ihre Scheide. Madeleine schrie ihre Wollust hinaus, aber gleichzeitig auch ihren Dehnungsschmerz, der zusammen mit dem immensen Lustgefühl einherging. Sie bewegte ihren Unterleib hin und her und auf und ab und stöhnte laut ihre Lust laut hinaus.

Langsam klang der ungeheure Orgasmus, der ihren ganzen Körper zum Zittern gebracht hatte, ab. Nur das ungeheure Dehnungsgefühl in ihrer Scheide blieb zurück.

„Andrew, bitte, Andrew,"

stöhnte Madeleine und versuchte, seinen Fingern und seiner Hand zu entkommen. Doch da er über ihr kniete und es eng war in dem alten Auto, hatte sie keine Möglichkeit dazu.

„Genieß es, bitte Madeleine."

Andrew hatte bewusst seine Hand an der dicksten Stelle angehalten. Nun drückte er sie langsam ganz in ihre Vagina und Madeleine entspannte sofort.

„So ist es gut, meine Kleine, ja, so ist es gut. Nun nimm meinen Schwanz in deinen Mund und mach mit ihm, was du willst."

Andrew stöhnte laut auf, als Madeleine hart nach seinem Penis griff und ihn vor ihr Gesicht zerrte.

„Ah, Madeleine, ah. nicht so fest!"

Doch Madeleine hörte nicht auf ihn und sah nicht, wie ein Lächeln über Andrews Gesicht lief. Sie zahlte es ihm heim und er genoss es. Während Madeleine seine Eichel mit ihrer Zunge verwöhnte und die ersten Liebestropfen erregt ableckte, bewegte Andrew seine Hand in ihrer Vagina und seine Finger in ihrem Hintern. Der Anblick ihrer nackten Scheide, in dem seine Hand steckte und der Anblick des nackten, engen Loches zwischen ihren gedehnten Hinterteilen, in dem sich drei seiner Finger befanden und sie dort fickten, erregte Andrew. Überhaupt, ihre gesamte nackte Scham erregte ihn so, dass er glaubte, sein Penis würde sofort abspritzen.

„Nimm ihn in den Mund, Madeleine, schnell,"

keuchte Andrew auf und in demselben Moment, indem sich Madeleines Lippen um sein Glied gestülpt hatten, ejakulierte es in ihrem Mund und Andrew keuchte seine Lust heraus.

„Madeleine, ja, Madeleine, ah!"

Eine Weile blieben sie so liegen, dann zog Andrew langsam seine Finger aus ihrem Hintern und vorsichtig seine Hand aus ihrer Scheide. Mit kleinen Küssen auf ihr runzliges kleines Loch zwischen ihren Pobacken und auch zwischen ihre Schamlippen, bedankte sich Andrew bei Madeleine.

„Du bist wunderbar, meine kleine Madeleine. Ich liebe dich."

„Ich liebe dich auch,"

antwortete Madeleine. Langsam lösten sich ihre Körper voneinander und als Andrew sich vergewissert hatte, dass niemand zu sehen war, stiegen sie aus dem Auto aus und zogen sich langsam wieder an.

„Wohin fahren wir denn eigentlich, Andrew?"

Andrew hatte Angst es ihr zu sagen. Warum wusste er nicht.

„Ein Geheimnis. Aber ich werde es dir später sagen, ok?"

Madeleine nickte zögerlich.

„Ok, ich vertraue dir."

Nun wurde es Andrew ganz warm ums Herz und er nahm sie zärtlich in die Arme.

„Niemals würde ich dir wissentlich weh tun, das musst du mir glauben, kleine Madeleine, dafür habe ich dich einfach zu lieb."

Andrews Worte verfehlten ihre Wirkung nicht. Still setzte sie sich neben ihn ins Auto und fuhr ohne Bedenken weiter mit. Die ganze Zeit lag ihre Hand auf seinem starken Oberschenkel, so, als wollte sie sagen:

„Beschütze mich" und „ich vertraue dir."

Nachdem sie fast eine Stunde über Land gefahren hatte, hielt Andrew plötzlich das Auto an.

„Madeleine, ach, ich weiß gar nicht, wie ich es dir sagen soll."

Er schaute sie kläglich an.

„Was ist los, Andrew? Was willst du mir sagen?"

Andrew fühlte sich plötzlich unwohl und fing an zu zittern.

„Madeleine, weißt du, ach, ach, Madeleine."

Er nahm sie in seine Arme und Madeleine wusste nicht, welche Schlüsse sie aus seinem Verhalten schließen sollte.

„Siehst du dort hinten das große Farmgebäude?"

Madeleines Blick folgte seinem ausgestreckten Finger und sah in der Ferne ein großes Anwesen.

„Du meinst das, mit dem großen Balkon?"

„Ja, ja Madeleine, genau das."

„Ein wunderschönes Haus, aber was ist damit, Andrew?"

Er druckste etwas herum und nahm sie dann fest in seine Armen. Seine Augen ließen keinen Blick von ihr als er sagte:

„Das ist mein Elternhaus, Madeleine. Dort bin ich zuhause."

Madeleine wollte lachen und ihn ausschelten, aber sein Blick zeigte ihr, dass er nicht log und auch nicht scherzte, sondern die Wahrheit sprach.

„Aber, aber,"

versuchte Madeleine zu verstehen.

„Es ist eine lange Geschichte, Madeleine. Ich bin von zuhause weggelaufen und heute das erste Mal wieder hier. Ich wollte dich eigentlich meiner Mutter vorstellen, aber jetzt verliere ich den Mut."

Madeleine sah den Mann an, den sie so sehr liebte und den sie anscheinend doch so wenig kannte.

„Warum hast du keinen Mut mehr? Wovor hast du Angst? Sie ist deine Mutter, Andrew. Vor der eigenen Mutter muss man sich doch nicht fürchten."

Ein Lächeln glitt über Andrews Gesicht.

„Ach, Madeleine. Du hast recht. Vor meiner Mum muss ich keine Angst haben und du erst recht nicht."

Er wollte das Auto wieder starten, aber drehte sich dann noch einmal zu Madeleine.

„Weißt du, Madeleine, ich, ach Madeleine. ich heiße nicht Andrew, sondern Gregory."

Madeleines Augen schauten ihn verblüfft an.

„Nicht Andrew? Aber,"

Doch bevor sie weiter fragen konnte antwortete Andrew:

„Als ich in der kleinen Werkstatt anfing, nannte mich der Meister einfach Andrew und da belieβ ich es dabei. Ist das schlimm?"

Madeleine schüttelte ihren Kopf. Was sie gerade über Andrew, nein, er hieß ja Gregory, erfuhr, war ein bisschen viel auf einmal. Sie musste es erst langsam begreifen.

Gregory startete den Wagen und fuhr im Schneckentempo auf die Farm zu. Madeleine saß neben ihm und staunte über das Anwesen. So eine große Farm hatte sie noch nie in ihrem Leben gesehen. Die vielen Tiere, die auf den Koppeln herumliefen entzückte sie und immer wieder stieß sie kleine Jubelschreie aus.

„Andrew, sieh mal dieses kleine Schaf, ach wie süß," oder

„ihr habt Pferde, Andrew, ich wollte schon immer ein Pferd aber meine Eltern konnten es sich nie leisten."

Gregory wusste, sie würde noch eine Weile brauchen, um sich an seinen richtigen Namen gewöhnt hatte. Seine Nervosität stieg, je näher sie dem Haus kamen.

Plötzlich lief ein Mädchen aus einem der Ställe direkt auf ihr Auto zu.

„Die ist aber süß,"

rief Madeleine spontan aus. Fahr vorsichtig, sonst überfährst du sie noch. Gehört sie zum Hof?"

„Das ist Grace, meine kleine Schwester."

Ungläubig sah Madeleine ihn von der Seite an.

„Du musst mir schon glauben, Madeleine. Sie ist eine Nachzüglerin und sehr verwöhnt."

Madeleine hörte aus seinen Worten, dass er verletzt war und seine kleine Schwester hatte wohl etwas damit zu tun.

Als Gregory den Wagen anhielt, kam Grace herbeigelaufen, um zu sehen, wer sich auf die Farm verirrt hatte. Als Gregory die Tür des Autos öffnete, stand Grace für einen Moment ganz still, um dann laut loszubrüllen:

„Mum, Mum, Dad. Es ist Gregory. Gregory ist wieder da."

Ohne einen Augenblick zu verharren, warf sie sich in die Arme von Gregory und küsste sein ganzes Gesicht.

„Gregory, mein Gregory,"

rief sie immer wieder aus und trieb Tränen in Madeleines Augen.

„Sie hat dich so vermisst,"

sagte sie leise zu Gregory und sah, dass auch seine Augen feucht geworden waren. Er hielt seine kleine Schwester in seinen Armen und sie hatte ihre Arme so fest um seinen Hals geschlungen, als ob sie ihn nie wieder los lassen wollte.

Aus einem der Stallgebäude trat ein älterer Mann und Madeleine erkannte sofort, dass es Gregorys Vater sein musste. Die Ähnlichkeit war frappierend. Langsam, so als ob er es nicht glauben konnte, kam er auf sie zu und mit jedem Schritt, den er näher kam, verstärkte sich sein Lächeln.

„Dad, das ist Gregory, er ist wieder da,"
rief Grace jubelnd.

„Ich sehe es, mein Kleines, ich sehe es."
Madeleine sah, dass er weinte und als sie zu Gregory blickte, bemerkte sie, dass auch er weinte. Dann hatte der Vater seine Arme um seine beiden Kinder geschlungen und sein Körper zitterte vor Freude.

„Ich dachte, ich würde dich nie mehr sehen, mein Sohn. Ich hatte solche Angst um dich."
Aus der Tür des großen Hauses trat in dem Moment eine Frau und blickte zu ihnen.

„Mum, Mum, Gregory ist wieder da."
Grace konnte gar nicht laut genug ihrer Freude über die Rückkehr ihres großen Bruders kundtun. Gregory blickte in die Richtung seiner Mum, stellte seine kleine Schwester wieder auf ihre Füße und mit dem Arm seines Vaters um ihn gelegt ging er langsam auf seine Mutter zu.

„Mum, Mum, ach Mum, ich habe dich so vermisst."
Madeleine musste schluchzen, als sie sah, wie seine Mutter ihn umarmte. Die kleine Grace stand vor ihr und musterte sie.

„Wer bist du?"
Sie hatte die Frage so laut gestellt, dass sie selbst im Jubeltaumel und der Wiedersehensfreude der Eltern

nicht unterging. Gregory löste sich von seinen Eltern und zog Madeleine zu ihnen.

„Mum, Dad. Das ist Madeleine. Ich liebe sie und will sie heiraten."

Madeleine stand schüchtern vor seinen Eltern und wusste nicht, was sie sagen sollte. Doch sie war etwas empört.

„Du hast mich noch gar nicht gefragt, ob ich will."

Der entrüstete Ton in ihrer Stimme sorgte für Heiterkeit, doch Madeleine meinte es ernst.

„Du kannst mich nicht einfach zu deinen Eltern schleppen und ihnen sagen, dass wir heiraten. Erst will ich gefragt werden, ob ich auch will."

„Madeleine, willst du meine Frau werden?"

Mit dieser Frage hatte er den Wind aus ihren Zornesflügeln geholt und Madeleine nickte überrumpelt.

„Natürlich will ich. Was für eine Frage."

Madeleine drehte sich um, um zum Auto zurück zu gehen.

„Was willst du da?"

„Den Picknickkorb holen, sonst verderben die Lebensmittel in dieser Hitze."

Madeleine hatte nicht bemerkt, dass der Korb nicht im Auto war. Gregory hatte ihn Jason dagelassen, damit er etwas zu essen hatte. Er selbst hatte insgeheim gehofft, dass sie bei seinen Eltern zu Mittag essen würden. Madeleine wusste nicht, dass sie mit ihrer Fürsorge seiner Mutter und seinem Vater gerade sehr imponierte.

Der Tag verging viel zu schnell und als Gregory und Madeleine zurückfuhren, hatte Gregory seinen Eltern versprochen, am nächsten Montag für immer auf die Farm zurückzukehren. Nun standen den Beiden noch die Aussprache mit Madeleines Eltern an, vor denen sie großen Respekt hatten.

Kapitel 8

Madeleine war wieder daheim bei ihren Eltern. Mel hatte für das Hotel sehr schnell einen Käufer gefunden und war mit Jonathan in eine Wohnung gezogen. Er würde leicht behindert bleiben, aber nicht so schlimm, wie sie es am Anfang befürchtet hatten. Zuhause bei den Eltern studierte Jenny täglich die Tageszeitung in der Hoffnung, eine neue Anstellung zu finden. Bisher sah es nicht sehr hoffnungsvoll aus, doch eines Tages weckte sie ihre Mutter.

„Das ist etwas für dich, Jenny, sieh mal die Annonce hier."

In der Anzeige stand, dass eine Gesellschafterin für eine ältere Dame, die in London lebte, gesucht wurde.

„Mum, ich bin doch keine Gesellschafterin,"

wehrte Jenny erst ab doch ihre Mutter überzeugte sie, sich zu bewerben. Schon eine Woche später stand Jenny vor der angegebenen Adresse und zitterte vor Erregung. Sie hatte sich bisher noch nie irgendwo vorstellen müssen und wusste nicht so richtig, wie man sich dabei anstellen musste. Vorsichtig drückte sie auf den Klingelknopf und als sich die Türe vor ihr öffnete, trat sie herzklopfend in das Haus. Es war ein großes, altes Haus mit hohen Stuckdecken und schweren, hölzernen Türen. Auf dem Boden lagen dicke Teppiche, die das Geräusch der Schritte schluckten. Das Hausmädchen, das die Tür für Jenny geöffnet hatte, führte sie in einen kleinen Salon und bat sie, dort Platz zu nehmen. Sie würde der gnädigen

Frau Bescheid sagen, dass sie da wäre. Am liebsten wäre Jenny sofort wieder gegangen, denn so einen formalen Umgang war sie nicht gewohnt. Sie hatte Angst, dem nicht gerecht zu werden.

Es vergingen ungefähr fünf Minuten, dann öffnete sich die Tür wieder und das gleiche Hausmädchen bat Jenny, ihr zu folgen. Sie schritten durch einen langen Flur und an dessen Ende befand sich eine Tür, die das Mädchen öffnete. Sie bat Jenny hinein und schloss die Tür hinter ihr.

„Treten Sie bitte näher,"

rief eine Stimme und Jenny trat näher und bemerkte eine ältere Dame in einem riesigen Ohrensessel.

„Das ist besser, so kann ich Sie wenigstens sehen."

Die ältere Dame reichte Jenny ihre Hand und in dem Moment erkannte Jenny, wen sie vor sich hatte. Es war die Dame, die vor einigen Wochen einen Schwächeanfall erlitten hatte und für die sie einen Krankenwagen herbeigerufen hatte.

„Sie kommen mir so bekannt vor,"

hörte sie die Stimme der Dame.

„Kennen wir uns?"

„Ja, wir kennen uns, das heißt, wir sind uns schon einmal begegnet, als es Ihnen nicht so gut ging, wissen Sie noch?"

Die ältere Dame überlegte einen Moment und sah Jenny genau an. Dann glitt ein Lächeln über ihr Gesicht.

„Ja, natürlich. Sie sind mein Engel. Sie sind es, die damals den Rettungswagen für mich gerufen hatte, stimmt's?"

Jenny nickte.

„Ja, das stimmt. Das war ich. Wie geht es Ihnen?"

„Danke, vielen Dank, es geht mir wieder gut. Setzen Sie Sich doch bitte zu mir, mein Kindchen. Wie heißen Sie eigentlich?"

„Jenny, Madam, ich heiße Jenny."

„Und Sie wollen sich mit so einer alten Frau wie mir abgeben?"

Jenny sah überrascht zu ihr hin.

„Sie kommen doch wegen der Anzeige, oder?"

„Ach, das hatte die alte Dame gemeint. Jenny nickte.

„Ja, Madam, ich wollte mich bei Ihnen vorstellen."

„Haben Sie das schon einmal gemacht?"

Jenny schüttelte ihren Kopf.

„Nein, Madam. Bisher habe ich in der Pension meiner Eltern ausgeholfen und für ein paar Monate in einem Hotel gearbeitet. Doch das wurde nun verkauft."

„Ich kann manchmal etwas schwierig sein, mein Kindchen."

Die alte Dame schmunzelte bei ihren Worten.

„Glauben Sie, dass Sie immer noch für mich arbeiten wollen?"

Jenny lächelte.

„Ja, Madam. Das würde ich sehr gerne."

Madeleine konnte sich beim besten Willen nicht vorstellen, dass diese nette alte Dame schwierig sein konnte.

„Gut. Wann können Sie anfangen?"

„Sofort, Madam".

„Gut. Selbstverständlich wohnen Sie in diesem Haus. Es hat viel zu viele leere Zimmer. Ich schlage vor, Sie

fahren erst einmal nach Hause und holen ihre Sachen. Dann kommen Sie zu mir. Einverstanden?"
„Einverstanden, Madam. Sehr gerne, Madam."

Die alte Dame klingelte und das Mädchen von eben betrat wieder den Raum.
„June, begleiten Sie Jenny hinaus. Sie wird ab morgen als meine Gesellschafterin hier wohnen. Bitte bereiten Sie das größere Gästezimmer für sie vor. Auf Wiedersehen Jenny und ich sehe Sie dann morgen."
„Auf Wiedersehen, Madam."
Als sie gemeinsam mit June den Flur hinuntergingen, drehte sich June zu Jenny um und sagte:
„Ich freue mich, dass Sie kommen. Die alte Lady ist sehr nett."
„Ich freue mich auch, June. Ja, ich glaube auch, dass sie sehr nett ist. Ich freue mich, hier arbeiten zu dürfen. Bis morgen June."
„Bis Morgen, Jenny.
Ihre Eltern freuten sich mit Jenny, dass sie so schnell wieder eine Anstellung gefunden hatte. Trotzdem war der Abschied traurig, denn viel lieber hätten sie es gesehen, wenn Jenny ihre Pension weiter geführt hätte. Doch sie wussten, dass sie diese ungewisse Zukunft Jenny nicht aufbürden konnten.
Es vergingen einige Wochen, in denen sich Jenny bei der alten Dame einlebte und sehr wohl fühlte. Immer wieder erzählte sie von ihrem Neffen, der sich rührend um sie kümmerte.
‚Warum lässt er sich nicht einmal hier sehen?'
dachte Jenny zwar jedes Mal, wenn die alte Dame wieder von ihm schwärmte, doch sie hütete sich, es

auszusprechen. Mittlerweile hatte sie auch mitbekommen, dass die alte Lady zwar eine große Verwandtschaft besaß, sich außer dem Neffen aber sonst niemand um sie kümmerte oder gar sehen ließ. Jenny tat sie in diesen Momenten, da sie darüber sprach, sehr leid. Wie einsam musste sie sein. Sie hatte ihr erzählt, dass ihr Mann früh gestorben und sie kinderlos geblieben war. Nach dem Tod ihres geliebten Mannes hatte sie nie mehr einen anderen Mann angesehen. Jenny bekam zwar die häufigen Anrufe des Neffen mit, aber gesehen hatte sie ihn noch nie.

Eines Tages klingelte es. Das Hausmädchen hatte an diesem Nachmittag frei und so war es Jennys Aufgabe, die Tür zu öffnen. Doch bevor sie sie überhaupt erreicht hatte, wurde sie schon von außen geöffnet und ein junger Mann betrat das Haus. Jenny sah ihn nur von hinten und wollte ihn gerade erstaunt fragen, wie er es geschafft hatte, herein zu kommen, als er sich umdrehte.

„Jenny?"

„Don?"

„Was machst du denn hier?"

„Wie kommst du hier herein?"

Fassungslos sahen sich beide an, als die ältere Dame rief:

„Jenny, Jenny. Wer ist gekommen?"

„Ich bin es Tante Claire, ich, Don."

„Mein Junge, ach wie ist das schön, komm herein."

Jenny blieb stocksteif stehen.

‚Don war der Neffe dieser netten alten Dame?'

Immer wieder hatte er ihr von ihr erzählt, aber nie hatte sie daran gedacht, dass seine Tante Claire, die er vergötterte und die alte Dame, der sie geholfen hatte, ein und dieselbe Person waren. Langsam ging sie auf das Zimmer zu, in dem gerade eine herzliche Begrüßung stattfand.

„Mein Junge, Don, ach, dass du endlich wieder einmal da bist."

Jenny stand in der Tür und beobachtete die herzliche Willkommensszene.

„Don, hast du Jenny schon kennen gelernt? Ich habe sie als Gesellschafterin eingestellt und außerdem ist sie die junge Dame, die mir damals, als ich den Schwächeanfall erlitt, so selbstlos geholfen hat."

„Du warst das?"

Verblüfft sah Don zu Jenny.

„Weißt du überhaupt, wie sehr wir damals nach dir gesucht haben?"

„Ihr kennt Euch?"

Die alte Dame sah etwas irritiert zu den beiden jungen Menschen, die nicht fassen konnten, unter welchen Umständen sie sich wieder begegneten.

„Ja Tante Claire, wir kennen uns. Jenny arbeitete in dem kleinen Hotel, in dem ich immer übernachtete, wenn ich in London war."

„Statt bei mir zu übernachten,"

maulte Tante Claire, doch dabei lächelte sie.

„Ach Tante Claire, du weißt doch warum. Die Zeiten, in denen ich kam und ging hätten deinen Tagesrhythmus nur gestört, und das wollte ich nicht."

„Ist er nicht ein wundervoller Mann?"

Jenny errötete bei dieser Frage und eilte schnell hinaus, um Tee und etwas Gebäck zu holen.

„Wie hast du Jenny gefunden?"

fragte Don.

„Ich habe sie nicht gefunden, sie hat mich gefunden," antwortete Tante Claire schelmisch.

„Wir hatten doch eine Anzeige aufgegeben, in der wir eine Gesellschafterin für mich suchten. Erinnerst du dich?"

„Natürlich, Tante Claire."

„Nun, sie war eine der Damen, die sich bei mir vorstellten und sie gefiel mir auf Anhieb. Außerdem erkannte ich in ihr meine Retterin von damals. Natürlich stellte ich sie sofort ein."

„Das war genau richtig,"

bekräftigte Don Tante Claires Entscheidung.

„Sie gefällt dir, mein Junge, oder?"

Don errötete.

„Ja, Tante, Claire. Sie gefällt mir sehr.

„Weiß sie es? Hast du es ihr schon gesagt?"

Don schüttelte den Kopf.

„Nein, es ergab sich noch keine passende Gelegenheit."

„Nun, jetzt gibt es keine Ausrede mehr. Ich werde dafür sorgen, dass es von nun an viele passende Gelegenheiten geben wird."

„Ach, Tante Claire. Du bist die beste Tante dieser Welt."

Don, der einige Tage in London beruflich verbringen musste, quartierte sich in Tante Claires kleinerem Gästezimmer ein. Nachdem sie zusammen zu Abend gegessen hatten, zog sich Tante Claire schon früh in ihr Zimmer zurück.

„Es war ein aufregender Tag und ich werde früh zu Bett gehen."

„Gute Nacht, Madam,"
antwortete Jenny höflich.

„Gute Nacht, Tante Claire, schlaf gut."

„Gute Nacht Ihr Beiden. Es ist noch warm draußen, warum geht Ihr nicht ein wenig spazieren?"

„Gute Idee, Tante Claire."
Dann drehte er sich zu Jenny.

„Hast du Lust mit mir spazieren zu gehen?"
Jenny nickte ihm zu. Sie zitterte vor Aufregung, als sie wenig später mit Don das Haus verließ, um durch die angenehme Stille der ruhigen Vorstadt zu schlendern.

„Es ist schön hier,"
sagte sie versonnen.

„Ich liebe diesen Teil Londons."

„Ich auch, Jenny. Hier entstand die Stadt vor vielen Hunderten von Jahren und immer wenn ich hier bin, gehe ich durch die Straßen. Irgendwie erinnert es mich an die Geschichten, die mir meine Nanny immer über die Könige Englands erzählte."

„Du hattest eine Nanny?"

„Ja."
In diesem Moment begriff Jenny, dass er aus einem sehr reichen Haus stammen musste und es wurde ihr bewusst, wie arm sie und ihre Familie waren. Spontan drehte sie sich um und fing an, den Weg zurück zu laufen. Schweratmend kam sie vor Tante Claires Haus an. Don, der ihr so schnell er konnte

nachgelaufen war erreichte sie gerade, als sie durch die eiserne Pforte zur Haustür laufen wollte.

„Jenny, Jenny. Was ist los? Warum rennst du plötzlich los, als ob der Teufel hinter dir her wäre? Was habe ich gemacht, dass du vor mir davonläufst? Habe ich etwas Falsches gesagt?"

Jenny schüttelte ihren Kopf.

„Nein, nein, Don, es tut mir leid. Es ist nichts und du hast auch nichts Falsches gemacht."

Doch bevor sie die schwere Eichentür aufschließen konnte, hatte Don sie gepackt und hielt sie fest in seinen Armen.

„Jenny, was ist los? Irgendetwas hat dich doch erschreckt? Umsonst läuft man doch nicht so schnell davon, wie du das eben gemacht hast. Also, was ist los?"

Als Jenny sein Gesicht so nah vor ihrem sah, hätte sie ihn an liebsten auf seine Lippen geküsst, wagte es aber nicht. Auch Don sah sie plötzlich ernst an. Die Lippen, die er am liebsten geküsst hätte, waren so dicht vor ihm und in ihren Augen sah er einen Glanz, wie er ihn noch nie zuvor gesehen hatte.

‚Sie liebt mich,'

durchfuhr es ihn. Nun hielt ihn nichts mehr zurück. Zärtlich verstärkte er den Druck seiner Arme und zog sie noch näher an sich heran. Ihre Lippen öffneten sich leicht und ehe sie sich wehren konnte, presste er seine Lippen auf ihre und küsste sie so zärtlich, wie es nur Liebende tun. Jenny durchlief ein wohliger Schauer und nur für Sekunden dachte sie daran, ihn wegzustoßen und ihn zu fragen, was das eigentlich sollte. Dann schmiegte sie sich an ihn und ließ es sogar zu, dass er seine Zunge zwischen ihre Zähne drängte und ihren Mund erforschte.

„Jenny, meine liebe Jenny,"

stöhnte er auf.

„Ich liebe dich, Jenny, ich liebe dich so sehr."

Er presste seinen Körper so fest an sie, dass sie gegen den Rahmen der Tür gedrückt wurde und einen leisen Schrei ausstieß.

„Was ist los? Jenny, habe ich dir weh getan?"

„Nein, nein, Don, es ist die Tür. Sie ist sehr hart."

„Ach, Jenny, komm, lass uns ein wenig in den Garten gehen, ja?"

Jenny nickte und folgte ihm. Sie wäre in diesem Moment überall mit ihm hin gegangen. Vergessen waren die Gedanken um ihre ärmlichen Verhältnisse. Jetzt zählte nur Don und dass sie mit ihm zusammen war. Er zog sie zu der kleinen Gartenlaube, in der sie sonst mit Tante Claire Tee trank. Auf den Holzbänken lagen weiche Kissen und sofort nachdem sie sich hingesetzt hatten, spürte Jenny wieder seine Lippen auf ihren und dieses Mal öffnete sie bereitwillig ihren Mund, um seine Zunge in ihrem Mund aufzunehmen. Ohne darüber nachzudenken warum, saugte sie an ihr und Don stöhnte laut in ihren Mund.

„Jenny, ah, Jenny, langsam, nicht so schnell."

Erschrocken wich sie von ihm zurück.

„Was habe ich denn getan?"

„Es ist die Art, wie du mich eben geküsst hast. Wo hast du das gelernt"?

Jennys Gesicht wurde von einer tiefen Röte überzogen.

„Niemand, Don, ehrlich, niemand. Ich habe das eben zum ersten Mal gemacht. Ich, ach, Don, habe ich etwas falsch gemacht?"

Lächelnd zog er sie zurück in seine Arme.

„Nein, nein kleine Jenny, überhaupt nicht. Es ist nur so, wenn du einen Mann so küsst, wie du das gerade getan hast, dann darfst du dich nicht wundern, wenn er erregt wird und mehr will."

Erschrocken wollte sich Jenny aus seinen Armen lösen.

„Nein, bleib da, es ist schon gut. Es hat mir gefallen, wie du an meiner Zunge gesaugt hast, sehr sogar."

Die Worte, die Don Jenny in ihr Ohr wisperte, verfehlten ihre Wirkung nicht. Auch sie spürte plötzlich eine Erregung in sich aufsteigen, wie sie sie nie zuvor verspürt hatte. Die Stelle zwischen ihren Schamlippen, die sie schon in den Nächten, während sie noch im Hotel arbeitete, immer wieder unruhig werden ließ, pochte plötzlich hart und verlangte nach Erlösung. Auch Jennys Atem ging unregelmäßig.

Don, der mittlerweile große Erfahrung mit Frauen hatte, spürte es sofort, doch er hütete sich, ihre Situation auszunutzen.

„Meine kleine Jenny,"

stöhnte er und presste sie an sich.

Jenny legte ihre Arme zärtlich um seine Schultern und schmiegte sich vertrauensvoll an ihn. Don spürte ihre festen Brüste, die sich an seine Brust drückten und er konnte kaum noch seine Erregung unterdrücken.

„Jenny, oh, Jenny,"

stöhnte er und als er sie umarmen wollte, glitt seine Hand unbeabsichtigt über ihr Kleid und ihre Brüste darunter, deren Warzen steif waren. Dieses Mal stöhnte nicht nur Don, auch Jenny war bei der Berührung seiner Hand mit ihrer Brustwarze ein leichtes Stöhnen über ihre Lippen gekommen.

„Jenny, Jenny, du bist so schön, ah, Jenny."

Wieder fanden sich ihre Lippen und als Jenny vorsichtig ihre Zunge zwischen seinen Lippen hindurch drückte, spürte sie, wie er sich daran festsaugte und die Stelle zwischen ihren Beinen noch heftiger klopfte, als je zuvor. Schweratmend ließ er später ihre Lippen frei und sah sie an.

„Jenny, Jenny, ich möchte dich streicheln, überall, ah, Jenny, bitte."

Bevor Jenny reagieren konnte, spürte sie seine Hände unter ihrem Rock. Zärtlich streichelte er ihre nackten Oberschenkel und erzeugten eine Gänsehaut in ihrem Körper, die jeden Nerv durchlief. Sie erschauerte bei seinen Berührungen und ließ es zu, dass seine Hände zu den Innenseiten ihrer Schenkel wanderten und sich immer höher begaben. Erst als sie spürte, dass er ihr Höschen auf die Seite zog, um darunter zu gelangen, presste sie ihre Beine fest zusammen und hinderte ihn so daran.

„Jenny, oh, Jenny."

Sein Stöhnen ging unter in einem leidenschaftlichen Kuss, den er auf ihre Lippen presste. Dann griff er nach ihrer Hand und drückte sie auf die Stelle seiner Hose, unter der sich sein erigierter Penis befand. Zum ersten Mal in ihrem Leben fühlte Jenny ein männliches Geschlecht. Erschrocken über seine Größe, zog sie ihre Hand zurück und drückte ihn fort.

„Nein, Don, bitte nicht, nein."

Jenny wollte aufstehen und davon laufen, doch Don hielt sie fest.

„Es tut mir leid, Jenny, bitte, es tut mir leid. Aber du hast mich so erregt und ich glaubte, du wolltest es auch. Bitte, Jenny, nicht böse sein."

Er atmete immer noch schwer und Jenny sah, dass er erschrocken über ihre Reaktion war.

„Don, weißt du, ach."

„Was ist? Was ist los mit Dir, Jenny?"

„Es ist so, dass ich noch nie Sex hatte, weißt du und ich habe Angst, Angst dass es weh tut, einfach so, ach, ich weiß auch nicht. Ich habe dich so lieb und wenn ich mit einem Mann Sex haben wollte, dann bist du das Don, aber.."

Don atmete auf einmal ganz ruhig. Diese wunderschöne junge Frau, die er so liebte, war noch Jungfrau? Hatte noch nie Sex gehabt? Sein Herz klopfte vor Freude und das Gefühl für Jenny wurde noch stärker. So zärtlich wie ein Mann es nur vermochte legte er seine Arme um sie und küsste sie.

„Das habe ich nicht gewusst, meine liebe Jenny. Ich entschuldige mich für mein Verhalten. Kannst du mir verzeihen?"

Jenny nickte und sah ihn mit einem Blick an, der ihm bestätigte, dass diese junge Frau ihn liebte.

„Sollen wir jetzt ins Haus gehen?"

Jenny zögerte. Ihr Körper brannte und sie liebte ihn schon so lange. Warum gab sie nicht nach und erlaubte ihm die Dinge, die er noch vor Minuten mit ihr machen wollte?

„Warum?"

Don, der schon vor ihr stand sah sie verwundert an.

„Was meinst du damit, Jenny?"

Sie zögerte einen Moment und hob dann langsam ihre Hand. Dann berührte sie die Stelle, auf der Don zuvor ihre Hand gelegt hatte. Doch sie konnte nichts großes mehr fühlen und als sie erstaunt zu Don aufsah, merkte sie, dass er so überrascht von ihr war, dass er sie sprachlos anstarrte, ihre Hand aber nicht wegzog.

„Ich liebe dich, Don,"

flüsterte Jenny und fühlte, wie sein Glied unter ihrer Berührung wuchs und sich bewegte.

„Ich liebe dich auch, Jenny, aber, willst du das wirklich?"

Statt ihm zu antworten nickte Jenny und begann vorsichtig, die Schlaufe seines Gürtels zu öffnen. Don half ihr nicht, sah ihr einfach nur zu und wusste nicht, wie er sich verhalten sollte. Doch seinem Penis gefiel was Jenny gerade tat und wurde immer größer. Don merkte Jenny an, dass sie keine Erfahrung hatte und half ihr, seine Hose zu öffnen. Als sein Glied hervorsprang, stieß Jenny einen kleinen Schrei aus.

„Er ist so groß,"

flüsterte sie und wagte nicht, ihn anzufassen.

„Hast du noch nie einen Penis in deiner Hand gehabt?"

Jenny schüttelte ihren Kopf und fuhr vorsichtig mit ihrem Zeigefinger über seine pralle Eichel, die sich direkt vor ihrem Mund befand. Sie musste daran denken, wie viele Frauen sie auf den Monitoren im

Hotel beobachtet hatte, die die Eicheln ihrer Männer leckten. Sie wurde mutig und griff um den Schacht seines Gliedes und spürte die kräftigen Adern, die an ihm entlang liefen. Heftig pulsierten sie in ihrer Hand und Jenny hätte ihn fast wieder los gelassen. Doch sie hörte an Dons Atem, dass ihn das, was sie gerade mit seinem Penis machte, sehr erregte. Als sie vor ihren Mund zog, machte Don einen Schritt auf sie zu, um es ihr zu erleichtern, ihn in ihrem Mund aufzunehmen.

„Jenny, ja, oh, Jenny. Das ist gut, du machst das so gut, ja, Jenny, ja."

Don hatte seinen Kopf nach unten gebeugt und sah Jenny zu, wie sie mit seinem Glied spielte. Jenny hatte ihre Augen erhoben und sah ihm direkt in seine, als sie das erste Mal in ihrem Leben an der Eichel eines Mannes leckte. Don stöhnte laut auf.

„Oh, Jenny, ja, mach weiter, bitte, nicht aufhören, Jenny."

Vorsichtig züngelte sie weiter und als sie an der engen Spalte seiner Eichel ankam, leckte sie seine Liebestropfen, die dort herausquollen. Sie war erstaunt, wie salzig sie schmeckten.

„Jenny, fester, bitte, leck mich fester!"

Während sie den Druck auf seine Eichel mit ihrer Zunge verstärkte, griff er ungeduldig nach dem Schaft und begann ihn zu wichsen. Mit kräftigen Bewegungen rieb er seine Vorhaut auf und ab und stützte sich mit der anderen Hand auf Jennys Kopf ab.

„Nimm ihn in den Mund, Jenny, bitte, saug ihn leer."

Jenny schloss ihre Augen und stülpte vorsichtig ihre Lippen über seine Eichel und kaum dass sie sie in ihrem Mund hatte, ejakulierte Don. Erschrocken von der Menge seines Spermas wollte Jenny ihren Kopf zurückziehen, doch Don hatte ihn mit beiden Händen umfasst und drückte ihn fest gegen seinen Penis. Laut gurgelnd gelang es Jenny, sein ganzes Sperma hinunter zu schlucken, dabei sah sie in seine Augen, die vor Wollust glänzten. Nachdem er seinen Penis in ihren Mund entleert hatte, zog er ihn vorsichtig wieder heraus.

„Jenny, meine Jenny, ich liebe dich,"

stöhnte er zärtlich und strich leicht über ihren Kopf.

„Ich wusste nicht, dass Sperma so salzig ist,"

flüsterte Jenny beschämt.

Don lachte.

„Ach, Jenny, das war so gut für mich, das war wunderbar."

Er beugte sich zu ihr und zog sie hoch.

„Und was machen wir jetzt mit dir? Was soll ich machen, damit es dir so gut ergeht, wie mir?"

Jenny schüttelte ihren Kopf.

„Nichts, nichts, Don. Es ist gut so wie es ist. Heute war es genug."

Don spürte, dass sie ihm mehr gegeben hatte, als sie jemals gedacht hatte. Daher drängte er sie nicht weiter und nachdem er seine Hose wieder hochgezogen und seinen Gürtel wieder richtig verschlossen hatte, gingen sie zurück ins Haus. Vor ihrer Schlafzimmertür küsste er sie zärtlich und saugte ihre Zunge so lange, bis sie ihn wegstieß.

„Don, du richtest jetzt etwas in meinem Körper an, das mich sehr unruhig macht und erregt. Wenn du so weiter machst, kann ich diese Nacht nicht schlafen."

Jenny flüsterte diese Worte, um Tante Clair und June nicht zu wecken.

Don, schon wieder leicht erregt, sah sie fordernd an.

„Lass mich zu dir, bitte, lass uns diese Nacht zusammen verbringen und ich zeige dir, wie schön Sex zwischen Mann und Frau sein kann. Ich will dir unbedingt einen Orgasmus verschaffen, wie du ihn noch nie erlebt hast."

„Das glaube ich dir sofort, denn ich hatte noch nie einen Orgasmus."

„Du hattest noch nie einen Orgasmus?"

„Nein."

Don drängte sich eng an sie und leckte ihr Ohrläppchen. Doch als er begann, erregt an ihrem Hals entlang zu lecken, stieß ihn Jenny schwer atmend zurück.

„Nicht hier, bitte, Don, nicht hier, wo uns Tante Claire hören kann."

Diese Worte genügten, um Don zu beruhigen.

„Du hast ja recht, meine liebe, kleine Jenny. Du hast ja recht."

Noch ein zärtlicher Kuss und dann verschwand Jenny in ihrem Zimmer. Tante Claire nebenan registrierte zu ihrer großen Zufriedenheit, dass kurz danach auch die Tür zum kleineren Gästezimmer ins Schloss fiel.

Es fiel Jenny schwer, in dieser Nacht Schlaf zu finden. Als sie am nächsten Morgen erwachte, schmeckte sie noch immer den salzigen Geschmack von Dons Sperma in ihrem Mund.

‚Ich liebe ihn,'

lächelte sie vor sich hin.

‚Ich liebe ihn so sehr.'

Als sie mit Tante Claire und Don am nächsten Morgen gemeinsam frühstückte, errötete sie jedes Mal, wenn Dons Blick auf sie fiel. Tante Claire spürte, dass sich die Beiden in der vorherigen Nacht näher gekommen waren und es gefiel ihr. Nur wie nahe sie sich wirklich gekommen waren, davon hatte sie keine Ahnung. Den ganzen Tag über hatte Jenny ein Lächeln auf ihrem Gesicht. Sie konnte es kaum erwarten, bis Don am Abend zurückkam. Aber selbst dann musste sie ihre Gefühle für sich behalten, denn sie glaubte, dass Tante Claire nichts von ihrer Liebe zu Don wusste, dabei zeigte sie es nur allzu deutlich. Später am Abend forderte Tante Claire die beiden jungen Menschen erneut zu einem Spaziergang auf.

„Ihr arbeitet zu viel und kommt viel zu selten an die frische Luft."

Nur allzu gern folgen sie ihrem Rat.

Kaum dass Jenny und Don vor der Tür waren, umarmten sie sich leidenschaftlich und küssten sich innig.

„Du hast mir so gefehlt, Jenny, oh, ich habe dich so vermisst."

„Ich dich auch, Don, ich habe dich auch vermisst."

Immer wieder fanden sich ihre Lippen und es fiel ihnen schwer, sich voneinander zu lösen.

Vor der Tür stand eine große Limousine, die Dons Eltern gehörte. Da sich seine Eltern auf einer Urlaubsreise befanden, war Don dieses Mal damit nach London gefahren.

„Steig ein,"

forderte er Jenny auf. Mit staunenden Augen betrachtete sie das große Gefährt.

„So ein Auto habe ich noch nie gesehen."

Don konnte sich ein Lächeln nicht verkneifen. Sie war so schön in ihrer Unschuld und in ihrer Art, neue Dinge zu bestaunen. Dienstbeflissen öffnete er die Beifahrertür und half ihr einzusteigen.

„Gehört dir dieses Auto?"

„Nein, es gehört meinen Eltern, aber da sie verreist sind, bat mich mein Vater, es zu benutzen. Es ist besser für Autos, wenn sie ab und zu einmal gefahren werden."

Der Wagen war so groß, dass Jenny ziemlich weit entfernt von Don saß. Er konnte sie kaum mit seinem ausgestreckten Arm erreichen.

„Warum rückst du nicht ein Stückchen näher?" forderte er sie mit einem zärtlichen Lächeln auf. Jenny rutschte so weit zu ihm, wie der Sicherheitsgurt es ihr erlaubte. Sie fuhren aus der Stadt heraus und eine wunderbare Ruhe umgab sie. Jenny spürte, wie seine linke Hand unter ihr Kleid glitt, und sacht über ihren rechten Oberschenkel streichelte. Wieder befiel sie die Erregung, die sie kaum noch kontrollieren konnte. Ihr Atem ging etwas schwerer und zeigte Don, dass sie bereit war für mehr. An einer Wegkehre bog er ab und ließ den Wagen am Rande eines kleinen Wäldchen stehen. Hier konnte sie niemand sehen, denn die Straße wurde durch Büsche verdeckt.

„Ich liebe dich, Jenny, ich liebe dich."

Erregt stöhnte Don ihr die Worte ins Ohr und drückte sie gleichzeitig auf die Rückenlehne, die er nach hinten geklappt hatte.

„Oh, Jenny, ich möchte dich spüren, ganz, bitte, Jenny."

Jenny, die unter ihm lag und seine Finger an ihrem Höschen spürte, setzte ihm keine Widerstände mehr entgegen. Ihr Körper verlangte nach Erlösung, nach einem Orgasmus. Don war der Mann, den sie liebte und dem sie vertraute. Er sollte der Mann sein, dem sie erlaubte, sie zu entjungfern.

„Du musst vorsichtig mit mir sein, bitte, Don."

„Ja, ja, Jenny, ja."

Mit fahrigen Bewegungen zog Don seine Hose aus und befreite sich auch von seinem Slip. Dann schaltete er die Innenbeleuchtung des Wagens ein und beugte sich wieder über Jenny.

„Bitte, bitte Don, mach das Licht aus."

„Warum?"

keuchte er über ihr.

„Warum? Ich will dich sehen, Jenny, ich will alles an dir sehen."

Jenny schloss die Augen und fühlte eine ungeheure Scham in sich aufsteigen, als er ihr Kleid hob und seinen Kopf darunter steckte.

„Ah, Jenny, oh, dein Duft macht mich verrückt."

Dann kam er wieder hervor und knöpfte ihr Kleid auf. Sein erregtes Lächeln dabei war ihr fremd, aber es gefiel ihr und als das Kleid über ihren Körper zog, half sie ihm dabei, es über ihren Kopf zu streifen. Nur noch mit einem Höschen bekleidet lag Jenny nackt vor ihm und sie erkannte an seinen Augen, wie sehr sie ihm gefiel.

„Jenny, du bist so schön, mein Jenny, ah."

Gierig griff er nach ihren Brüsten, massierte sie und beugte sich vor, um an ihren Brustwarzen zu saugen. Unwillkürlich hob sich Jennys Unterkörper dabei und Don reagierte sofort. Tief sah er in ihre Augen, während seine Lippen ihren Körper küssten und immer weiter nach unten wanderten. Jenny spürte, wie eine Welle der Erregung ihren Körper durchflutete und dehnte ihre Beine unwillkürlich etwas auseinander.

Seine Lippen hatten mittlerweile ihr Höschen erreicht. Mit einem Ruck streifte Don es nach unten, über ihre Oberschenkel und über ihre Waden bis zu ihren Füßen. Jenny zappelte ein wenig und es fiel auf den Boden des Wagens. Bevor Jenny wusste, was ihr geschah, hatte Don ihre Beine nach oben geschoben und auf ihren Oberkörper gelegt. Sie schrie auf vor Scham und versuchte mit ihren Händen, ihre Genitalien vor seinem erregten Blick zu verbergen. Don lächelte leicht und zog sie ganz langsam von ihrer Scham weg, legte sie in ihre Kniekehlen und sah sie nur an.

„Du bist so schön, Jenny, du bist so schön."

Jenny ließ ihre Beine fallen, doch Don drückte sie zurück.

„Halte sie fest, bitte, meine liebe Jenny, bitte. Lass mich dich ansehen, du bist so schön."

Ein Gänseschauer jagte den nächsten über Jennys Körper als sie bemerkte, wie intensiv Don auf ihre Genitalien blickte. Dann spürte sie, wie er mit seinen

Fingern durch ihre krausen Schamhaare wanderte und behutsam ihre Schamlippen streichelte. Sie spürte wieder eine wohlige Gänsehaut bei diesen Berührungen und gab sich ihren Gefühlen hin. Es schien, als ob das Schamgefühl ihre Lustgefühle noch stärkte. Auf einmal wollte sie ihre Beine noch weiter für ihn dehnen und sich ihm noch mehr preisgeben.

Als sie spürte, wie er ihre Schamlippen auseinanderzog und mit seiner Zunge ihre kleinen Schamlippen ableckte, schrie sie leise auf.

„Ja, Don, ja, das ist gut, oh, Don."

Don kniete mittlerweile auf dem Boden des Autos zwischen ihren Beinen und sah, dass ihre Scheide feucht war. Vorsichtig steckte er seinen Mittelfinger in sie hinein und holte sich etwas von ihrem Saft heraus. Jenny beobachtete, wie er anschließend genüsslich seinen Finger ableckte um ihn sofort wieder in sie hinein zu stecken. Nicht weit, nur etwa ein Drittel seines Fingers befand sich in ihrer Scheide, aber sie spürte ihn und es gefiel ihr. Als er ihn wieder hinauszog, schimmerte er und Don beugte sich damit über ihr Gesicht.

„Mach deinen Mund auf, meine liebe Jenny, bitte."

Jenny öffnete bereitwillig ihren Mund, dachte sie doch, dass er sie küssen wollte. Doch stattdessen schob er ihr seinen Mittelfinger, der getränkt war von ihrem Saft, tief in ihren Mund. Erschrocken versuchte Jenny, ihn wieder hinaus zu spucken, aber Don ließ es nicht zu. Jenny lutschte ihren eigenen Saft ab und als er sich in ihrem Mund verteilte, zog Don seinen Finger hinaus und drückte seine Zunge zwischen ihre Zähne.

Dabei stöhnte er lang anhaltend, und zeigte Jenny, dass ihm ihr Geschmack gefiel.

„Du riechst so gut, Jenny, oh, und du schmeckst so gut, meine Jenny."

Jenny musste für sich selbst zugeben, dass ihr Geschmack sie angenehm überrascht hatte und sie nun verstand, warum er so danach gierte.

Dann leckte er über ihren Hals und ihre Brüste, spielte mit ihren harten Brustwarzen und saugte an ihnen, bis Jenny leise aufschrie, da er in seiner Wollust zart in sie hineingebissen hatte. Erregt leckte er mit seiner Zunge weiter, bis er ihren Venushügel erreicht hatte. Jenny folgte ihm mit ihren Augen und es verstärkte das Lustgefühl in ihr, als er seinen Kopf wild in ihre Genitalien presste und mit seiner Zunge an ihnen leckte und mit seinem Mund an ihrer Klitoris saugte.

„Ja, Don, ja, leck meinen Kitzler, Don, ja, saug ihn, bitte."

Als er sein Gesicht hob, war es über und über mit ihrem Saft bedeckt und glänzte im Schein der hellen Deckenlampe des Autos.

„Du machst mich verrückt, Jenny. Dein Duft macht mich vollkommen verrückt."

Jenny erkannte ihn nicht wieder. Er war nicht mehr der zurückhaltende junge Mann, den sie kennen und lieben gelernt hatte. Momentan war er ein lustvoller, vor Begierde strotzender Kerl, der sich an und mit ihren Genitalien vergnügte. Doch er erschreckte sie nicht, sondern es erregte sie mehr und mehr. In diesem Moment war sie froh, dass sie die verbotenen Aufnahmen gesehen hatte und wusste, dass eine solche Lust normal und nicht abstoßend war. Plötzlich erhob sich Don etwas und Jenny sah, dass er den Schaft seines Gliedes heftig massierte. Ein Anblick, der sie noch mehr erregte. Dann spürte sie, wie er ihn an den Eingang ihrer Scheide platzierte und langsam in sie eindrang. Keuchend sah er zu, wie sein Glied mehr und mehr darin verschwand, bis er an einen Widerstand stieß. Mit einem kräftigen Stoß drückte er seinen Penis dagegen und durchdrang ihn. Jenny hatte nicht mit einem solchen Scherz gerechnet und schrie laut auf.

Zuerst war Don erschrocken und sah sie ratlos an, doch als er sah, wie ein Lächeln auf ihr Gesicht trat, bewegte er sich erneut in ihr, vor und zurück, hin und her, immer schneller und härter und als er spürte, dass er sich kurz vor einer Ejakulation befand, zog er seinen Penis aus ihrer Scheide und drückte ihn schwer atmend zwischen ihre Lippen und spritzte sofort sein Sperma in ihren Mund. Ein lauter Schrei gab seinen Orgasmus kund. Madeleine sah, dass er seinen Mund zusammenpresste, als die Wogen der Lust durch seinen Körper brandeten. Erst, als sein Penis sich vollkommen entleert hatte, trat ein Lächeln auf sein Gesicht.

„Ich liebe dich, ich liebe dich so sehr, meine kleine Jenny."

Jenny lächelte zurück, doch ihr Körper verlangte nach mehr, wollte endlich selbst einen Orgasmus erleben.

Als sie wenig später eng aneinander geschmiegt im Auto lagen, streichelte er zärtlich über ihren Rücken.

„Hat es sehr weh getan?"

„Im ersten Moment ja, aber dann nicht mehr."

Unruhig rutschte Jenny hin und her.

„Was ist mit Dir? Jenny, was ist los?"

„Mein Kitzler gibt einfach keine Ruhe."

Don sah, dass Jenny bei diesen Worten tief errötete.

„So? Er gibt keine Ruhe? Was soll ich machen, damit er sich beruhigt?"

Wieder errötete Jenny und drückte ihr Gesicht gegen seine Brust.

„Lässt du ihn mich einmal ansehen?"

Verschämt presste Jenny ihre Beine zusammen, doch Don gab nicht nach.

„Du musst ihn mir schon zeigen, Jenny."

Langsam dehnte sie ihre Beine vor ihm auseinander und wurde erneut von einer Schamesröte überflutet, als er ihr half und sie wieder auf ihre Brust legte.

„Halte sie unter den Kniekehlen fest, damit ich meine Hände frei habe, um mit dir zu spielen."

Jenny musste tief Luft holen und atmete schwer, als seine kundigen Finger die Schamlippen auseinanderzogen und ihre Klitoris freilegten. Er sah, wie sie pulsierend zwischen den Schamlippen auf Erlösung und einen Orgasmus wartete. Zärtlich streichelte er an ihr entlang und hörte Jenny laut aufstöhnen.

„Ja, oh, Don, ja, bitte, bitte, ja, genau dort."

In diesem Moment äußerster Erregung dachte Jenny nicht mehr daran, dass sie gerade ihre nackten Geschlechtsteile den Augen eines Mannes preisgab. In diesem Moment wollte sie nur eines: endlich einen Orgasmus erleben, wollte endlich, dass ihr Kitzler Ruhe geben würde.

Don verstärkte den Druck seiner Finger an ihrer Klitoris und bewegte sie auf und ab. Immer schneller wurden seine Bewegungen und immer mehr verstärkte er den Druck bis er spürte, wie sich Jenny zusammenkrümmte und aufhörte zu atmen. Dann explodierte ihre Klitoris und Jenny erlebte ihren ersten Orgasmus. Während sich Don über ihren Kitzler gebeugt hatte und gierig die Tröpfchen mit seinen Lippen aufsog, schrie Jenny ihre Lust hinaus. Niemals hätte sie sich das Gefühl, das gerade durch ihren Körper jagte, so vorgestellt. Es drang in jedes ihrer noch so kleinsten Nerven und sie konnte nicht anders, sie musste dieses Gefühl der vollkommenen Wollust laut heraus schreien. Nur langsam kam sie eine Weile später zur Ruhe. Don hatte sich über ihr Gesicht gebeugt und lächelte sie an.

„Ist alles in Ordnung mit dir?"

Jenny lächelte selig zurück.

„Oh, Don, oh. Ich hatte es mir nicht so vorgestellt. Es war viel besser, als alles, was ich bisher gefühlt oder gespürt habe. Don, es war wunderbar."

Sie nahm seinen Kopf zwischen ihre Hände und küsste ihn zärtlich auf seinen Mund.

„Ich liebe dich, Don, ich liebe dich so sehr."

Sie bleiben einige Zeit eng aneinandergeschmiegt liegen, bis Jenny erneut von einer Unruhe erfasst wurde und ihre Klitoris sich wieder zwischen ihren Schamlippen bemerkbar machte. Don verstand sofort, was in ihr vorging.

„Zieh deine Beine hoch und halte sie fest."

Jenny errötete und fühlte sich ertappt.

„Woher weißt du, dass?"

Don ließ sie nicht ausreden.

„Du warst so erregt, da dachte ich mir schon, dass deine Klitoris sich bestimmt noch einmal melden würde. Bitte, zeig sie mir."

Wieder errötete Jenny. Zwar hatte er sie zuvor schon nackt gesehen, aber nun kostete es sie erneut Überwindung, ihre Beine vor ihm zu spreizen um ihm ihre Genitalien darzubieten. Geduldig wartete Don darauf, dass sie von alleine ihre Beine hob, was die Angelegenheit für Jenny nur noch peinlicher machte.

Schließlich half er ihr und als er ihre Schamlippen betrachtete, fiel ihm auf, wie erregt sie waren. Leicht nach außen gewölbt und angeschwollen zeigten sie ihm ihre wunderschönen, leicht rosafarbenen Innenseiten, die ihn zum lecken animierten. Jenny stöhnte auf, als sie seine Zunge spürte, wie sie genüsslich an den Innenseiten ihrer Schamlippen leckten.

„Meine Klitoris, bitte, Don."

Doch Don nahm sich seine Zeit. Er wollte, dass sie explodierte, so wie beim ersten Mal. Doch der Anblick ihrer Scham und der Geruch, der aus ihr herausströmte, hinterließ auch bei ihm Wirkung und sein Glied schwoll an.

„Jenny, mein Jenny, oh."

Wieder drückte er sein Gesicht zwischen ihre Schamlippen und rieb es darin. Dann drehte er sich herum, was in dem engen Auto gar nicht so einfach war, und kniete sich über Jennys Gesicht. Sein erigierter Penis hing dabei direkt über ihrem Mund.

„Leck ihn, Jenny, bitte. Du machst es so gut, bitte, saug meinen Saft aus ihm heraus."

Jenny, die so erregt war, wie noch nie zuvor in ihrem Leben, ließ ihre Beine los und griff nach seinem Glied. Während ihre Zunge an seiner Eichel leckte, spürte sie, wie er ihre Beine um seine Hüften legte und mit seinen Fingern ihre Schamlippen auseinanderzog. Gierig und flink bewegte sich seine Zunge zwischen ihren inneren Schamlippen bis er aufschrie und sich aufbäumte. Er hatte seinen Penis einmal und dann noch ein zweites Mal tief in ihren Mund gerammt und ihr beim zweiten Mal seine Ladung Sperma in ihren Rachen gespritzt. Während Jenny dabei war, seine Ejakulation zu schlucken, widmete er sich wieder ihrem Kitzler. Kaum hatten seine Finger angefangen ihn zu massieren, schrie auch Jenny laut auf und bäumte ihren Unterkörper auf. Während sie den Orgasmus genoss und das Lustgefühl, das erneut durch ihren Körper strömte, saugte Don ihre Liebestropfen aus ihrer Klitoris. So blieben sie eine Zeitlang liegen, bis Jenny wieder unruhig wurde.
„Du kleiner Nimmersatt,"
flüsterte Don und erhob sich schwerfällig von ihr.
„Hast du immer noch nicht genug?
Jenny schüttelte errötend ihren Kopf.
„Na, gut."
Er drückte ihre Beine hoch und dieses Mal legte Jenny wie selbstverständlich ihre Hände um ihre Kniekehlen.
„Sieh mir dabei zu,"
flüsterte Don und hob ihren Kopf mit einer Hand an. Erregt und mit tiefrotem Gesicht wagte Jenny zum ersten Mal einen Blick nach unten zwischen ihre gespreizten Beine und auf ihre nackten Genitalien zu

werfen. Sie verfolgte die Bewegungen seiner Finger an ihrem Kitzler und als er langsam ihren Kopf wieder nach hinten fallen ließ, spürte sie, wie ein erneuter Orgasmus ihren Körper durchströmte. Spürte, wie die Wogen der Lust durch ihn flossen und sie zu lauten Schreien veranlasste. Schreie der Lust und der Befriedigung. Als seine Lippen dabei waren, den Saft ihres Kitzlers auszusaugen, ließ sie ihre Kniekehlen los, legte ihre Hände um seinen Kopf und presste sein Gesicht fest in ihre Genitalien. Laut stöhnend rieb sie sich daran, bis ihr Körper sich langsam beruhigte. Dankbar leckte sie anschließend seine feuchten Wangen sauber. Es war das zweite Mal, dass sie ihren eigenen Saft schmeckte.

„Meine Jenny, oh, Jenny, wenn du wüsstest, wie lieb ich dich habe."

„Don, ich dich auch."

Beide blieben noch eine Zeitlang eng aneinander geschmiegt liegen. Dann wurde es Zeit, dass sie zurückfuhren, damit sich Tante Claire keine Sorgen machte.

Es vergingen einige Monate, in denen Jenny Don ihren Eltern vorstellte. Sie waren hocherfreut und fanden ihn sehr nett. Auch Don fühlte sich wohl in Jennys einfachem Elternaus und kam gerne wieder. Er und Jenny verbrachten viel Zeit miteinander und Tante Claire freute sich für das junge Paar. Nur der Besuch bei seinen Eltern schob Don immer wieder hinaus. Eines Tages nahm ihn sich Tante Claire vor:

„Mein lieber Junge. Du kannst Glen nicht länger vor deinen Eltern verstecken. Sie muss ja denken, dass sie nicht wert ist, ihnen vorgestellt zu werden."

Schuldbewusst senkte Don seinen Kopf.

„Ich weiß, ich weiß es ja, Tante Claire, aber ich habe solche Angst, dass ihnen Claire nicht gut genug ist und dass sie sie eventuell demütigen und erniedrigen und das kann ich auf keinen Fall zulassen. Dafür ist mir Jenny zu wichtig."

Seine Tante nickte.

„Da kannst du recht haben. Weißt du was? Ich werde sie einladen und dann lernen sie Jenny ganz unverbindlich kennen. Ich bin mir sicher, dass sie sie mögen werden und dass sie ihnen gefallen wird."

„Das ist eine gute Idee. Ich danke dir, Tante Claire, du bist doch einfach die Beste."

So kam es, dass Dons Eltern eine Woche später zu Besuch eintrafen. Jenny hatte das große Gästezimmer geräumt und war für kurze Zeit in das Zimmer des Hausmädchens umgezogen. Beide verstanden sich gut und es machte Jenny nichts aus, für einige Zeit auf einer Matratze auf dem Fussboden zu schlafen.

An dem Tag, an dem Dons Eltern erwartet wurden, war Jenny sehr unruhig und nervös. Doch nicht nur sie war nervös, auch Don hielt es nirgendwo lange auf. Er lief von einem Zimmer ins nächste, bis seine Tante ein Machtwort sprach und ihn in den Garten verbannte. Als es klingelte, öffnete das Hausmädchen die Tür und ließ Dons Eltern herein.

Überschwänglich begrüßten sie Tante Claire und Jenny erkannte, dass sie die beiden älteren

Menschen schon einmal gesehen hatte. Es war das freundliche, ruhige Ehepaar gewesen, das sich zusammen mit anderen Familienmitgliedern für ein paar Tage in ihrem Hotel aufgehalten hatte. Auch Dons Eltern erkannten sie sofort und freuten sich für Tante Claire, dass sie eine Gesellschafterin gefunden hatte. Als Don hereinkam, merkte Jenny, dass sie sich sehr nahe standen. Seine Mutter begrüßte ihn mit einem warmen Kuss und sein Vater umarmte ihn.

Nachdem sich seine Eltern erfrischt hatten, trank man gemeinsam Tee und aß etwas Gebäck. Dann bedeutete Tante Claire Jenny und Don den Raum zu verlassen, da sie etwas mit seinen Eltern zu besprechen hätte. Es war eine lange Besprechung und als sie wieder herein durften, sah Jenny sofort, dass Dons Mutter geweint hatte.

„Nicht weinen, bitte,"
flüsterte Jenny ihr zu und legte wie selbstverständlich ihren Arm um sie. Der Bann war gebrochen. Es hatte Tante Claire einige Mühe gekostet, Dons Eltern von der Richtigkeit seiner Entscheidung, Jenny zu heiraten, zu überzeugen. Schon nach kurzer Zeit erkannten seine Eltern, dass er keine bessere Schwiegertochter hätte aussuchen können. Jennys Eltern bestanden darauf, die Hochzeit in ihrem Dorf zu feiern, was Dons Eltern erst schwer fiel, denn sie hatten einen großen Freundeskreis. Jenny und Don jedoch wollten nur in einem kleinen Kreis mit guten Freunden und Verwandten feiern.

In diesem Jahr gab es zwei Hochzeiten in dem verschlafenen Ort, aus dem Jenny und Madeleine stammten. Denn auch Madeleine und Gregory, den alle nur Andrew genannt hatten, heirateten auch mit Zustimmung seiner und ihrer Eltern. Jenny und Don heirateten genau eine Woche vor Madeleine und Gregory, die ihre Trauzeugen waren. Jenny und Don unterbrachen extra ihre Flitterwochen, um als Trauzeugen bei Madeleines und Gregorys Hochzeit dabei zu sein.

Don und Jenny lebten weiter bei Tante Claire. Diese hatte ihren großen Dachboden ausräumen lassen, damit sich das junge Paar dort eine gemütliche Wohnung einrichten konnte. Jenny verbrachte die Tage als Gesellschafterin bei Tante Claire und abends zog sich das junge Paar in seine Wohnung zurück.

Gregory und Madeleine lebten auf der Farm von Gregorys Eltern und Madeleine ging auf in ihrer Arbeit mit den vielen Tieren. Gregory hatte erkannt, wie sehr er die Farmarbeit liebte und war glücklich mit seiner jungen Frau.

Madeleines Bruder hatte große Freude an seinem alten Roller und fing langsam damit an, als zukünftiger Hoferbe sich nach einer passenden Frau umzusehen.